dtv *galleria*

W0023113

Im Haus des Erzählers geht es in der Vorweihnachtszeit turbulent zu: Seine beiden Töchter kommen langsam in das Alter, in dem Weihnachtswünsche teuer werden und Familienrituale an Kraft verlieren. Doch der Adventskalender, den die Mutter von einem alten Mann geschenkt bekommt, fesselt die Aufmerksamkeit der ganzen Familie. Er erzählt auf vierundzwanzig Bildern eine faszinierende Geschichte aus der Nachkriegszeit: Drei Männer stehlen zwei Worpsweder Gemälde, um damit den Kauf von Heizmaterial und Lebensmitteln zu finanzieren. Ein Schneesturm zwingt sie zur Einkehr in ein einsames Gehöft, wo eine junge Frau in den Wehen liegt ... »Mit Witz und Hintersinn entwickelt der Roman auf drei Zeitebenen deutsche Generationserfahrungen.« (Sven Boedecker in der ›Woche‹)

Klaus Modick, geboren 1951 in Oldenburg, studierte Germanistik, Geschichte, Pädagogik, Theaterwissenschaft und Philosophie in Hamburg. 1980 Promotion, seit 1984 freier Schriftsteller und weltweite Gastprofessuren. Lebt heute mit Frau und zwei Töchtern wieder in Oldenburg.

Klaus Modick

Vierundzwanzig Türen

Roman

Deutscher Taschenbuch Verlag

Ungekürzte Ausgabe
Oktober 2002
3. Auflage November 2004
Deutscher Taschenbuch Verlag GmbH & Co. KG,
München
www.dtv.de
© 2000 Eichborn AG, Frankfurt am Main
Umschlagkonzept: Balk & Brumshagen
Umschlagbild: © Michael Sowa
Satz: Fotosatz Reinhard Amann, Aichstetten
Gesetzt aus der Legacy 11/12,75˙ (QuarkXPress)
Druck und Bindung: Druckerei C. H. Beck, Nördlingen
Gedruckt auf säurefreiem, chlorfrei gebleichtem Papier
Printed in Germany · ISBN 3-423-20573-3

Nehmt eure Stühle und eure Teegläser
mit hier hinter an den Ofen
und vergeßt den Rum nicht.
Es ist gut, es warm zu haben,
wenn man von der Kälte erzählt.

Bertolt Brecht

1. Dezember

Adventskalender sind ja so was von mega-out, befand Miriam, verzog dabei das Gesicht zu einer Grimasse aus Abscheu und Verachtung und stülpte sich wieder den Kopfhörer ihres Walkmans über die Ohren. Geräuschbrei flirrte durch den Raum, Beatles-Recycling der Gruppe Oasis – der dritte Aufguß. Uncool sind die!

Schrei nicht so, sagte ich. Wir sind doch nicht schwerhörig.

Was hast du gesagt? Sie lüftete überm linken Ohr den Kopfhörer.

Daß du nicht so brüllen sollst.

Muß ich doch. Sie ließ den Kopfhörer wieder ans Ohr flappen. Sonst versteh ich nicht, was ich sage.

Auch gut, sagte Stacy, dann gibt's dies Jahr wenigstens keinen Streit, wer die Türchen aufmachen darf. Sie nickte Laura aufmunternd zu. Du kannst jetzt Nummer eins aufklappen.

Doch Laura zog die Nase kraus, dachte also intensiv nach, und ließ wie abwägend noch etwas von dem an der Kerze heruntergelaufenen und erstarrten Wachsstrang in die Flamme tropfen. Dann schaute sie zweifelnd zu ihrer großen Schwester hinüber, legte sogar die glatte Stirn in grüblerische Falten und sagte schließlich entschlossen: Nö.

Was heißt denn hier nö? Sollen Mama und ich etwa die Türchen aufmachen?

Von mir aus, sagte Laura, mehr melancholisch als patzig, und hielt ein Zweigende des Adventskranzes in die Kerzenflamme. Es prasselte und zischte und roch nach meiner eigenen Kindheit. Möglich, daß mich mit knapp fünfzehn, in Miriams Alter also, Adventskalender auch nicht mehr so recht vom Hocker gerissen hatten. Aber mit dreizehn? Mit den zarten dreizehn meiner kleinen Laura?

Als ich in eurem Alter war, sagte ich, also jedenfalls in deinem, da war ein Adventskalender was ganz Besonderes, etwas wie ... Oasis-Fetzen fiepten durch Rauchschwaden. Paß doch mit dem Zweig auf! Du zündest uns noch das ganze Haus an!

Ist ja schon gut, Papa, sagte Laura, wenn ich dir damit eine Freude machen kann ... Sie ließ den verkohlten Zweigrest auf die Tischdecke fallen, schob im Sitzen den Stuhl zurück, daß er über die Fliesen schepperte, stand auf und schlurfte zum Kaminsims.

Mir eine Freude machen? Für wen veranstalten wir eigentlich den ganzen Advents- und Weihnachtszauber? Weihnachtsgeschenke wollt ihr dann ja vermutlich auch keine mehr haben. Soll mir recht sein, murmelte ich, griff nach dem Teller mit Nüssen und Spekulatius und knackte laut und demonstrativ eine Haselnuß.

Ich wünsch mir auf jeden Fall die neue CD von Alanis Morissette! brüllte Miriam, die meine rhetorischen Fragen offenbar kraft familiärer Telepathie empfangen hatte.

An den weißgekalkten Ziegeln der Schornsteinmauer lehnte wie jedes Jahr, pünktlich zum ersten Dezember, ein Adventskalender. Alle Jahre wieder hatte sich Stacy der Qual ausgesetzt, eine Wahl zu treffen zwischen katholisch-frömmelndem Christkindskitsch und putziger Weihnachtsmannbiederkeit, drolligen Genreszenen aus der verschneiten Welt Walt Disneys und mund- und fußgemaltem Behindertenkunstgewerbe, anthroposophisch angehauchten Astralfiguren und pädagogisch korrekter SOS-Kinderdorfkunst, skandinavischer Trollknolligkeit und deutscher Rauschgoldseligkeit, naiver Malerei aus Entwicklungsländern und knalliger Comicstrip-Ästhetik. Und rätselhafterweise war es ihr auch immer gelungen, einen Kalender aufzutreiben, der den Mädchen gefiel und uns selbst nicht in Peinlichkeiten stürzte, wenn Nachbarn oder Freunde sich im Haus umsahen und aus der Qualität der Weihnachtsdekoration unsere Zurechnungsfähigkeit in Geschmacksfragen hochrechneten.

Der sieht ja fast aus wie 'ne Disko-Kugel, staunte Laura und starrte den Kalender an, den Stacy gestern aus der Stadt mitgebracht und vorhin aufgestellt hatte. Sind das Spiegel da drauf? Oder was? Sie nahm den zeitungsseitengroßen, daumendicken Gegenstand vom Sims und legte ihn auf den Tisch. Ist ja voll geil ...

Diese Information durchdrang sogar die akustischen Scheuklappen von Miriams Kopfhörer, aus dem jetzt die Gruppe Nirvana lärmte. Spiegel? echote sie wie erwachend, zog den Kopfhörer von den Ohren und griff nach dem Kalender. Zeig mal her das Teil.

In einer Mischung aus selbstverachtender Pickelsuche und erwachender Selbstverliebtheit war Miriam nämlich seit einiger Zeit einem Spiegelfetischismus verfallen; wenn sie nach stundenlanger Identitätssuche das Badezimmer freigab, hätte es mich gelegentlich nicht einmal mehr gewundert, wenn mich statt meines ihr Bild aus dem Spiegel angesehen hätte.

Laß mich doch mal sehen, eyh!

Nö, mauerte Laura, das hab ich jetzt. Das siehste doch. Du findest Adventskalender ja auch was für Babys.

Quatsch, sagte Miriam, zeig doch mal, und rückte neben ihre Schwester; beide hielten schweigend und grimassierend ihre Gesichter über die glänzende Fläche: Ein selten gewordenes Bild schwesterlicher Eintracht. Zum Fotografieren schön. Aber bevor man eine Kamera geholt hätte, lägen die beiden sich längst wieder in den Haaren. Außerdem hatte mein Fotoapparat vor einigen Monaten den Geist aufgegeben - ein uraltes Gerät aus den fünfziger Jahren, das mir mein Patenonkel einmal zu Weihnachten geschenkt hatte, nachdem es ihm selbst nicht mehr zeitgemäß vorgekommen war. Ich war damit aber fast vierzig Jahre zufrieden gewesen, auch wenn es wegen der umständlichen Handhabung nur zu Schnappschüssen kam, die zuvor ganz spontan arrangiert worden waren. So wünschte ich mir also zu Weihnachten eine neue Kamera.

Die Abbildung auf dem Kalender zeigte ein von Bäumen umgebenes, kleines Haus mit einem Stall oder einer Scheune; tief heruntergezogene Dächer berührten fast den Boden; hohe alte Bäume, Buchen und Eichen wohl, umstanden das kleine Gehöft. Und alles war tief verschneit, so tief, daß der Schnee fast bis zu den Fenstern hinaufreichte. Die vierundzwanzig Türchen, über denen kleine Ziffern standen, waren offenbar aus Spiegelglas geschnitten; in unregelmäßigen Abständen über das Bild verteilt, ließen sie die Grundzüge noch klar erkennen, gaben dem Motiv jedoch zugleich das Aussehen eines unvollständigen Mosaiks, in dessen Teilen sich das Licht der Lampe und der Kerzen spiegelte. Und wenn man sein Gesicht darüber hielt, sah man sich selbst aus vierundzwanzig Gesichtern entgegen.

Laura drückte jetzt mit den Fingernägeln an dem Türchen mit der Nummer eins herum, das sich am unteren, rechten Bildrand befand.

Laß mich mal, sagte Miriam.

Finger weg, schnappte Laura.

Das Türchen öffnete sich. Das Aquarell schien auf eine Sperrholzplatte geklebt worden zu sein, in die Aussparungen für die Quadrate aus Spiegelglas gesägt waren, und ein an die Glasrückseite fixierter, als Scharnier dienender Gazestreifen steckte zwischen dem Holz und der hinteren Schicht.

Das ist ja schon wieder ein Spiegel, sagte Laura verblüfft und merklich enttäuscht. Das find ich aber ätzend, wenn hinter den ganzen Spiegeln immer nur das gleiche steckt.

Dann mach ich jetzt mal Nummer zwei auf, schlug Miriam vor. Vielleicht gibt's da was zu sehen.

Nummer zwei wird erst morgen aufgemacht, sagte ich. Das ist nun mal so. Das war auch schon immer so.

Och, Papa, maulte Laura, stell dich doch nicht so an...

Die erste Tür

Die merkwürdige Begebenheit jenes Weihnachtsfestes strahlt immer noch als Fixstern am dunkler werdenden Himmel meiner Erinnerung. Wenn ich heute, nach über dreißig Jahren, an den Winter 1946 zurückdenke, kommt es mir vor, als sei ich damals ein anderer gewesen, ein junger Mann, der mir fremder und fremder wird. Und er war sich damals wohl auch selbst fremd, bis zu jenem Ereignis jedenfalls, von dem ich erzählen will, damit es nicht verschwindet wie das Licht in der Nacht.

Ich sehe jetzt wieder die Dämmerung eines eisgrauen, kalten Morgens durchs Fenster ins Zimmer gähnen. In dieser Zeit voller Not und Zweifel schienen sich selbst die Tage nur widerstrebend aus den Nächten zu lösen. Manchmal beneidet der junge Mann jene Tiere, die den Winter verschlafen. In der Dunkelheit der frühen Stunden hat er schon lange wach gelegen, und bevor noch der Blechwecker in seine scheppernden Zuckungen fällt, steht er auf. Am Röhren und Glucksen der Leitung in der Wand kann er hören, daß das Badezimmer in der ersten Etage bereits besetzt ist.

Es ist eigentlich immer besetzt, leben in den acht Zimmern des Hauses doch vierzehn Personen, und das Bad im Erdgeschoß ist wegen eines Leitungsschadens unbrauchbar. Die beiden Flüchtlingsfamilien aus Pommern, zwei Elternpaare und insgesamt fünf Kinder, teilen sich das Erdgeschoß mit dem Wintergarten. In der ersten Etage wohnen im Schlafzimmer seiner Eltern zwei ältere Damen, unverheiratete Schwestern, deren Haus beim letzten Luftangriff des Krieges zerstört worden ist; im Zimmer seines Bruders ist ein anderer junger Mann einquartiert, der an der Universität Jura studiert, und sein eigenes Zimmer belegt ein ehemaliger Leutnant der Wehrmacht, der vor Leningrad ein Bein eingebüßt hat und jetzt das Lehrerseminar in der Stadt besucht. Ihm selbst hat der britische Offizier, der für die Verteilung des Wohnraums zuständig ist, das Mansardenzimmer zugewiesen, in dem früher das Hausmädchen wohnte. Seinen Protest, daß er immerhin der Hauseigentümer sei, hat der Engländer knapp mit der Bemerkung abgetan, er könne froh sein, nicht enteignet zu werden.

Obwohl er weiß, daß die fünf Torfsoden, mit denen er gestern abend das Zimmer auf knapp zehn Grad geheizt hat, längst zu weißer, glutloser Asche zerfallen sind, öffnet er die Klappe des eisernen Kanonenofens und stochert in den schaumigen Resten herum. Das Wasser rumort immer noch in der Wand. Er hängt sich die beiden Wolldecken um die Schultern, hockt auf dem Bett und raucht eine der Zigaretten, die Werschmann ihm geschenkt hat. Als Vorschuß ... Röchelnd verstummt die Wasserleitung.

Er hastet die Mansardenstiege hinunter und kommt gerade noch rechtzeitig, um einer der ausgebombten Schwestern die Badezimmertür vor der Nase zuziehen zu können. In der feuchtkalten Luft hängt der Gestank von Exkrementen. Er reißt das Fenster auf. Draußen ist es kaum kälter als drinnen, der Himmel mit einer hohen, hellgrauen Wolkenschicht überzogen. Vielleicht wird es Schnee geben. Und dann im Spiegel, der an den Rändern milchig angelaufen ist wie ein Bilderrahmen aus silbrigem Nebel, sein Gesicht. Es mißfällt ihm. Es erschreckt ihn. In jenen Tagen vermeidet er seinen eigenen Anblick, so gut es geht, aber eine Rasur ohne Spiegel ist unmöglich. Die Hagerkeit des Mangels ist häßlich, aber keine Schande. Was ihn erschreckt, ist die stumpfe Gleichgültigkeit. In drei Tagen ist Weihnachten. Heiligabend. Er will nicht an die Weihnachten seiner Kindheit denken, nicht an das Licht und die Wärme, die in diesem Haus geherrscht haben. Das war in einer Zeit, die ihm wie ausradiert erscheint. Er setzt die Klinge an den Hals und zieht eine erste Spur durch den Seifenschaum.

Wo hast du den gekauft, Mama, erkundigte sich Miriam, von ihrem eigenen Spiegelbild offenbar nachhaltig beeindruckt, diesen Kalender oder was immer das sein soll? Der ist ja irnkwie echt irre. Irnkwie geil ...

Stacy lächelte. Sie lächelte fast schon geheimnisvoll. Den habe ich gar nicht gekauft, sagte sie. Den habe ich bekommen.

Wieso bekommen? So was bekommt man doch nicht einfach. Oder war das ein Werbegeschenk? Vielleicht steht ja irgendwo »Coca Cola« drauf. Oder »Parfümerie Douglas« oder ...

Bestimmt nicht, sagte ich. Das ist ein Einzelstück. Den hat jemand selbst gemalt und zusammengebastelt. Wir haben als Kinder in der Adventszeit auch immer gebastelt. Nicht so tolle Sachen wie diesen Kalender; der ist ja fast schon künstlerisch. Das ist wirklich gut, dieses Aquarell. Sehr gut sogar. Und die Spiegel darauf ... seltsamer Effekt.

Ja, und der alte Herr, von dem ich den Kalender bekommen habe, war auch irgendwie so ... so seltsam.

Alter Herr? Wovon redest du eigentlich? Manchmal konnte Stacy wirklich etwas ... ja: seltsam sein.

Wahrscheinlich der Weihnachtsmann, gluckste Laura. Der läuft ja in mehreren Exemplaren durch die City. Wattebart und rote Zipfelmütze ...

Stacy antwortete nicht gleich, sondern stellte den Kalender auf den Kaminsims zurück, rückte den Messingleuchter daneben, der in meinem Elternhaus auf dem Vertiko gestanden hatte, und zündete die weiße Kerze darin an. Ihre Flamme reflektierte zuckend auf der Oberfläche des Kalenders, brach sich in vierundzwanzig Spiegeln, so daß das Bild gar nicht mehr erkennbar war, sondern nur noch das vervielfältigte Flackern. Ich mach uns erst mal einen Tee, sagte sie, und dann erzähl ich euch die Geschichte.

Klingt ja echt spannend, sagte Miriam gedehnt. Der ironische Ton, den sie hatte anschlagen wollen, mißlang – ein ganz klein bißchen spannend fand sie es wohl wirklich. Trotz ihrer gut vierzehndreiviertel.

Stacy goß Tee in die Tassen. Knisternd zersprang der Kandis. Über der goldbraunen Fläche kräuselte sich weißer Dampf zu Mustern des Zufalls.

Gestern, begann sie, bin ich also in der Stadt gewesen. Mit Weihnachtseinkäufen muß man früh anfangen, dann spart man sich den Streß. An einen Adventskalender habe ich übrigens gar nicht gedacht; den hätte ich wahrscheinlich glatt vergessen. Als ich mich auf den Rückweg machte, begann es jedenfalls zu nieseln, und auf den gefrorenen Klinkern des Gehwegs wurde es sofort glatt. Spiegelglatt.

Blitzeis nennt man das, sagte Laura. Hab ich gestern im Fernsehen gesehen. Blitzeis. Massenweise Unfälle und …

So ist'es, sagte Stacy. Die Leute auf der Theaterallee sind jedenfalls wie in Zeitlupe gegangen, um nicht zu stürzen, haben Beine und Arme gespreizt, um sich im Gleichgewicht zu halten. Und dann ist doch jemand gestürzt, direkt vor mir. Dieser alte Herr eben. Ist der Länge nach rücklings aufs Pflaster geschlagen. Schirm und Einkaufstüte, die er in den Händen gehalten hat, sind zur Seite gerutscht, und der Hut ist in den Rinnstein gerollt.

Und? Hat er sich was gebrochen, der Weihnachtsmann? fragte Laura.

Nein, zum Glück nicht. Ich habe mich zu ihm hinuntergebeugt und gefragt, ob er sich verletzt habe. Er hat sich kopfschüttelnd aufgerappelt, wobei ich ihn gestützt habe. Er hat sich prüfend über die rechte Schulter getastet, ist ein paarmal unsicher mit den Füßen aufgetreten und hat dann gemurmelt, alles sei in Ordnung. Ich habe ihn gefragt, ob er es noch weit habe. Nein, hat er gesagt, er wohne nur wenige Minuten entfernt in der Uferstraße. Ich habe angeboten, ihn zu begleiten, was er erst abgelehnt hat, aber als ich ihm versichert habe, daß ich sowieso durch die Uferstraße gehen müßte, hat er den Vorschlag angenommen. Ich habe seine Sachen von der Straße aufgesammelt, er hat sich den Hut wieder auf die ziemlich langen, grauen Haare gesetzt, die ihm etwas irgendwie Künstlerisches geben ...

Lange Haare machen künstlerisch? unterbrach Miriam. Papa, laß dir doch mal die Haare wachsen.

Ich hatte mal Haare bis auf die Schultern, sagte ich, aber ...

Wollt ihr nun die Geschichte hören oder nicht? fragte Stacy.

Ja, klar, sagte Miriam.

Also gut. Wir sind langsam weitergegangen, wobei ich ihn am rechten Unterarm gestützt habe. Als wir uns dem Haus genähert haben, hat er einen einigermaßen charmanten Scherz gemacht. Hat nämlich gesagt, die Nachbarn würden mich jetzt vermutlich für seine neue Geliebte halten.

Charmant? murmelte ich. Je oller, je doller.

Quatsch, sagte Stacy. Der ist wirklich charmant. Und hat ein sehr schönes Haus. Ein mannshoher Gitterzaun aus Schmiedeeisen, hinter dem noch eine dichte Buchsbaumhecke steht, schirmt das Gebäude von der Straße ab. Und durch das Zauntor, das mit so Jugendstilornamenten verziert ist, kann man von außen einen Blick auf die tief im Garten stehende Villa werfen - zweistöckig, aus rotem Backstein, Jugendstil, aufgelockert von Erkern und einem Wintergarten, das Dach verwinkelt und an der Frontseite so aufgezogen, daß dort Platz für eine Mansarde sein muß. An der Messingklingel im Tor ist die Hausnummer angebracht, aber kein Name, was den alten Herrn offenbar daran erinnert hat, sich noch nicht vorgestellt zu haben.

Wie charmant, sagte ich.

Blödmann, sagte sie. Vringsen heißt er, Vringsen mit V. Und ich habe ihm dann auch meinen Namen genannt. Er hat das Tor aufgestoßen, und über einen Weg aus grauem Kies sind wir in den Garten gelangt, während das Tor zugefallen und schnalzend eingeschnappt ist. Der Nieselregen war inzwischen in Schnee übergegangen. Die nassen Flocken haben auf den dunklen Ästen und Zweigen der Kastanienbäume, die den Weg säumen, weiße Ränder gebildet. Das hat dieser kleinen Allee etwas, wie soll ich sagen, etwas Nachdenkliches gegeben.

Eine nachdenkliche Allee? Miriam verdrehte die Augen. Also, ich weiß nicht ...

In der Tiefe des Gartens, erzählte Stacy unbeirrt weiter, wo durch entlaubtes Buschwerk ein halb verfallenes Gewächshaus und das schwarze Band des Flusses durch die Dämmerung schimmerten, hat eine Krähe gekrächzt. Oder vielleicht ein Rabe.

Dann hat er bestimmt nevermore gekrächzt, sagte ich.

Wieso denn nevermore? fragte Laura.

Das ist Lyrik, sagte ich, und zwar von ...

Schon gut, winkte Laura ab. Mamas Geschichte ist spannender.

Zur Eingangstür, sagte Stacy, führt eine kleine, geschwungene Steintreppe hinauf. Vringsen hat einen Schlüsselbund aus der Manteltasche genestelt und gefragt, während er die Tür geöffnet hat, ob er mir etwas anbieten könne. Einen Tee vielleicht? Oder einen Sherry?

Wird ja immer charmanter, sagte ich, was Stacy ignorierte. Wir standen jetzt in einer geräumigen, mit Antiquitäten vollgestopften Diele. Die Wände sind mit Zeichnungen, Aquarellen und Gemälden übersät. Vringsen, der meinen Blick wohl richtig gedeutet hat, ist meiner Frage zuvorgekommen. Ich solle nicht allzu skeptisch hinsehen, hat er gesagt. Das seien alles nur Versuche. Er habe zu spät damit begonnen, eigentlich erst nach seiner Pensionierung. Wie es also mit einem Sherry wäre? Nun war es inzwischen aber so spät geworden, daß ich mich nicht länger aufhalten konnte und also abgelehnt habe, obwohl mir der Alte wirklich sympathisch gewesen ist. Und irgend etwas an ihm oder an dem Haus oder an der ganzen Situation hat mich auch neugierig gemacht. Ich muß noch einen Adventskalender für meine Kinder besorgen, habe ich gesagt, und ...

Hast du echt Kinder gesagt, fragte Laura streng.

Äh, nein, natürlich nicht. Mädchen habe ich gesagt, Mädchen. Aber es ist wirklich sehr merkwürdig, daß mir das mit dem Adventskalender ausgerechnet in diesem Moment eingefallen ist. Er hat mich nachdenklich angesehen, hat sich mit der Hand über die Stirn und die buschigen, grauen Augenbrauen gestrichen, als erinnere er sich an etwas. Ich solle einen Moment warten, hat er gesagt, vielleicht habe er da etwas für mich. Und dann ist er im Flur verschwunden. Ich habe zwischen all diesen Bildern gewartet, Landschaften, Seestücke, Porträts. Soweit ich es beurteilen kann, sind das aber durchaus keine Versuche, sondern ziemlich ausgereifte Arbeiten. Nach einigen Minuten ist Vringsen zurückgekommen und hat mir den Adventskalender in die Hand gedrückt. Den habe er für seine Kinder gemacht, sagte er. Damals, Anfang der fünfziger Jahre. Aber seine Kinder seien längst erwachsen und aus dem Haus, lebten woanders, und Enkelkinder gebe es keine. Ich habe den Kalender erst nicht annehmen wollen, aber Vringsen hat darauf bestanden. Er könne mir natürlich nicht das bedeuten, was er ihm bedeutet habe, hat er gesagt, aber vielleicht gefalle er meinen Kindern trotzdem. Dieser Kalender erzähle eine Geschichte, die ihm einmal passiert sei. Mir werde er vielleicht eine ganz andere Geschichte erzählen. Für ihn sei er eigentlich nur so lange wichtig gewesen, wie er an ihm gearbeitet habe. Und dann hätten seine Kinder ein paar Jahre Freude daran gehabt, bis sie nicht mehr geglaubt hätten. An Weihnachten. Und an diese gewissen Dinge, die mit Weihnachten zusammenhingen. Und dann hat Vringsen ganz leise geseufzt. Nun wollte ich den Kalender natürlich erst recht nicht mehr annehmen. Wenn er eine so große Bedeutung für Sie hat, habe ich gesagt, können Sie ihn doch nicht einfach verschenken. Aber Vringsen hat gelächelt und geantwortet, daß er die betreffende Geschichte schon nicht vergessen werde. Nie. Im übrigen, sagte er, habe er sie sogar einmal aufgeschrieben, weil ... aber das führe nun wirklich zu weit und er wolle mich nicht unnötig aufhalten. Er hat mir die Hand gegeben, und dann bin ich gegangen. Und hier wäre also der Adventskalender.

Echt wahr? fragte Laura mißtrauisch. Klingt ziemlich ausgedacht.

Wieso ausgedacht? Da steht der Kalender doch.

Na ja, aber ich mein, ausgerechnet so'n netter alter Mann mit grauen Haaren? Fehlt nur noch der Rauschebart. Und dann so'n Märchenhaus mit Märchengarten? Und Gruselraben? Und dann auch noch 'ne Geschichte, die er angeblich aufgeschrieben hat? Ist ja voll herbe. Wer's glaubt ...

2. Dezember

Ich stehe auf, wenn die Haustür hinter Stacy, Miriam und Laura zufällt. Bei den morgendlichen Dusch- und Schminkorgien gelte ich nämlich als männlicher, also unerwünschter Störfaktor. Da ihr Zentralorgan ›Young Miss‹ (das die inzwischen als präpubertär, sprich: uncool, abgelegte ›Bravo‹ beerbt hatte) den Mädchen vorschreibt, welche hygienisch-kosmetischen und modischen Bedingungen erfüllt sein müssen, um im Schulalltag »in« und »cool« zu sein, folgt dem besonders zur Winterszeit eher widerstrebenden Aufstehen ein temperamentvoller Kampf ums Bad, den gewinnt, wer als erster die Dusche besetzt hält, um sich dort bis zur Abflußverstopfung von allerlei Shampoos und Lotions berieseln zu lassen. Als zeitraubend erweist sich ferner die Anpassung ans cliquen-korrekte Outfit, die nur durch mehrfaches An-, Um- und Durchprobieren diverser Kombinationsmöglichkeiten erreicht werden kann, wobei recht regelmäßig festgestellt wird, daß man eigentlich gar nichts zum Anziehen hat und endlich und unbedingt neue Klamotten braucht.

Durch meinen Dämmer zieht halblautes Gemurmel vom Frühstückstisch, das Flair eines radebrechend geeinten Europas, wachgerufen durchs seit vorgestern fällige, in diesem allerletzten Moment jedoch erst realisierte Repetieren französischer und englischer Vokabeln. Bei Fragen nach arithmetischen Methoden, die nur von den Verfassern einschlägiger Schulbücher beantwortbar wären, tauchen im halbschlafenden Elternhirn Erinnerungen an die Selbstbescheidung des Sokrates auf. »Ich weiß, daß ich nichts weiß« – jedenfalls nicht das, was euer Mathelehrer gleich von euch wissen will. Noch ein Lamento über den Belag des Schulbrots (»Nich' schon wieder den Käse!«), ein letztes Wechseln des bereits zweimal gewechselten Schuhwerks (»Total uncool, so was trägt bei uns in der Klasse keiner mehr«). Höchste Zeit für den Bus. Die Tür rummst ins Schloß. Stacy wird auf dem Weg zur Arbeit die Mädchen an der Bushaltestelle absetzen. Das Anlassen des Motors. Das Nageln des kalten Diesels in der Einfahrt. Stille im Haus.

Im Badezimmer war trotz der Kälte das Fenster aufgerissen. Zum Ausgleich röhrte die Heizung auf Hochtouren. Ich schloß das Fenster und dachte an die einschlägigen Merk- und Kernsätze meiner Kindheit. Lieber warmer Mief als kalter Ozon. Oder auch: Erstunken ist noch niemand, erfroren sind schon viele.

Vielleicht lag es an der klaren, klirrenden Kälte dieses Morgens, dessen Licht rosig durch die Dämmerung brach und die Baumschatten als Hieroglyphenschrift auf mich zufallen ließ, daß bestimmte Momente meiner Kindheit in mir wach wurden. Selbst die Zeitung, die ich beim Frühstück aufschlug, erinnerte mich an jene fernen Tage des Behelfs und Ersatzes. Damals war die Funktion der Tageszeitung freilich nicht nur auf Information und Meinungsbildung, Werbung und Unterhaltung beschränkt. Richtig brauchbar wurde das Blatt erst, wenn es von gestern war. In seine Seiten konnten dann die Briketts eingewickelt werden, damit sie über Nacht die Glut besser hielten. Auch Gemüse- und Fischhändler wußten die Saugfähigkeit des Zeitungspapiers als Verpackungsmedium zu schätzen, und so konnte es passieren, daß einem Adenauers Konterfei unter einem Kohlkopf entgegenblinzelte. Meine Großmutter, aus leidvoller Erfahrung schwerer Zeiten *sehr* sparsam geworden, die das Badewasser am Samstag in Eimern auffing, um damit am Mittwoch die Fußböden zu schrubben, führte die Zeitungsseiten, in handliche Blätter zerschnitten, auch einer sanitären Funktion zu, die, an heutigen Maßstäben der Wiederverwertung gemessen, zwar einer Pioniertat praktischen Umweltbewußtseins gleichkam, wegen der Glätte und Härte des Papiers jedoch gewisse Unannehmlichkeiten mit sich brachte.

Nachdem ich die heutige Ausgabe überflogen und mein Frühstück beendet hatte, räumte ich die Lebensmittel in den Kühlschrank und das Geschirr in die Spülmaschine. Auf dem Weg ins Arbeitszimmer fiel mein Blick auf den Adventskalender. Die Mädchen hatten die zweite Tür aufgeklappt. Das Motiv zeigte ein Paar Schuhe. Ich sah genauer hin. Eine Bleistiftzeichnung offenbar. Sehr fein ausgeführt. Ich hatte solche Schuhe schon einmal gesehen. Aber wo? Wann? Ich setzte die Lesebrille auf. Hochschäftige, schwarze Schnürschuhe mit derber Sohle. Abgetragen, zerschlissen. Krumme Hacken. Möglicherweise Militärschuhe. Woher kannte ich diese Schuhe? Sie schienen mir plötzlich so vertraut, als hätte ich sie einmal selbst getragen. Sie hatten etwas mit der Erinnerung an die Zeitung zu tun, mit Mangel und Kälte. Aber auch mit Unbeschwertheit und Glück. Mit Kindheit jedenfalls, der versunkenen Landschaft. Es würde mir schon wieder einfallen. Ich durfte nur nicht darüber nachdenken.

Die zweite Tür

Die Klinke der verriegelten Tür wird heruntergedrückt. Zwei Faustschläge wummern dumpf gegen das Holz der Füllung. Bißchen Beeilung da drin! Der beinamputierte Ex-Leutnant und Lehrer in spe. Wer scheißt denn da so lange?

Und so weiter, das übliche Grauen dieser Tageszeit. Der junge Mann, der ich war, wischt sich mit dem Handtuch die kalten Schaumreste aus dem Gesicht, klebt einen Fetzen Zeitungspapier auf die blutende Schnittwunde am Kinn, rafft seine armseligen Toilettenartikel zusammen und geht wortlos an dem Mann vorbei.

Grüßen ist hier wohl ein Fremdwort geworden, was? brüllt der ihm nach. Armes Deutschland! und knallt die Tür zu.

Armes Deutschland, murmelt er wie ein tonloses Echo, als er sich im Mansardenzimmer an den sechseckigen Spieltisch hockt, der früher im Salon stand. An diesem Tisch haben seine Eltern mit ihren Freunden Doppelkopf und Rommé, Bridge und Canasta gespielt, und zu Weihnachten hat der Tannenbaum strahlend und funkelnd neben diesem Tisch gestanden, die Mahagoniplatte mit einer purpurroten Samtdecke überzogen, auf der die Geschenke ausgebreitet lagen. Der warme Glanz, den das Mahagoni in seinen Tönen wie schwarzer Tee und Cognac ausstrahlte, ist längst abgestumpft und ausgekühlt.

Der junge Mann stöpselt ein stoffumwirktes Elektrokabel in einen Tauchsieder, hängt ihn in einen Topf, starrt teilnahmslos hinein, bis das Wasser Blasen wirft und zu sprudeln beginnt, und gießt sich in einer abgestoßenen Tasse Ersatzkaffee aus Gerstenmalz und gemahlenen Eicheln auf. Dann öffnet er die Blechdose, in der früher, in unerreichbarer Höhe für naschende Kinderhände, auf dem Küchenschrank, selbstgebackene Kekse und Biscuits verwahrt wurden, und entnimmt ihr die letzten zwei Scheiben Maisbrot. Die gelbe, klebrige Masse ist bereits angetrocknet und zerbröselt in den Händen, klebt aber zwischen den Zähnen.

Würgend sieht er sich im Zimmer um. Bett, Kommode, Tisch, zwei Stühle. Von der Decke baumelt an einem Kabel eine nackte Glühbirne. An der Kommodenwand lehnen mehrere Mappen aus leinenüberzogener Pappe. Sie enthalten, was er einmal für die Anfänge seiner Kunst hielt. Für Kunst ist dies nicht mehr die Zeit. Mit einigen der Blätter hat er einmal den Ofen angeheizt. Aber als die Flammen das Porträt von Marion verzehrten, wie sie im Blütenrausch des Frühjahrs auf der Gartenbank saß und las, schreckte er wie aus einem Alptraum auf und legte die Skizzen wieder in die Mappen.

Am Haken neben der Tür sein Mantel. Die Mütze. Der Schal. Auf dem Fußboden die Schuhe. Damals hätte er sie vielleicht gezeichnet in ihrer stummen und doch eigentümlich belebten Traurigkeit. Die abgetretenen Absätze. Das vergraute Schwarz des Leders zerschlissen, schründig, von Schneewasser weiß gerändert. Die Schuhbänder mehrfach gerissen, mehrfach wieder geknotet. Die Schuhe haben einen langen Weg hinter sich. Im Herbst, als ihm der Regen die Halbschuhe durchweichte, hat er diese britischen Militär-Schnürstiefel auf dem Schwarzmarkt eingetauscht. Vermutlich war der Mann, der sie ihm überließ, ehemaliger Wehrmachtsoffizier. Vielleicht war er auch nur ein Angeber, denn als er ihm die Schuhe gab, kniff er ein Auge zu und flüsterte: Dünkirchen. Für zehn Zigaretten hat er sie bekommen. Für zehn »Lucky« Strike und einen der beiden alten Kerzenständer aus Messing, die kurz vor Weihnachten mit einer scharf riechenden, weißen Paste eingeschmiert und mit einem Wolltuch poliert worden waren. Dann standen sie glänzend und Glanz zugleich spiegelnd auf dem Gabentisch.

Er zieht die schweren Schuhe zu sich heran, fährt mit den Füßen hinein, schnürt die Bänder fest. Schal. Mantel. In den löchrigen Taschen verfilzte Wollhandschuhe. Mütze. Er schließt die Tür hinter sich ab und steigt mit schweren Schritten die Treppe hinunter.

Mit einer nordöstlichen Strömung sorge das umfangreiche Rußlandhoch in den kommenden Tagen für die Zufuhr sehr kalter Festlandsluft, die in ganz Deutschland zu Dauerfrost führen werde. Soweit, verehrte Zuschauer, das Wetter für die nächsten Tage, womit der halbkahle Meteorologe Wesp vom ZDF bescheiden den Bildschirm räumte und dem voll kahlen Werbemanfred Raum für seinen vorweihnachtlichen Telekomkäse gab.

Cool, sagte Miriam. Dann kriegen wir eisfrei.

Was eisfrei sei? erkundigte sich Stacy und wurde belehrt, es handele sich um das Gegenteil von hitzefrei, um den Schülern Gelegenheit zum Schlittschuhlaufen zu geben.

Hat's aber noch nie gegeben, seufzte Laura. Ist vielleicht bloß so ein Gerücht.

Schlittschuhlaufen könnt ihr ja wohl auch nach der Schule, sagte ich.

Ich brauch aber unbedingt neue Schlittschuhe, sagte Miriam. In den alten müßte ich mir die Zehen abhacken.

Ich auch, setzte Laura nach. Und die Fersen dazu.

Dir passen mit Sicherheit noch Miriams, sagte Stacy.

Igitt! schrie Laura, die sind ja schwarz. Ich will weiße. Außerdem steck' ich doch meine Füße da nicht rein, wo Miriam ihre Käsemauken drin gehabt hat.

Mein Gott, sagte ich, ihr seid aber wirklich sowas von ...

... verwöhnt! riefen die Mädchen im Chor und grinsten sich an.

War dies verständnisinnige Grinsen Indiz für die Wiederkehr des Immergleichen? Hatten meine Eltern nicht auch uns als notorisch verwöhnt empfunden, nachdem sie selbst der nackten Existenznot ausgesetzt gewesen waren? Tod, Zerstörung, Hunger, Kälte? Aber war der Verdacht, verwöhnt zu sein, nicht schon schnell zur stereotypen Phrase geronnen, je mehr sich die hageren Falten der Not glätteten und unter den Nyltesthemden die Wohlstandsbäuche strafften? Kinder, ihr wißt ja gar nicht, wie gut ihr's habt! Und in der Tat, wir hatten genug zu essen und froren nicht, aber um Milch mußte man, die Blechkanne in der Hand, in langer Reihe anstehen, und Slogans wie »Eßt mehr Obst und ihr bleibt gesund« klangen höhnisch, wenn ich mir mit meinem Bruder eine saure Apfelsine teilen durfte und als Festmahl empfand. Manche Dinge erwiesen sich bereits in der Art und Weise, in der Erwachsene davon redeten, als der pure Luxus: Wenn meine Mutter »echter Bohnenkaffee« sagte, dann tremolierte das wie ein Ding aus Tausendundeiner Nacht; und »gute Butter« – das klang fast wie »echtes Gold«. Wenn es im Winter für uns Kinder nicht für lange Hosen reichte, trugen wir ersatzweise lange Wollstrümpfe zu kurzen Hosen, und manche Besucher brachten als Gastgeschenk ein paar Briketts mit.

Im Winter, sagte ich, wenn der Teich im Stadtpark zufror, sind wir dort Schlittschuh gelaufen und haben Eishockey gespielt. Bei den Schlittschuhen handelte es sich natürlich noch nicht um diese Astronautenausrüstung, diese High-Tech-Geräte, mit denen ihr aufs Eis geht. Unsere Schlittschuhe, wie im Sommer übrigens auch die rappelnden Rollschuhe der Marke »Hudora«, wurden einfach unter die Schuhe geschnallt und zur passenden Größe geschraubt. Sehr zum Leidwesen unserer Eltern, weil Dauerfrost deshalb fast immer neue Sohlen und Absätze kostete. Und die Schuhe ...

Was war mit den Schuhen? fragte Laura, als ich in meiner Erzählung stockte. Denn bei den letzten Worten hatte mich ein vager Reiz der Erinnerung berührt, wieso mir die Schuhe auf dem Adventskalender vertraut vorgekommen waren. Ich wußte jetzt, daß ich es wußte, aber das Wissen schlief noch.

Als Eishockeyschläger, fuhr ich fort, mußten derbe Astgabeln reichen. Und der Puck war eine leere Dose »Libby's«-Milch. Wenn man dann, nach Stunden, vom Eis kam, die Schlittschuhe abschnallte und nach Haus marschierte, durchströmte Füße und Beine ein zwischen Schwerelosigkeit und Gelenkschmerzen pendelndes Glücksgefühl.

Das Gefühl kenn ich, sagte Miriam. Aber wieso Glück?

Vielleicht, sagte ich, weil etwas Selbstverständliches, über das man sonst nie nachdenkt, das Gehen auf eigenen Füßen nämlich, für einige Momente ins Bewußtsein drang.

Na ja, sagte Laura, vielleicht freut man sich auch nur, daß dann nix mehr weh tut. Hauptsache, die Schlittschuhe sind nicht zu klein.

Vom Schnee- und Eiswasser waren die Schuhe dann meistens aufgeweicht, hatten weiße Schlieren und rochen streng. Wir haben Zeitungspapier zusammengeknüllt, die Schuhe damit ausgestopft und zum Trocknen über den Ofen gehängt.

Die Schuhe, die alten Zeitungen, der Geruch nassen Leders. Irgend etwas fehlte noch ...

Wie gefällt euch denn das Bild auf dem Adventskalender? fragte ich.

Diese abgelatschten Springerstiefel? Miriam zuckte mit den Schultern. Na ja, ganz schön irgendwie …

Im Lauf des Abends hatte der Ostwind beständig zugenommen, und als ich im Bett lag, orgelte er durch die Baumkronen und ballte sich zu dumpfen Stößen gegen das Fenster zusammen. Der Mond sichelte eisblank durchs Geäst der großen Kiefer, warf fahles Licht und schwankende Schattenrisse gegen Wände und Zimmerdecke. Irgendwo im Dachgebälk baumelten die Schuhe.

3. Dezember

Na, wie war's in der Schule? floskelte ich die Mädchen an, als ich sie wie üblich mit dem Wagen vom Schulbus abholte.

Das fragst du jeden Tag, sagte Miriam und verdrehte gelangweilt die Augen zum Autohimmel.

Ihr habt ja auch jeden Tag Schule.

Es war wie immer, sagte Laura.

Und nichts passiert, was sich erzählen ließe? hakte ich nach, obwohl ich aus Erfahrung wußte, daß das Gespräch sich so im Kreise drehen würde.

Null, sagte Laura.

Fünf, sagte Miriam.

Was heißt fünf? fragte ich.

Ich hab 'ne Fünf in der Mathearbeit, wurde Miriam widerwillig gesprächiger. Die Müller-Kessler, diese blöde Kuh. Hätte mir auch 'ne Vier geben können. Wegen anderthalb schlaffen Punkten an 'ner Vier vorbei. Ist also 'ne gute Fünf.

'ne schlechte Vier wär besser gewesen, sagte ich.

Die Müller-Kessler ist doch voll behindert! Miriam starrte angestrengt aus dem Fenster, als ob sie nach den anderthalb verlorenen Punkten suchte.

Wieso behindert? erkundigte ich mich. Soviel ich weiß, ist sie völlig gesund. Unterrichtet sie nicht sogar Sport?

Das sagt man heute so, erklärte Laura. Behindert heißt bescheuert.

Kein schönes Wort, sagte ich und überlegte, wie ich mein Unbehagen an dem Ausdruck formulieren konnte, ohne in den Untiefen pädagogischer Überkorrektheit zu stranden.

Wie hieß das denn früher bei euch? fragte Laura.

Bescheuert hieß, glaube ich, meschugge. Oder plemplem. Und behindert hieß versehrt. Kriegsversehrt. Wir hatten einen Nachbarn, dem ein Bein amputiert worden war. Und als Ersatz hatte er ein Holzbein. Es war ja fast alles Ersatz, damals, in den frühen fünfziger Jahren.

Die Mädchen schwiegen. Sie stritten sich nicht mal. Vielleicht war ihnen die Vorstellung eines Holzbeins unangenehm. Ersatz. Behelf und Ersatz.

Ich hab tierischen Durst, stöhnte Laura plötzlich.

Tierischer Durst ... Das Wort war offenbar zeitgeistresistenter als »plemplem«. Auch wir hatten es damals benutzt in den Zeiten des Behelfs und Ersatzes. Und gegen unseren tierischen Nachkriegsdurst gab es »Assis«, einen billigen Orangensirup, den man mit Wasser zu einer Limonade aufgießen konnte. Ein Behelfsgetränk. Meine Mutter kaufte es, wie auch den Ersatzkaffee, in einem merkwürdigen Behelfsladen, der sich in einem Hochbunker befand, den abzureißen zu teuer und den zu sprengen zu gefährlich war. Dieser behelfsweise zum Billigladen hergerichtete Luftschutzbunker war vielleicht das beste Symbol der Nachkriegszeit, wie sie noch in meine Kindheit hineinragte. In den Trümmern und Resten tausendjährigen Größenwahns regten sich, karg noch, bescheiden und verhärmt, bunte Konsumkrokusse des kommenden Wirtschaftswunders. Ein geflügeltes Wort meiner Großmutter lautete: Man muß sich nur zu helfen wissen. Und man behalf sich. Man improvisierte.

So hatte der Mangel vielleicht auch seine Vorteile. Ungesund war es wohl nicht, daß wir nur einmal wöchentlich Fleisch und, wenn's hoch kam, freitags Fisch zu essen bekamen. Der Mangel machte auch erfinderisch und regte die Phantasie an. Tabak wurde auf Balkons angebaut, wie heute Marihuana. Der winzige Laden des Gemüsehändlers war so in und an eine Gartenmauer gebastelt, daß er aussah wie unsere Gartenbude zwischen Luftschutzmauer und Hauswand. Es gab Fahrräder mit Hilfsmotor, Autos, die mit Holzgas betrieben wurden, und selbst der dreirädrige Tempo-Transporter des Bäckers sah mit seinem einsamen Vorderreifen nach Behelf aus - amputiert wie jener kriegsversehrte Nachbar, der mit seinem knarrenden Ersatzbein über die Straße stakste. Und es gab Behelfsheime, Baracken und Nissenhütten aus Wellblech, für Ostflüchtlinge, auch Heimatvertriebene genannt, und für die Ausgebombten. Ich konnte mich allerdings nicht daran erinnern, diese Behelfsheime selbst noch gesehen zu haben - und trotzdem waren sie mir präsent. Wahrscheinlich hatte mein Vater davon erzählt; vielleicht hatte ich auch irgendwann entsprechende Fotos gesehen. Die Grenze war ja fließend zwischen erinnerten Erfahrungen, die man tatsächlich gemacht hatte, und jenen Erfahrungen, die man nur zu erinnern glaubte, weil man die Erzählungen der damals Erwachsenen zu hören, die alten Fotos zu sehen bekommen und Geschichten und Bilder dann mit dem gleichgesetzt hatte, was wirklich geschehen war.

Und was gibt's zu Mittag? fragte Miriam, als wir in die Einfahrt einbogen.

Fast hätte ich Graupensuppe gesagt, sagte aber Nudelauflauf und fragte mich, welcher Magnet meine Gedanken in jene frühen Jahre zurücksog, in denen mir vor Graupensuppe gegraut hatte.

In der Hektik des knapp geglückten Versuchs, den Schulbus nicht zu verpassen, war die dritte Tür des Adventskalenders heute früh ungeöffnet geblieben. Jetzt klappte Laura sie auf, blickte eine Weile das Bild an und nickte dann befriedigt, als hätte sie nichts anderes erwartet. Auch Miriam sah genau hin, drehte dabei den Kopf nach links und rechts, Spieglein, Spieglein an der Wand, und sagte: Ein Brot und eine Flasche. Und ein Stück Fleisch.

Ich schob mir die Lesebrille auf die Nase: Eine Ginflasche. Und Speck. Merkwürdiges Motiv für einen Adventskalender.

Je länger ich mir das ansehe, sagte Laura, desto hungriger werde ich. Wann gibt's denn endlich Mittagessen?

Sobald du den Tisch gedeckt hast, rief Stacy.

Miriam ist dran, maulte Laura.

Nö, du ...

Die dritte Tür

Die Villenviertel um den Schloßpark und die Innenstadt sind unversehrt geblieben. Die beiden Luftangriffe hatten den Industrieanlagen am östlichen Stadtrand gegolten, besonders dem Reifenwerk, das dem Erdboden gleichgemacht worden war. Die angrenzenden Arbeitersiedlungen waren durch den vom brennenden Werk ausgehenden Feuersturm fast völlig ausgebrannt.

Zwischen den rauchgeschwärzten Ruinen, die wie Scherenschnitte der Hölle in den blasser werdenden Himmel ragen, sieht er Frauen in Soldatenmänteln und Kopftüchern, alte Männer mit Hüten und Wollmänteln, die vor kurzem noch elegant ausgesehen haben mögen, Kinder mit Schirm- und Pudelmützen in unförmigen Jacken. Sie ziehen Stein um Stein aus den Schutthalden, klopfen mit Hämmern Mörtel ab, schichten die Ziegel zu hohen, sehr ordentlichen Haufen. Hochschultrig und mager streunt eine Katze durchs trostlose Gelände, durch die rußschwarzen Ziegel und kopfsteinigen Durchbrüche, durch Schatten heraushängender Leitungsdrähte, die Kellertüren in makabere Harfen verwandeln. Unter dem tiefen Vormittagslicht wirken die Straßen mit den leeren Stellen, an denen Häuser gestanden haben, wie blinde Flecken. Das Räumen und Stapeln kommt ihm wie eine umtriebige Bewegung des Selbstbetrugs vor. Was soll aus diesen Trümmern gebaut, wie sollen diese Lücken gefüllt, wie kann das Licht wieder in feste Bahnen gelenkt werden? Hausrat und Möbel stehen herum. Davon scheint mehr geblieben als Wohnraum. Wo schlafen die Menschen, die hier die Trümmer umschichten?

Ein britischer Jeep kriecht im Schritt-Tempo durch die Straße, lockt die Kinder an und zieht sie im Schwarm hinter sich her. Möwen, die einem Fischkutter folgen. Die Militärpolizisten werfen den Kindern Kaugummis und einige Riegel »Cadbury«-Schokolade zu und rufen Merry Christmas. Frauen heben die Köpfe und lächeln. Männer ziehen die Hüte tiefer ins Gesicht, manche wenden sich ab.

Er erreicht das Gelände der ehemaligen Spedition. Vom Hauptgebäude ist nur ein Schutthaufen geblieben, aber einige Lagerschuppen stehen noch. Er überquert den Hof, dessen Kopfsteinpflaster so sauber ist, als werde es täglich gefegt. Ein Bild steigt in ihm hoch, würgt ihn. Männer und Frauen, die mit Zahnbürsten das Blausteinpflaster des Marktplatzes putzen. Braun Uniformierte stehen breitbeinig und feixend daneben. Er steigt über eine Eisenstiege zur Verladerampe hoch, geht durch den dämmrigen Schuppen, in dem Ersatzteile für längst nicht mehr vorhandene Lastwagen rosten, und klopft mit dem Fingerknöchel gegen die Blechtür des ehemaligen Fuhrbüros. Einmal, kurze Pause, zweimal. Nichts rührt sich.

Er drückt die Tür auf. Die stickige Wärme in dem überheizten Raum überfällt ihn wie ein Schock. Diebold liegt rücklings und schnarchend auf dem Doppelbett, furnierte Eiche, das einmal in einer der Arbeiterwohnungen gestanden hat. Speichel tropft aus dem Mund des Schlafenden und zieht eine glitzernde Spur über dessen Kinn. In der Ecke glüht der Kanonenofen. Daneben zwei große Körbe mit Briketts. Auf dem Tisch eine Flasche englischer Gin, bis auf Daumenbreite geleert. Ein halbes Weizenbrot. Ein Stück Räucherspeck. Er setzt sich. Kaut sehr langsam. Trinkt Gin. Wartet. Kritzelt auf die Rückseite herumliegender Frachtbriefe ein Stilleben. Brot. Speck. Flasche. Er zerknüllt das Blatt, wirft es in den Ofen, als er ein paar Briketts nachlegt.

Diebold wacht in der Abenddämmerung auf. Sie spielen noch ein paar Runden Siebzehnundvier. Mindesteinsatz eine »Lucky«. Diebold gewinnt und erläßt ihm die Schulden sofort. Dann machen sie sich auf den Weg. Schon von weitem hören sie die Musik, die aus dem Kellergewölbe über den stillen Marktplatz zuckt und in der kalten Nacht wie Rauch vergeht. Am rostigen Eisengeländer der Treppe lehnt Werschmann, die Zigarette im Mundwinkel, und winkt ihnen lässig zu. Alles im Griff.

4. Dezember

Und was machen Sie jetzt mit dem vielen Geld? fragte der Moderator den Sieger einer TV- Quizsendung, der soeben knapp fünftausend Mark gewonnen hatte, obwohl er die Antwort auf die Frage nach dem längsten Fluß Afrikas schuldig geblieben war, dafür aber den bürgerlichen Namen eines ehemaligen Fußballspielers hatte nennen können, dessen Spitzname »Ente« lautete.

Ja ... gut, druckste der nunmehr reiche, vor Gewinnerglück aber sichtlich verwirrte Mensch vor sich hin und zog dabei eine so grüblerische Miene, als wäre er nach der Hauptstadt Papua- Neuguineas gefragt worden.

Das müssen Sie ja jetzt auch gar nicht entscheiden, wollte ihm der Moderator, wenn auch nicht ganz uneigennützig, aus der Bredouille helfen, denn unsere Sendezeit ist sowieso ...

Da hellte sich das Gesicht des Nachdenkenden schlagartig auf. Dafür kauf ich ein Gartenhäuschen aus Holz, für meine Kinder. Zu Weihnachten. Da können die dann drin spielen und ...

Bezaubernd, unterbrach ihn der Moderator, für die Kinder. Unsere Sendezeit ...

Is' ja voll prall! rief Laura in den Abspann der »Show«. Und während im anschließenden Werbeblock eine Tennisspielerin erklärte, daß ihre Leistungen als Profi in einem ursächlichen Zusammenhang mit dem regelmäßigen Verzehr von »Milchschnitten« stünden, setzte Laura noch hinzu: So einen Papa möcht' ich auch gern mal haben.

Das gab mir zu denken. Und zwar schwer. Ein hölzernes Gartenhaus zum Spielen hatten die Mädchen sich bislang noch nicht gewünscht – und wenn, hätte ich es ihnen gewiß ausgeredet. Für das Geld konnten wir mit der ganzen Familie nach Kalifornien fliegen und uns eine Woche in Disneyland aufhalten. Das hatten wir natürlich auch noch nicht gemacht; selbst Euro-Disney bei Paris hatte ich bislang erfolgreich abwehren können, weil man mit dem Geld, das man dort in zwei Tagen verjuxen würde, eine Woche Nachsaisonurlaub auf Langeoog machen kann. Ein Gartenhaus zu Weihnachten? Warum nicht gleich einen eigenen Bungalow? Es stand zu befürchten, daß damit einer Entwicklung Vorschub geleistet würde, die unser Grundstück binnen kürzester Zeit in einen Freizeitpark verwandeln müßte; als nächstes käme der Swimming-Pool, dann unausweichlich die Wasserrutsche, dann die Inlineskate-Bahn ...

So einen Papa möcht' ich auch gern mal haben? Hatte ich meinen Töchtern bislang denn nicht alle – oder jedenfalls fast alle – Wünsche erfüllt? Das Baumhaus zum Beispiel, an dem ich in jenem Sommer mehrere Tage gesägt und gehämmert hatte, mir den Daumen blutig geschlagen und diverse Hautabschürfungen davongetragen hatte – mit dem vorhersehbaren Resultat, daß dort nur eine einzige Saison gespielt wurde. Seit einem Jahr hatten sie sogar einen eigenen Computer, vollgestopft mit bunten Malprogrammen und Spielen, der pädagogischen Korrektheit zuliebe natürlich auch mit einigen Lernspielen, inklusive Anschluß fürs Internet, ohne das man angeblich »krass out« war. Und da sagte

Laura doch glatt, sie möchte einen Papa wie diesen Einfaltspinsel im Fernsehen. Undankbares Gör!

Wenn ich daran dachte, mit welchen bescheidenen Mitteln unsereiner in seiner kargen Nachkriegskindheit glücklich zu machen war ... Die Schuhe! Was war mit den Schuhen auf dem Adventskalender? Woher kannte ich die?

Was ist denn eigentlich heute auf dem Adventskalender? fragte ich.

Och, so 'ne Art Gitarre ...

Gitarre? Ich ging zum Kaminsims und sah durchs Gespiegel. Ein Banjo ist das. Und es ist, es ist fast ...

Ist was fast? fragte Laura.

Genau so gut gezeichnet wie die Schuhe und das Stilleben. Es lebt. Man kann es fast hören.

Nee, ich mein, was ist ein Banjo?

Ein Banjo ist, nun ja, so eine Art Gitarre. Erklär ich dir morgen. Ich hab's jetzt eilig.

Wo willst du denn hin?

Skatabend ...

Die vierte Tür

Standbaß und Schlagzeug. Die Bläser, Trompete, Posaune, Klarinette. Darüber das metallische Scheppern und Flirren des Banjos. »Bill Mosey's Dixie Train – Official Christmas Concert« steht auf den schmucklosen Plakaten, die während der vergangenen Tage in der Stadt ausgehängt worden sind. Die Gruppe gehört zu den amerikanischen Truppen aus Bremerhaven und absolviert auf Einladung der Engländer und Kanadier eine Weihnachtstournee durch die britische Zone. Für die Veranstaltung im Bürgerkeller hat die Besatzungsbehörde sogar die Sperrstunde auf Mitternacht ausgeweitet. Und aus diesem Grund hat Werschmann die Aktion für den heutigen Abend geplant.

Sie steigen die Treppe hinunter. Der Tabakqualm wabert wie Nebel im niedrigen Gewölbe. Die Lampen auf den Tischen und an der Decke, Positionslichter ferner Schiffe. Im schummrigen Licht das Olivgrün englischer Uniformen. Dazwischen junge Frauen aus der Stadt. Fräuleins. Englische Laute. Gedränge. Gelächter. Kaum ein deutsches Wort. Von einer kleinen Bühne am Kopfende des Saals dröhnt die Musik. Drei Schwarze und drei Weiße in Uniform. An der Wand über ihnen der Union Jack, wo Hitlers Foto gehangen hat. Daneben Stars and Stripes. Es ist nicht lange her, da hat auf der Bühne ein feister Gauleiter Durchhalteparolen krakeelt, und das Grammophon hat Marschmusik dazu geplärrt. Der Spuk ist vorbei. Ein anderer Geist geht jetzt um, befeuert von englischem Gin, schottischem Whisky und amerikanischen Zigaretten, auf den Flügeln der Musik, die allen in die Beine geht. Wer nach diesem Rhythmus noch marschieren wollte, geriete wohl bald ins Tanzen. An einem Tisch sitzt Marion zwischen einem kanadischen Major und einem englischen Colonel. Sie hat gesehen, daß er sie gesehen hat. Sie würdigt ihn keines Blicks. Er hat ihr Bild längst verbrannt.

Diebold hat englisches Geld in der Tasche. Als ehemaliger Spediteur hat er in seiner Kindheit gelernt, mit Pferden umzugehen, weil damals viele Transporte noch mit Pferdefuhrwerken abgewickelt wurden. Deshalb hat er einen Job in den britischen Ställen ergattert, wo die Pferde der Offiziere und der berittenen Militärpolizei einstehen. Werschmann hat sogar drei einzelne Dollarnoten. Wo er die herhat, verrät er nicht. Man kann es sich aber denken – weshalb Werschmann sie auch lieber nicht zeigt. Hier nicht. Vringsen hat gar nichts. Keinen Pfennig. Keinen Cent. Diebold zahlt heute für alle. Übermorgen werden sie aus dem Schneider sein.

Sie holen sich Whisky vom Tresen und verziehen sich an einen Ecktisch. Niemand beachtet sie. Werschmann holt ein Stück Papier und einen Bleistiftstummel mit Stahlspitze aus der Jackentasche. Der Grundriß eines Hauses. Vringsen hat ihn gezeichnet. Er kennt das Haus gut.

Hier also die Kellertreppe vom Garten her. Werschmann zieht einen plumpen Strich. Die Tür zur Waschküche. Werschmann macht einen dicken Punkt. Sie zu öffnen, reicht ein krummer Nagel. Fetter Pfeil. Den Rest, sagt Werschmann, erledigen wir beide. Du, wendet er sich an Diebold, bleibst vor der Waschküchentür und stehst Schmiere. Kreis mit Kreuz darin.

Vringsen führt sein Whiskyglas zum Mund. Die Hand zittert.

Hast du etwa Schiß? War doch deine eigene Idee, oder? Werschmann lacht.

Vringsen schüttelt den Kopf. Er hat keine Angst. Er zittert, weil es jetzt kein Zurück mehr gibt. Er zittert, weil er sich vor sich selbst schämt. Das Schlagzeug hämmert wie sein Herz, der Baß pumpt ihm Blut ins Gesicht, die Synkopen der Bläser folgen dem Rhythmus seines Zitterns. Und das Schrammeln des Banjos hört sich plötzlich so an, als würde mit einem stumpfen Spachtel Farbe abgekratzt. Bilder, die ihm viel bedeutet haben. Sehr viel. Er trinkt. Es ist kein Spachtel. Es ist diese zuckende Musik. Und niemand wird die Bilder zerstören. Sie werden nur den Besitzer wechseln. Sie werden anderswo hängen. Die Musiker machen Pause. Er trinkt noch einen Whisky. Er ist jetzt ganz ruhig.

Gegen elf verlassen sie den Bürgerkeller. Die Musik folgt ihnen über den Marktplatz in die Nacht.

In der »Weinstube Albers« habe ich noch nie jemanden Wein trinken sehen. Der Name des Lokals ist ein Relikt besserer Tage, die das Etablissement während der sechziger Jahre sah, als sich Wirtschaftswunder auf lieblichen Mosel und Liebfrauenmilch reimte. Das Lokal in den Katakomben des Rathauses, in denen sich bis Mitte der fünfziger Jahre der berühmtberüchtigte Bürgerkeller breit gemacht hatte, ist zu einer rechtschaffen trüben und müden Nachbarschaftskneipe degeneriert, in der Pils vom Faß, ausnahmsweise auch Export aus Flaschen, konsumiert wird.

Unsere Skatrunde trifft sich hier mit Bedacht. Insofern uns die Unzeitgemäßheit unseres Treibens durchaus bewußt war, schien es uns nachgerade zwingend notwendig, einen Tatort zu frequentieren, dessen Atmosphäre vorm hohlen Blasen des Zeitgeistes gefeit ist. Moderne Technik gibt es hier nur in Form eines Daddelautomaten, Marke »Rotomat«, sowie eines Münzfernsprechers und eines Zigarettenautomaten im Toilettengang. Aus dem Radio trieft immer die gleiche Dauerflachwelle: »Bremen Melody«.

Bei den zirka fünf bis maximal zehn Gestalten, die hier wortkarg am Tresen kleben, handelt es sich um Stammgäste, denn wenn wir drei einmal im Monat aufkreuzen, sind die anderen immer noch da. Wie Egon Hellbusch, der Wirt, ein rötlich-rundlicher Mittsechziger, auf den berühmten grünen Zweig kommt, ist allen ein Rätsel. Ihm selbst vermutlich das größte. Bis vor kurzem hat er die Flaute seines Unternehmens als »Auswuchs der Gesundheitsreform« interpretiert, hält aber neuerdings den Gästeschwund für ein »Resultat der Ökosteuer« beziehungsweise der »630-Mark-Lüge«. Ob allerdings das Plastiktannenbäumchen, das jedes Jahr ab 1. Dezember aufgeklappt neben dem Pistazienspender auf dem Tresen weihnachtlichen Glanz in die abgehalfterte Hütte bringen soll, Gäste lockt oder eher abschreckt, hat Egon Hellbusch sich noch nie gefragt.

Wie dem auch sei: Wir drei sind zuverlässig wie der Abreißkalender hinter Egons Tresen. Und wir sind erstens Dietrich, genauer gesagt Prof. Dr. Dietrich Reiter, Kunsthistoriker an der Uni und als beinharter Cineast nebenbei Betreiber eines Programmkinos namens »Metropolis« (wobei es uns manchmal so vorkommen will, als sei das Kino seine Profession und die Professur lediglich ein Hobby); zweitens Nikolaus Bäckesieb, Staatsanwalt am Oberlandesgericht (mit dem ich gemeinsam zur Schule gegangen bin, was uns gelegentlich zu Scherzen hinreißt, über die außer uns beiden niemand lacht); und der dritte bin ich.

An diesem Abend spielte ich unkonzentriert und schlecht. Meine entsprechend siegreichen Freunde schwankten zwischen Ärger über meine Fehler und Freude über leicht gewonnene Spiele. Dietrich erkundigte sich mitfühlend, ob ich etwa »Streß« hätte, »Schreibblockade« womöglich oder Ehekrach. Aber das war es nicht. Lauras Wunsch nach einem entschieden anders konditionierten Erzeuger, der ihr Gartenhäuser baute und zu sogenannten Traumreisen verhalf, nagte zwar an mir. Ich würde morgen ihre ältere, mithin »vernünftigere« Schwester Miriam in einer stillen Minute beiseite nehmen und mich erkundigen, ob sie vielleicht auch lieber einen Vater hätte, der ihr einen eigenen Bungalow mit Swimmingpool böte. Aber das war es eigentlich auch nicht. Das war ja eher komisch, und als ich es erzählte, lachte sogar Egon Hellbusch fett und scheppernd mit. Was war es dann? Die Bilder des Adventskalenders? Die Schuhe. Das Banjo. Als ob es in meinem Kopf leise vor sich hin schrammelte. Sollte ich das etwa erzählen?

Wir haben zu Hause einen Adventskalender, sagte ich, und der ... Ich wußte nicht weiter.

Na prima, sagte Nikolaus. Kontra! Und Vorhand kommt raus.

Adventskalender? Dietrich zog die Augenbrauen hoch. Hier, lange Farbe, kurzer Weg. Stehen deine Mädchen denn noch auf so was? Und das As hinterher.

Nein, sagte ich, das heißt irgendwie doch. Es ist eher so, daß er mich selbst interessiert, und zwar ...

Mann! Mann!! Mann!!! stöhnte Nikolaus, was spielst du dir denn da für'n Kack zusammen? Pik ist doch blank!

Ihn interessiert ein Adventskalender, höhnte Dietrich und nagelte seine Trümpfe auf den Tisch. Schneider ist er.

Nein, sagte ich, es geht um die Bilder. Die Bilder sind ...

Die Bilder haben doch nichts gebracht, sagte Nikolaus. Die zwei Vollen zum Schluß und die Karoflöte, die haben dich reingerissen.

Ich gab auf. Es war unerklärbar. Wahrscheinlich war es schlicht lächerlich. Ich versuchte, mich zu konzentrieren, spielte dann sogar auch etwas besser.

Aber die Bilder kehrten wieder. Das Banjo. Als ob es in diesen Raum gehörte. Ausgerechnet in die »Weinstube Albers«. Ich konnte es hören.

5. Dezember

Mitten in der Nacht klingelte das Telefon. Ich schlug die Augen auf. Es war taghell. Ein Blick auf den Wecker: 11 Uhr 15 durch. Mein Kopf. Ich mußte gestern abend in der Skatrunde deutlich mehr getrunken haben, als gut für mich war, konnte mich allerdings an die Rechnung nicht mehr erinnern. Nur daß ich schwer verloren hatte ...

Ich griff zum Hörer. Stacy war dran und wollte mich nur noch einmal daran erinnern, daß ich Laura um 11 Uhr 30 vom Bus abholen sollte. Miriam habe ihre Basketball-AG und bleibe in der Schule.

Ich quälte mich ins Bad, sah im Spiegel einen alten, verkommenen Mann, unrasiert, gerötete Augen, schwarze Ringe darunter, griff in der Eile nach den Gartenklamotten, die auf dem Wäschekorb lagen, zerrissene Jeans, eine schmutzstarrende Cordjacke. Weil mir das Verschnüren von Schuhen zu zeitaufwendig und in meinem verkaterten Zustand auch irgendwie zu kompliziert vorkam, schlüpfte ich in der Diele in die grünen Gummistiefel und vermied dabei auch nur den schüchternsten Blick in den Garderobenspiegel. Wie der Weihnachtsmann sah ich jedenfalls nicht aus – der trägt ja bekanntlich rote Stiefel mit weißen Pelzstulpen.

Es war einer jener Tage, an denen man das Gestern verflucht und das Heute am besten überschläft, wolkenverhangen, schneeregnerisch noch dazu, aber immer noch viel zu grell. Im Auto, das auch dringend einer Waschstraßenbehandlung bedurfte, setzte ich mir die Sonnenbrille auf und steckte mir eine Morgenzigarette ins Gesicht.

Auf dem Parkplatz neben der Bushaltestelle liefen die Kinder schnell und mit mißtrauischen Blicken an mir vorbei, hielten mich offensichtlich für einen lauernden Triebtäter. Dann erschien Laura mit einer ihrer Freundinnen. Die beiden sahen zu mir herüber, tuschelten, kicherten. Mein Gott, war das jetzt aber peinlich ...

Laura stieg ins Auto. Weißt du, was Maike eben zu mir gesagt hat?

Eigentlich wollte ich es gar nicht wissen.

Die hat gesagt, daß du echt cool aussiehst. Noch richtig jung. Wie'n Rockstar. Grunge! Und dann hat sie noch gesagt, so einen Papa würd ich auch gern mal haben.

So so, sagte ich, fühlte mich fast geschmeichelt, war froh, daß das Gartenhaus längst aus Lauras Wunschwelt verschwunden war - und hatte mich doch zu früh gefreut. Denn Laura eröffnete mir, daß Maike wöchentlich eine Mark mehr Taschengeld bekomme als sie. Da sei dringend eine Anpassung nötig. Allein schon wegen der Inflation am Kiosk.

Die fünfte Tür

Ihre Schritte hallen über das Pflaster. Auf den Klinkern der Gehwege dröhnen sie dumpfer. Am Schiller-Denkmal schauen sie die Straße auf und ab. Niemand zu sehen. Die Stadt schläft. Gaslaternen funzeln trübes Licht durchs Gebüsch der Parkanlage. Unter einem dichten Rhododendron holt Diebold die zusammengerollten Decken hervor, die er gestern dort versteckt hat. Sie huschen gebückt über den Rasen und klettern über den Zaun des ersten Hintergartens, stapfen durch winterkahle Beete, vorbei an Wäschepfählen und Obstbäumen. Helfen sich gegenseitig über die Mauer zum nächsten Garten, erreichen eine Buchsbaumhecke. Der Durchgang mit dem Holzgatter. Es dreht sich lautlos in den Angeln. Hier kennt Vringsen sich aus. Die Rückseite des Hauses ragt schwarz und schweigend in die Nacht. Das Zimmer im ersten Stock mit dem Balkon ist das Schlafzimmer der Alten. Daneben Marions Zimmer. Sie liegt jetzt wahrscheinlich mit dem englischen Offizier in dessen Unterkunft. Oder mit dem Kanadier. Kein Wunder, daß ihr Elternhaus nicht mit Flüchtlingen und Ausgebombten belegt wird. Beziehungen muß man haben. Vitamin B.

Nirgends brennt Licht. Er schleicht als erster die Kellertreppe hinunter, zeigt auf das Türschloß. Werschmann holt einen Schlüsselbund aus der Tasche. Drei, vier Versuche, dann öffnet sich die Tür. Diebold bleibt vor der Tür stehen, späht zum Garten und abwechselnd zur Straße.

Werschmann folgt Vringsen durch den Keller, stößt gegen einen Pfeiler. Flucht halblaut vor sich hin. Am Fuß der Stiege, die zur Küche hinaufführt, ziehen sie die Schuhe aus. Für die Küchentür braucht Werschmann nur zwei Versuche. Verirrtes Gaslicht von der Straße legt bleiche Bahnen über Herd und Spüle. Im unteren Flur ist es stockdunkel. Werschmann reißt ein Streichholz an.

Laß das! zischt Vringsen. Ich kenne den Weg.

Werschmann stößt ihn an: Mensch, hast du denn nicht den Pelzmantel gesehen? Der geht auch mit.

Nein, flüstert Vringsen, der bleibt hier. Nur die Bilder. Sonst nichts.

Er drückt die Schiebetür zum vorderen Salon auf. Sie

quietscht in der Führung. Hier dringt das Gaslicht so hell ein, daß alles erkennbar ist. Er geht auf die Wand zu, nimmt die ›Moorlandschaft im Mondlicht‹ ab und zeigt auf das ›Kind mit Puppe‹, damit Werschmann es abhängt.

Mensch, staunt Werschmann, das sind ja noch viel mehr. Die lassen wir doch nicht hängen.

Nur die beiden, zischelt Vringsen, so war es verabredet.

Zurück durch den Flur, die Küche, den Keller. Diebold steht vor der Waschküchentür. Er hat sich die beiden Roßhaardecken umgehängt und sieht aus wie ein Gespenst. Sie wickeln die Bilder jeweils in eine Decke und verschnüren sie. Am Heckengatter sieht Vringsen noch einmal zurück. Im Schlafzimmer der Alten brennt jetzt Licht. Sie hasten zurück durch die Gärten, durch den Park, durch die Straßen. Einmal kommt ihnen ein Jeep entgegen, aber bevor die Streife sie sieht, gehen sie hinter einem der Trümmerstapel in Deckung.

In Diebolds Frachtbüro fällt die Spannung von ihnen ab. Sie klatschen wie Kinder in die Hände, prosten sich mit Gin zu und lachen ohne Grund. Vringsen wickelt die Bilder aus den Decken und stellt sie gegen die Wand.

Kaum zu glauben, daß so'n Gekritzel so viel wert sein soll, sagt Werschmann.

Vringsen ballt die Faust, fast schlägt er zu, sagt aber nur mit zusammengebissenen Zähnen: Du hast keine Ahnung. Dann zieht er sich einen Stuhl heran und setzt sich vor die Bilder. Obwohl er sie kennt, betrachtet er sie lange. Bis er sie so tief in sich aufgesogen hat, um sich von ihnen trennen zu können.

Der Adventskalender zeigte eine halb geöffnete Schiebetür, durch die fahles Licht in einen dunklen Gang oder Flur bricht. Ein Bild hinter einem Bild. Oder ein Bild, in das sich ein anderes Bild drängt. Laura fand es »nicht so prall«, sah es aber lange an.

Mein Terminkalender mahnte mich machtvoll, endlich den Vortrag in Angriff zu nehmen, den ich der Willy-Brandt-Akademie in Bad Eifelshausen zugesagt hatte. Die traditionelle Weihnachtstagung der Akademie sollte vom 11. bis 13. Dezember zum Thema ›Kindheitserfahrung und Sprache‹ stattfinden. Dazu falle mir als Autor und Familienvater doch garantiert etwas Zündendes ein, hatte mich der Studienleiter Dr. K. Rotte geködert, als ich im Hinblick auf den weihnachtsnahen Termin nach allerlei Ausreden suchte. Und von dem Honorar, hatte er noch zu scherzen beliebt, könnte ich meinen Töchtern dann ja Weihnachtsgeschenke spendieren.

Entweder hatte der gute Dr. Rotte keine Kinder – und also auch keine Ahnung, mit was für exorbitanten Wünschen die lieben Kleinen heutzutage ihre Eltern in nackte Existenznot versetzen; oder es war umgekehrt so, daß er selber Kinder hatte und sehr genau wußte, wie sehr sie einem, besonders vor Weihnachten, auf der Tasche liegen können, so daß man noch nach dem Strohhalm des dürftigsten Honorars greift. Vielleicht lebte der Mann mental noch in den fünfziger Jahren, als man mit solchen Honoraren – hätte man sie denn erzielt – mehrere Monate wie die Made im Speck hätte leben können.

Und Laura wollte wöchentlich eine Mark mehr. Pro Monat vier Mark also. Jährlich ... Ich griff zum Taschenrechner und stellte fest, daß ich mit dem angebotenen Honorar ein Viertel von Lauras Jahresgehalt decken konnte. Angesichts solcher Summen mußte gelegentlich einmal überprüft werden, ob die Kinder für ihr Taschengeld nicht bereits steuerpflichtig waren.

›Kindheitserfahrung und Sprache‹ also. Dürfte auch schnell zu machen sein. Inflation am Kiosk ... Eine armselige Bretterbude, in der ein alter Mann vor seinen Schätzen hockte. Was dieser Kiosk damals in Aussicht stellte, wurde plötzlich in mir wach. Vielleicht nicht nur wegen dieser oder jener konkreten Geschmackserinnerung, sondern vor allem durch das verschwommene Bild, dem das Wort Kiosk seinen Ursprung verdankt, diese luftige Konstruktion aus Moschee, Merlins Turm, Wigwam und Nomadenzelt und Jahrmarktsrummel. In großen Gläsern standen da Dauerlutscher, Lakritze, Salmiakpastillen, Prickelpit und Wundertüten. »Turm«-Sahnebonbons gab es für einen Deutschen Pfennig das Stück, oder auch für zwei; die waren dann doppelt so dick. Ich nahm lieber die für einen Pfennig, weil man mehr davon hatte, wenigstens so lange man sie aus dem glattglänzenden Papier wickelte. Für das »Uhu«-gelbe Prickelpit, das rautenförmige Nappo oder das Tütchen Salmiakpastillen mußte man dagegen satte fünf Pfennig anlegen, ein kleines Vermögen. Auch Brausewürfel und -pulver der Marke »Frigeo«, das man mit Wasser zu einer faden Limonade aufgießen konnnte oder einfach aus der Hand leckte, bis einem der bunte Schaum vorm Mund stand, kosteten einen halben Groschen. Salmiakpastillen mochte ich eigentlich gar nicht so gern – zu bitter; aber man konnte die rautenförmigen Dinger anlecken und sich dann damit Muster auf die Handrücken und Unterarme kleben. Vielleicht schmeckten sie ja auch deshalb so eigenartig durchdringend, weil meine Mutter mit Salmiak die Fußböden schrubbte. Dann roch es im Haus fast so penetrant wie der Lebertran, der uns als vitaminpralle Präventivmedizin gegen alles Übel der Welt löffelweise eingeflößt wurde.

Ich ehrte den Pfennig, aber auf den Taler, die eine, ganze, glänzende Mark, kam ich bei meinem kargen Taschengeld damit nie. Im Herbst freilich ergab sich für ein paar Tage eine Einnahmequelle, die uns in Sammler zurückverwandelte. Dann zogen wir Nachbarskinder mit Säcken und Kartons durch Straßen, Gärten und Parks bis in die ergiebigen Tiefen des Stadtwalds und sammelten Kastanien, Eicheln und Bucheckern auf, die der Wind von den Bäumen gefegt hatte. Es gab eine Mühle, in deren Räumen sich heute die »Videowelt« befindet; das war natürlich keine Windmühle mit Flügeln und holländischem Flair, auch keine am rauschenden Bach klappernde Wassermühle, sondern eine, deren Mahlwerke sehr prosaisch mit Motoren betrieben wurden. Dort erschienen wir in nebligen Abenddämmerungen mit unserer Ausbeute, schoben Säcke und Kartons auf die Rampe und sahen erwartungsvoll zu, wie der Müller sie auf seine Waage schob. Wieviel Kilo würde der große Zeiger melden? Und wieviel Geld würde es pro Kilo geben? Ach, viel war es nie, aber ein paar Markstücke kamen doch dabei heraus, die wir dann, mit der erschöpften Zufriedenheit von Menschen, die redlich ihr Tagwerk geleistet hatten, zwischen uns aufteilten, am nächsten Kiosk verjubelten oder auch in die Spardose steckten, um solch fernen Wünschen wie einem Fahrrad mit Torpedo-Dreigangschaltung oder der elektrischen Eisenbahn näher zu kommen.

Gelegentlich zogen wir auch durch die Nachbarschaft und bettelten um leere Flaschen, was aber selten von Erfolg gekrönt war, weil jeder um ihren Wert wußte. Neben der Pferdeschlachterei Dykermann, die in der Verballhornung eines Weihnachtslieds zu »Es ist ein Roß entsprungen, aus Dykermann sein Stall« auch unter Pferdefleisch-Verächtern stadtbekannt war, befand sich die Schrott- und Altwarenhandlung Grafberg. Auf dem Hof stapelten sich Altpapier, Metallschrott und Lumpenbündel, und in einem Lagerraum wurde das Altglas gesammelt und sortiert. Pro Flasche bekamen wir einen Pfennig. Warum sah ich die exakt gegen eine schmutzige Backsteinwand gestapelten Flaschen plötzlich so deutlich vor mir, als wäre es gestern gewesen? Vielleicht, weil durch eins der staubblinden Fenster Sonnenlicht fiel, langfingrig über das Glas strich und das durchsichtige Grün zu einem Funkeln und Gleißen werden ließ, das Grafbergs Schuppen für ein paar unvergeßliche Augenblicke in Aladins Schatzhöhle verwandelt hatte?

Licht, das durch Spalten und Türen in einen dunklen Gang bricht. Ein Bild hinter einem Bild. Oder ein Bild, in das sich ein anderes Bild drängte? Wußte ich das wirklich noch? Das und all das andere aus diesen versunkenen Jahren? Oder waren es Erinnerungen an braunstichige Fotos aus den Alben meiner Eltern? Wie waren die Beziehungen zwischen Bild und Leben, zwischen Vorstellung und dem, was wirklich geschah? Vielleicht zogen die alten Fotos von uns eine unendlich dünne Haut ab und entwickelten diese dann zu Bildern? Vielleicht arbeitete unser Blick nicht anders, und die Erinnerungsbilder, die in der Dunkelkammer unseres Vergessens auf Belichtung warteten, waren keine leeren Vorstellungen, sondern feine Substanzen mit einer Art geisterhaft unkommandierbarem Eigenleben?

Ich war vom Thema abgekommen. Oder war ich beim Thema?

6. Dezember

Nikolaustag. Vor nicht allzulanger Zeit war spätestens an diesem Termin bei den Mädchen noch Weihnachtsvorfreude ausgebrochen, wenn sie am Vorabend die Schuhe vor die Tür stellten und ein Stück Brot für den Esel des Heiligen Mannes daneben legten. In die Schuhe schoben sie die säuberlich geschriebenen Weihnachts-Wunschzettel, die dann vom Nikolaus an den Weihnachtsmann durchgereicht worden waren. Wie die Kommunikation zwischen den beiden durchaus verwechselbaren und irgendwie fast schon doppelgängerischen Rauschebärten im Detail funktionierte, war mit den armseligen Mitteln der Erwachsenenlogik nicht nachvollziehbar. Aber es funktionierte stets. Und das reichte und bewies alles, zumal morgens die Schuhe mit Süßigkeiten und kleinen Geschenken gefüllt und die Wunschzettel zuverlässig auf dem Weg zum Nordpol waren. Und vom Brotkanten hatte der Esel wie zum Beweis noch ein paar Krümel hinterlassen.

Das war einmal! Wohl hatte Laura gestern abend, in einer Mischung aus kindlicher Restgläubigkeit und frühreifer Raffgier ihre Gummistiefel vor die Tür gestellt, den computergeschriebenen Wunschzettel zusammengerollt und dazu gelegt. Miriam hatte das Treiben ihrer armen kleinen, in derlei volkstümlichen Aberglauben noch lachhaft verstrickten Schwester allerdings mit ein paar höhnischen Bemerkungen und verächtlich gerümpfter Nase quittiert.

Das war nun aber dem allwissenden Nikolaus nicht entgangen, und er hatte sich mit seinem Knecht Ruprecht beraten müssen, wie beziehungsweise ob überhaupt ein derart säkularisierter Teenager noch zu beschenken wäre. Knecht Ruprecht hatte jedoch ein weiches Herz und ließ durch Stacys Mund verlauten, daß solch pubertäres Heidentum ein vorübergehender Zustand sei, der spätestens dann zum treuen Glauben zurückfinden werde, wenn Miriam dereinst selbst Kinder habe ...

Miriam? Kinder? staunte da aber der Nikolaus nicht schlecht. Sie ist ja selber noch ein Kind. Du gehst doch nicht etwa davon aus, daß sie schon ... Ich meine, na ja, du weißt schon, was ich meine.

Stacy nickte und lächelte. Schmerzlich? Weise? Fraulich? Hier ist ihr Wunschzettel für Weihnachten. Hat sie mir vorhin gegeben. Könnte fast mein eigener sein.

Wenn es denn so war, und so war es, kam ich um ›Kindheitserfahrung und Sprache‹ nicht mehr herum, konnte mich vielmehr glücklich preisen, auf diese Weise noch das Weihnachtsgeld zusammenzuschreiben, das jenen glücklichen Menschen, die in vernünftigen und ernstzunehmenden Berufen tätig sind, weihnachtswunderbarerweise »einfach so« auf dem Konto erscheint.

Im übrigen versuchte Miriam redlich, ihre Freude darüber zu verbergen, daß die Nikolausinszenierung dann doch nicht so sang- und klanglos an ihr vorüberging. Wer's wenigstens noch ein bißchen glaubt, wird selig und findet im Stiefel neben den zeitlosen Klassikern à la Apfel, Nuß und Mandelkern auch Kaugummi (»natürlich ohne Zucker«), »Snickers« (»wenn der Hunger kommt«) sowie, von Stacy zielsicher beschafft, diverse

Rätselhaftigkeiten erwachender Weiblichkeit, als da sind sogenannte Tank-Tops und Körperpflege-Utensilien (»hergestellt ohne Tierversuche« – was vor allem des Nikolaus' Esel gefreut haben dürfte). Miriam öffnete sogar, unter wie nebensächlich hingenommener Ausnutzung des Spiegeleffekts, mit fast unverhohlener Erwartungsfreude auf ein irgendwie nikolauskompatibles Motiv die sechste Tür des Adventskalenders, um dort leicht irritiert auf »eine Lampe oder Laterne mit Stiel oder was immer das sein soll« zu stoßen.

Damit leuchtet Knecht Ruprecht wahrscheinlich den Weg, mutmaßte Laura im Versuch, zusammenzudenken, was offensichtlich nicht recht zusammengehörte.

Es war aber eine Gaslaterne, ganz so wie die damals in unserer Straße. Ihr matter Schein war wie ein letztes Aufleuchten des 19. Jahrhunderts noch in die Gegenwart meiner Kindertage gefallen. Kindheit ist Gegenwart pur, Vergangenheit bestenfalls der gestrige Tag, Zukunft vielleicht ein nächster Heiligabend, wochenlang, unvorstellbar lang also, entfernt. Und erwachsen wird man nie im Leben. Wie weit kam ich mit meinen rückwärts gebogenen Vorstellungen? Wie dicht heran an diese ewige Gegenwart? Erste Erinnerungen, die als zufällige, unverbundene Blitzlichtaufnahmen aus den Nebelfeldern meiner frühen Kindheit schimmerten, zeigten zunächst Fragmente der elterlichen Wohnung. Blicke aus Fenstern in die Krone einer mächtigen Blutbuche, windbewegte Gardinen, das Kinderzimmer mit dem Etagenbett für meinen Bruder und mich, Öfen, deren rotglühende Mäuler schwarzbraune Torfsoden verschluckten, der rissige Linoleumbelag des Fußbodens, auf dem ich herumgekrabbelt sein mußte und dessen Linienmuster später zu Verkehrswegen für die »Wiking«-Autos aus Bakelit wurden.

Ferner, aber noch weit vor der Zeit, da mir die Stadt als Erfahrungsraum ins Bewußtsein rücken sollte, mein Elternhaus von außen. Der grüne, im Herbst errötende Pelz aus wildem Wein, der mir manchmal auch wie der Bart ums Gesicht mit den blitzenden Fensteraugen schien. Im Winter spannte sich das entlaubte Wurzelgeflecht wie ein System aus Adern über die graue Zementhaut der Hauswände. Der schmale Vorgarten mit Rhododendren, Stiefmütterchen, frühen Krokussen und späten Astern und einer Birke. Der Garten hinterm Haus, der Hof hieß. Teppichstange und Wäschepfähle, vor dem Kellerfenster eine Luftschutzmauer aus Beton. Ein Birnbaum, zwei Apfelbäume, ein paar Johannisbeerbüsche. Ein Fahrradschuppen, in dem auch mein Roller Platz fand. Alles umschlossen von einer Mauer, unter deren bröckelndem Putz mürbes Ziegelrot leuchtete. Wenn man den Spalt zwischen Luftschutzmauer und Hauswand abdeckte, mit der alten, stockig riechenden Pferdedecke, entstand eine Höhle, eine Bude, ein Zelt, in dessen Schutz wir im schummrigen Licht einer rostigen Petroleumlampe als Trapper, Forschungsreisende und, gelegentlich, praktizierende Ärzte hockten.

Jenseits der Mauer die Nachbarsgärten. Geheimnisvolle Reiche, auf deren Pfaden wir pirschten, Indianer in fremden, unerlaubten Jagdgründen. Im Sommer Kirschen und unreife Äpfel, empörte Besitzerrufe hinter Küchenstores und aus Hintertüren, und manchmal wütendes Hundegekläff. Im Herbst hier und da Laub- und Kartoffelfeuer, deren Rauch Kleidung, Haut und Haare beizte. In den Zäunen kannten wir jedes Schlupfloch im Maschendraht, jede lockere Latte, jede Pforte. Wir wußten, wie morsche Türen zu halb verfallenen, dämmrigstaubigen Lauben zu öffnen und wieder zu schließen waren, so daß kein Erwachsenenauge die Spur unserer Anwesenheit erriet. Wir kletterten über die Teerpappendächer jener Schuppen, die zwischen die Außenwände dicht aneinander stehender Nachbarhäuser gebaut waren und mit dem merkwürdigen Namen »Hornung« bezeichnet wurden. Wir schlüpften über niedrige, ausgetretene Treppen oder angelehnte Fenster in die Katakombenwelt düsterer, feucht und kalkig dünstender Keller, zu Apfelklau und Doktorspiel.

Und selbst auf den Straßen meiner Kindheit, deren frühere Stille heute zu einem verkehrsberuhigten Anwohnerparkplatz verkommen ist, durfte man in den fünfziger Jahren noch spielen. Wenn abends die Laternen angingen, mußten wir nach Hause kommen. Und das waren Gaslaternen wie auf der Zeichnung des Adventskalenders. Glaskuppeln in eisernen Halterungen, die auf der Spitze gußeiserner, mit Rillen und floralen Ornamenten dekorierter Pfähle angebracht waren. In den früh und milchig fallenden Winterdämmerungen kam ein Mann die Straße entlang, der die Laternen mit einer Stange zum Leuchten brachte.

Vielleicht irrte ich mich; vielleicht war mir von solchen Gaslaternen nur erzählt worden. Vielleicht hatte ich davon gelesen, später, viel später, als die Wirklichkeit der Bücher sich in die vergangene Gegenwart der Kindheit mischte. Vielleicht irrte ich mich, weil meine Erinnerungen an jene Tage dem Schein der Straßenlaternen ähnlich waren: Eng begrenzte Lichthöfe, zwischen denen Dunkelheit herrschte wie zwischen den Sternen am Nachthimmel. Den Sternen gleichen unsere Erinnerungen auch deswegen, weil ihr Licht, wenn es uns erreicht, das Bild eines längst vergangenen Zustands ist.

Die sechste Tür

Sie beschließen, noch ein paar Stunden zu schlafen und erst im Morgengrauen aufzubrechen. Im Dunkeln würden sie zu wenig sehen, zumal an zwei der Fahrräder die Beleuchtung defekt ist. Außerdem würde man sie durchsuchen, wenn ihnen in der Nacht eine englische Streife begegnete. Tagsüber wird ihr Aufbruch unverdächtiger erscheinen, sind Hamstertouren durchs Umland doch an der Tagesordnung.

Aber während Diebold und Werschmann um die Wette schnarchen, findet Vringsen keinen Schlaf auf seinem Matratzenlager. Die mürben Schweißnähte des Ofens knacken, als das Metall langsam auskühlt. Wenn der Wind manchmal die Wolkendecke aufreißt, tropft weißes Mondlicht durch die schmutzstarrenden Scheiben und mischt sich mit dem gemalten Mondlicht auf der Moorlandschaft.

Der Tag, an dem er zum ersten Mal vor dem Bild stand. Ein Abend im Mai. Abtanzball der Tanzschule. Mit einem Kavalierssträußchen in der vor Aufregung schwitzenden Hand holt er Marion, seine »Dame«, im Elternhaus ab. Man läßt ihn im Salon warten. Staunend sieht er die Bilder, die Marions Vater in den Jahren zusammengetragen hat, als er seine Praxis in Worpswede betrieb. Statt Honorar hatte er gerne Bilder akzeptiert, was die Künstler als Entgegenkommen werteten. Er war aber nicht nur ein guter Arzt, sondern auch ein Kunstkenner.

Marion kam strahlend die Treppe hinunter, dann ihre Eltern. Steife Konversation. Auf die peinliche Frage des Vaters, ob er schon wisse, welchen Beruf er ergreifen wolle, rutschte es ihm heraus: Maler.

Der Alte lachte jovial, klopfte ihm auf die Schulter und riet dringend ab. Das sei ja sehr schön, aber brotlos.

Kunsterzieher am Gymnasium, das sei vielleicht ein Kompromiß.

Aus dem Kompromiß wurde nichts. Vier Monate später brach der Krieg aus, und Vringsen fand sich nicht in der Kunstakademie wieder, sondern in einer Infanteriekompanie. Ein Jahr später war er Leutnant. Afrika. Heimaturlaub. Sein Bruder verreckte in Stalingrad. Weihnachten Verlobung mit Marion. Lichterglanz und Ringetausch. Dann Italien, wo er vor Monte Casino in amerikanische Gefangenschaft geriet. Den Rest des Krieges verbrachte er in einem Lager in Apulien, wurde bei Kriegsende entlassen und mit einem Güterzug bis München transportiert. Nach Hause schlug er sich durch, marschierte durch zerstörte Städte und Sommerlandschaften, deren strotzende Üppigkeit vergessen machen wollte, daß alles in Scherben gefallen war. Manchmal sprang er auf die Trittbretter überfüllter Züge, an denen die Menschen wie Bienen an Waben klebten. Manchmal wurde er von Autos mitgenommen, einmal von amerikanischen Soldaten, einmal von englischen. Dann marschierte er wieder.

Ende August stand er vor der Tür seines Elternhauses. Ein Nachbar berichtete ihm vom Tod der Eltern. Als die kanadische Panzerspitze auf dem Marktplatz stand, hatte sein Vater erst seine Mutter erschossen, dann sich selbst. Es gab keinen Abschiedsbrief. Für einen Stadtrat, der als überzeugtes Parteimitglied den Transport von Zwangsarbeitern für das Reifenwerk organisiert hatte, gab es nichts mehr zu erklären.

Vringsen ging zu Marion. Wieder ließ man ihn warten. Draußen fiel die Dämmerung. Er blickte aus dem Fenster und sah zu, wie der Laternenanzünder seine Arbeit tat. Der milchige Schein kroch durch den Salon. Er starrte die Bilder an. Moorlandschaft im Mondschein. Meisterhaft. Und düster. Marion lächelte nicht. Er mußte sie nicht fragen. Er sah ihr an, daß es vorbei war. Sie gab ihm den Verlobungsring zurück.

Er tauschte ihn gegen Zigaretten ein. Bei dem Geschäft lernte er Werschmann und Diebold kennen. Sie waren ihm nicht sympathisch, aber auf Sympathie kam es nicht mehr an. Es ging ums Überleben. Sie wurden Partner. Sie überlebten.

Die Nacht erbleicht widerwillig. Durch die schmutzigen Scheiben sickert graues Licht. Er nimmt die Pferdedecken, schlägt sie wieder um die Bilder und hat das unabweisbare Gefühl, immer tiefer in etwas sehr Fremdes gezogen zu werden.

7. Dezember

Das Fahrrad, das heute hinter der Tür des Adventskalenders erschien, erinnerte Miriam daran, daß sie sich, zusätzlich zur langen Liste des Wunschzettels, »natürlich« auch ein neues Fahrrad zu Weihnachten wünschte, insofern ihr altes »eine ätzende Klapperkiste« sei. Lieber sei ihr zwar ein Mofa, aber wegen der »total behinderten« gesetzlichen Regelung durfte sie noch keins fahren.

Ab sechzehn, stöhnte sie. Alles, was Spaß macht, ist erst frei ab sechzehn.

Ich wollte und mußte mit ›Kindheitserfahrung und Sprache‹ zu Rande kommen, blickte inspirationsheischend aus dem Fenster und dachte – an Fahrräder! Und jene Transportmittel, die ihnen vorausgegangen waren ... Weiße Schäfchenwolken, die ins Blaue ziehen – gut möglich, daß mir die Welt da draußen so frisch und blankgeputzt erschienen war; möglich freilich auch, daß der norddeutsche Himmel grau und niedrig wie heute hing, als meine ersten Blicke als Verkehrsteilnehmer ihn trafen. Das Gesichtsfeld war klein, gerahmt von den geflochtenen Rändern des Kinderwagens, der weiß und schön geschwungen war wie ein Schwan.

Und wenn ich dann, dem Kinderwagen bald entstiegen, mit meinem klappernden Holzroller unser Viertel bereiste und mich in Lack und Chrom gespiegelt sah, müssen mich Ahnungen berührt haben, daß man mit diesen blitzenden Wundermaschinen, die damals so selten waren wie heute ein Pferdefuhrwerk, wahrscheinlich noch viel weiter kommen konnte als von Straßenecke zu Straßenecke. Und eines Tages beobachtete ich staunend, wie ein Nachbar sein Motorrad mit Taschen und Bündeln belud; den Seitenwagen des Motorrads bestieg die Frau des Nachbarn, beide schoben sich die Schutzbrillen vom Helm auf die Augen und knatterten unter Fehlzündungen in einer Abgaswolke davon.

Die fahren nach Italien, sagte mein Vater. Nach Capri. Zum Camping.

Und zum Beweis erhielt die gesamte Nachbarschaft von diesen Pionieren nachkriegsdeutscher Italiensehnsucht wenig später Ansichtskarten, auf denen ein glühender Sonnenball über schroffen Klippen im blauen, ach so blauen Meer versinkt.

Doch statt uns von Neid und ungestilltem Fernweh überwältigen zu lassen, schmierte meine Mutter ein paar Butterbrote, füllte die Thermoskanne mit Tee, und los ging's mit Fahrrädern zu einem Sommersonntagsausflug in die nähere Umgebung. Mein Bruder hockte auf dem Kindersitz vor meinem Vater, ich auf dem vor meiner Mutter, der Fahrtwind blies uns ins Gesicht, manchmal prallten mir Insekten gegen Nase und Wangen, meine Mutter sang vielleicht ›Wohlauf in Gottes schöne Welt‹, und nach einer Rast im Gras am Straßenrand hatten wir auch bald – zum Beispiel – das Nordseebad Dangast erreicht. Bei Ebbe buddelten wir im Schlick, bei Flut plantschten wir im flachen Wasser des Jadebusens herum.

An Holz- und Eisenzäunen der schmalen Vorgärten vorbei, führte unsere Straße in Richtung des Turms der katholischen Pfarrkirche zur Stadt, gepflastert mit Blaubasalt, der bei Nässe wie frische Tinte glänzte, und endete an der Kreuzung, wo derbes, hoppeliges Kopfsteinpflaster begann. Aber in der Fahrbahnmitte war für Radfahrer ein schmaler, rotblau schimmernder Streifen ausgeklinkert, auf dem zu fahren eine Lust war, als balanciere man auf einem Mauerstreifen oder gar wie einer der Fahrradartisten, die ich einmal in schwindelnder Höhe über dem Marktplatz hatte schweben sehen, auf einem Hochseil.

Ohne Fahrrad ging jedenfalls gar nichts. Natürlich gab es noch keine hochgezüchteten Mountain-Bikes, und selbst das sogenannte Holland-Rad, mit den zur Hälfte wie durch einen Klepper-Regenmantel abgedeckten Speichen am Hinterrad, setzte sich erst in den sechziger und siebziger Jahren durch. Mein Fahrrad war ein sachlich-schlichtes »Tourenmodell« der als unverwüstlich geltenden Marke »Rixe«. Mein Bruder und ich verbrachten ganze Nachmittage damit, unsere Räder zu putzen und zu wienern, daß die Felgen im Sonnenlicht reflektierten. Die Krönung eines Fahrrads war jedoch die, von Erwachsenen verpönte, Sturmklingel, die man mittels eines Seilzugs vom Lenker aus gegen die Felge drückte, so daß ein bestürzend gellender Radau ertönte. Und auch als Arbeitsgerät diente das Fahrrad, als ich mir mit dem Austragen der Fernsehzeitschrift ›Gong‹ ein paar Mark Taschengeld verdiente.

Fahrräder waren schon deshalb unentbehrlich, weil es in den fünfziger Jahren kaum Autos gab – und wenn, dann handelte es sich um merkwürdige Modelle: VWs mit einer winzigen Heckscheibe, die durch eine Längssprosse in zwei noch winzigere Gucklöcher unterteilt war; statt Blinker gab es Winker, die wie ein Eisenbahnsignal aus- und eingeklappt wurden; und Blümchenvasen am Armaturenbrett, als sei der Innenraum des Wagens ein auf vier Räder ausgelagertes Wohnzimmer! Den drolligen Messerschmidt-Kabinenroller, der wie die abgesprengte Pilotenkanzel eines Flugzeugs aussah; den Lloyd, bei dem die Innenschicht der Karosse aus Pappe war, eine Art westlicher Vorläufer des östlichen Trabis; das Goggomobil, das man wegen seiner extrem zurückhaltenden Leistungsfähigkeit auch mit dem Mopedführerschein fahren durfte (wie überhaupt Motorräder, gern auch mit Seitenwagen, damals noch keine Exklusivangelegenheit für Hell's Angels waren); oder die janusgesichtige Isetta, bei der man nicht wußte, wo vorne und hinten war.

Adventswagen, sagte mein Vater.

Wieso Adventswagen? fragte ich.

Macht hoch die Tür, sagte er.

Edlere Modelle mit viel Chrom und allerlei Kurven und Flossen fabrizierten vor allem die Bremer Borgward-Werke, und ein Mercedes erregte so viel Aufmerksamkeit wie heute vielleicht ein Rolls-Royce.

Die weichen, runden Linien all dieser Gefährte standen im tröstlichen Kontrast zur Zeit, die von den mageren Erwachsenen als hart und schwer bezeichnet wurde, Jahre des Mangels, des Behelfs und Ersatzes. Das Schwelgen im Rundlichen war in den frühen fünfziger Jahren wohl eine Vorahnung der aufgehenden Wirtschaftswundersonne: Das Design trug schon lange vor der Freßwelle Wohlstandsbäuche. Und selbstverständlich war der erste Wagen, den mein Vater um 1960 herum anschaffte, ein solider VW-Käfer für horrende 5.000 Mark, allerdings bereits das topmoderne Modell mit sogenannter großer Heckscheibe. Das Kleinod wurde an jedem Wochenende gewaschen, gewachst und gewienert, bis man sich in den Stoßstangen so herrlich verzerrt spiegeln konnte wie im

Irrgarten auf dem Jahrmarkt. Oder wie in den vierundzwanzig Spiegelfacetten des merkwürdigen Adventskalenders, der, so mein Verdacht, irgend etwas damit zu tun haben mußte, daß mir all diese Erinnerungen kamen - beispielsweise an die langsam, aber sicher wachsende Bruderschaft der Automobilisten unserer Stadt. Die hielt es nämlich für Ehrensache, die Polizisten, die auf den noch ampelfreien Kreuzungen mit wirbelnden Zeigestöcken und weißen Ärmelschonern den Verkehr regelten, zu Weihnachten mit Präsenten zu bedenken, so daß sich um den grün Uniformierten in der Kreuzungsmitte jeweils am 24. Dezember ein Paketstapel zu türmen begann. Die Vorstellung, heutzutage Weihnachtsgeschenke vor vollautomatischen Ampelanlagen abzulegen, an denen auch noch Überwachungskameras hängen, um sogenannte Verkehrssünder dingfest zu machen, ist nicht einmal mehr komisch.

Die siebte Tür

Es ist mit Sicherheit besser, Werschmann zum Partner als ihn zum Feind zu haben. Der Mann ist skrupellos und brutal, aber er ist ein Genie des Schwarzen Marktes. Für diesen Morgen hat er sogar Kaffee organisiert. Als Diebold ihn aufbrüht, ziehen mit dem Duft Erinnerungen an eine andere Welt durch die Schäbigkeit des Frachtbüros. Eine Welt ohne Hunger und Kälte, eine Welt ohne Trümmer und Tod. Die Welt seiner Kindheit, die in Vringsens Vorstellung ragt wie jenes kitschige Blumenbild an der Zimmerwand, das er neulich in einer rauchgeschwärzten Ruine des Arbeiterviertels gesehen hat. Ein unbrauchbarer Rest. Gierig schlürfen sie den Kaffee in sich hinein, essen Brot mit Blaubeermarmelade dazu. Für zwölf Zigaretten hat Werschmann fünf Gläser dieser Marmelade von einer Bäuerin eingetauscht. Ein Dutzend »Luckys« für stundenlanges, mühevolles Suchen und Bücken und Kochen in der Hitze des letzten Sommers. Die Blaubeerflecken auf Marions Kleid, als sie und Vringsen auf der sonnensatten Lichtung lagen, damals, in der anderen Welt. Die Dämmerung färbt den Raum heller. Auf dem Hof nehmen die Pflastersteine Konturen an. Es ist Zeit.

Auch die drei Fahrräder hat Werschmann organisiert, aber er sagt nicht, wo und wie. Vringsen ist sich sicher, daß sie gestohlen sind. Diebold hat die Deichsel eines hölzernen Handkarrens mit Gummibereifung so zurechtgebastelt, daß man sie an einen der Fahrrad-Gepäckträger anhängen kann. Vringsen legt die Bilder so vorsichtig hinein, als könnten sie Schmerz empfinden. Diebold schiebt ein paar alte Pappen und eine Lage Stroh darüber. Dann legt er die in Papier eingepackten Tassen und Teller und das Tafelbesteck dazu, damit alles nach der Hamsterfahrt aussieht, die sie ja auch tatsächlich antreten. Nur daß sie etwas anderes zu bieten haben als Porzellan und Silber.

Sie schwingen sich auf die Räder. Holpern über das Kopfsteinpflaster, hinaus auf die Straße, vorbei an den schweigenden Ruinen, zwischen denen bereits wieder die Frauen Mörtel von Steinen klopfen und Steine zu Haufen schichten. Auf der Ausfallstraße nach Norden werden sie von einer englischen Streife angehalten. Die Militärpolizisten steigen aber nicht einmal aus ihrem Jeep, sondern werfen im Sitzen nur einen kurzen Blick in den Karren, nicken, grinsen und wünschen sogar good luck.

Sie treten fester in die Pedale, bald liegt die Stadt hinter ihnen. Die nackten Zweige und Äste der Alleebäume greifen über ihren Köpfen ineinander wie verkrüppelte, zerschossene Glieder, Hände und Finger eines geisterhaften

Wesens, das sich erst im Frühling wieder beleben wird. An einer Kreuzung biegen sie nach Westen ab. Manchmal kommen ihnen andere Radfahrer entgegen, gelegentlich ein Motorrad, eine britische Militärkolonne, ein Lastwagen, auf dessen Ladefläche ein Holzgasmotor in den niedrigen Himmel stinkt. Das regelmäßige Auf und Ab der Füße auf den Pedalen, das Ticken der Naben, das Sirren der Räder auf den hart gefrorenen Klinkern der Straße. Trotz des frostigen Griffs des Gegenwinds fangen sie bald zu schwitzen an. Rauhreif auf den erstarrten Weiden und Feldern. Baumgruppen auf den Rainen und Knicks, versprengte, verlorene einzelne in der Ebene. Sie sprechen kaum miteinander, wollen nur vorwärtskommen. Hin und wieder ein Gehöft, weißer, wattegleicher Torfrauch aus Schornsteinen.

Im Landgasthaus eines Dorfs steigen sie ab, setzen sich in die muffige Wärme des Gastraums. Ob es Kaffee gebe?

Die Frau in Kittelschürze und Kopftuch schüttelt den Kopf. Sie habe, sagt sie auf Platt, seit einem Jahr keinen Kaffee mehr getrunken.

Tee?

Sie überlegt, zögert, sieht sie fragend an. Diebold fingert drei Zigaretten aus der Packung und legt eine nach der anderen auf den Tisch, als wären es Goldstücke.

Ja, es gibt Tee.

Während sie warten, hört Vringsen irgendwo im Raum eine Fliege summen. Sie übersteht den Winter hier. Die Frau bringt eine große Kanne und drei zierliche Tassen aus weißem, papierdünnem Porzellan, einen Sahnetopf, eine Dose mit grobem Kandis. Der Tee fließt wie dunkles Gold aus der Kanne, läßt den Kandis klirrend zerspringen. Die Sahne schwimmt in der dunkel dampfenden Flüssigkeit. Schneewolken am Abendhimmel. Die Frau nimmt eine Zigarette. Vringsen läßt sein Benzinfeuerzeug schnappen und hält die Flamme an die Spitze der Zigarette.

Die Frau nickt ihm zu, nimmt einen tiefen Zug, stößt den Rauch gegen die Decke. Wohin? fragt sie.

Richtung Grenze, sagt Werschmann.

Noch zwei Stunden, sagt die Frau. Man komme aber nicht rüber. Jedenfalls nicht am Grenzübergang.

Werschmann nickt.

Es werde bald Schnee geben, sagt die Frau. Schlecht für Fahrradtouren.

Die drei stehen auf, wickeln sich wieder in Jacken, Mützen, Schals. Vringsen dankt für den Tee und läßt noch zwei weitere Zigaretten auf dem Tisch liegen. Dann steigen sie wieder auf die Sättel. Sie müssen sich beeilen. Der Nordwestwind ist stärker geworden, milder und feuchter. Die Naben ticken. Manchmal fluchen sie halblaut vor sich hin. Wolken ziehen lastend und tief über die weite Fläche. Die Beine werden schwerer. Fern im Westen, wo über den Marschen der Flußdeich erkennbar wird, steigt ein Krähenschwarm ins Grau. Schwünge, Drehungen, Verwirbelungen, die bestimmten Mustern zu gehorchen scheinen, als sende eine verborgene Kraft Signale aus. Und die Vögel folgen ihnen.

8. Dezember

In vier Tagen sollte ich den Vortrag über ›Kindheitserfahrung und Sprache‹ halten, und also war es höchste Zeit, ein paar zusammenhängende Gedanken zu Papier zu bringen. Ich notierte mir den immerhin interessanten Widerspruch, daß über sogenannte »berühmte letzte Worte« balkendicke Abhandlungen geschrieben worden waren, daß aber andererseits über die ersten Worte, mit denen unsereiner zur Sprache kommt, bislang niemand ernsthaft geforscht hatte, nicht einmal die Entwicklungspsychologie, die ja ansonsten vom »pränatalen Trauma« bis zum Denk- und Sprachverfall der Senilität so ziemlich alles Einschlägige analytisch beackert hatte. Wenn man wüßte, wie das erste Wort gelautet hatte, das man sprach ... ja, was wüßte man dann eigentlich?

Ich nahm mir vor, gelegentlich meine Mutter danach zu fragen, obwohl ich ihre Antwort schon wußte: An mein erstes Wort, ans Paßwort fürs Leben sozusagen, würde sie sich nicht erinnern, dafür aber unweigerlich in jenen Geschichten schwelgen, die ihre Erinnerung instrumentierten und damit, ob mir das paßte oder nicht, auch Teil meiner Geschichte geworden waren.

Zum Beispiel soll mein Verhalten als Neugeborener einige Tage lang so konfus bis apathisch gewesen sein, daß die Ärzte eine geistige Behinderung befürchteten.

Die Geräusche, die ich von mir gab, die Reaktionen, die man mir entlockte, waren ebenso ungewöhnlich wie unerklärlich. Sie ähnelten, wie irgend jemand beiläufig bemerkt haben soll, denen eines Betrunkenen, und dieser dichterische Vergleich muß dann schließlich der richtigen Diagnose das Stichwort geliefert haben: Beim Versuch, die Unersättlichkeit des Säuglings zu stillen, hatte sich meine Mutter im Wochenbett eine Brustentzündung zugezogen, die mit alkoholgetränkten Umschlägen behandelt wurde - die Ausdünstungen sog ich mit der Muttermilch ein.

Erinnerungen an den tatsächlichen Erfahrungsraum dieses Zustands, die immer noch irgendwo in mir lebendig sein mußten, waren natürlich nie in mein Bewußtsein getreten. Wie alles, was die Turbulenzen unserer Anfänge betrifft, beruhte mein »Wissen« über diesen frühen Exzeß auf anekdotischen Erzählungen derjenigen, die dabei waren. Daß sinnliche Erfahrung, wo sie am ursprünglichsten ist (wenn auch in meinem Fall ursprünglich alkoholisch), nur durchs Erzählen fremder Wahrnehmung vorstellbar wird, ist für die paradiesische, mutter-symbiotische Bewußtlosigkeit des Säuglingsalters sozusagen der Preis. Er wird in lebenslangen Raten abgestottert.

Übrigens lag es mir fern, psychoanalytischen Theorien zu folgen, weil sie häufig dazu verführen, Entwicklungen der eigenen Persönlichkeit durchs Fehlverhalten anderer zu erklären, die eigene Ohnmacht mit der Macht der Umstände zu entschuldigen, denen wir entspringen, und überhaupt dazu neigen, uns weniger Freud als vielmehr Leid des Daseins in Bewußtsein und Erinnerung zu rücken und somit unsere Gegenwart zu trüben. Der analytische Blick erkennt sogleich: Ich »verdränge«, indem ich Erinnertes aufschreibe; denn »Dichten« ist immer die verdichtete Wiedergabe von Erinnerung. Die Erinnerung aber ist selbst etwas Dichtendes, künstlerisch Zusammenfassendes und Auswählendes, und »verdrängt« damit alles, was von dieser Konzentration und Selektion nicht erfaßt wird.

Daß die Lippen und Nippel meiner Mutter mich nicht nur nährten, sondern liebkosten und damit Sehnsucht nach den Mündern und Brüsten der Mädchen auslösten, bedarf jedenfalls keiner Theorie. Schon das Hohelied in der Bibel, das, merkwürdig oder bezeichnend genug, in meiner katholischen Erziehung weder zu Hause noch im Religionsunterricht je erwähnt worden ist, kommt zu dem Schluß: »Von deinen Lippen, Braut, tropft Honig; Milch und Honig ist unter deiner Zunge.« Der Begrüßungstrunk auf dieser Welt bestand für mich jedoch aus jenem Cocktailmix aus Milch und Verbandsalkokol; zum Alkoholiker hat mich diese rauschhafte Ouverture kommender Genüsse nicht gemacht, aber ein paar gemeinsam als »Kontaktspray« genossene Drinks haben oft dazu beigetragen, daß ich später mit Mädchen und Frauen manche ebenso eindringliche wie rauschhafte Erfahrungen teilen durfte.

Einstweilen wurde mir die Mutterbrust entzogen, und Ersatz in Form eines Nuckelfetisches mußte her. Über den Verlust des Körpers, der mich geborgen, geboren und genährt hatte, tröstete mich keine ungewaschene Schmusedecke und auch kein plüschiges Steif-Tier hinweg, sondern der von mir so genannte Nangnang: Der Kragen eines Oberhemds meines Vaters. Zwischen Daumen und Zeigefinger der linken Hand rieb ich die glatte, weiche und zugleich feste Kragenspitze, während ich mir den Daumen der rechten Hand in den Mund schob und daran saugte und nuckelte. Übrigens mußte es der Kragen eines *Herren*-Hemds sein, worin sich, besagte Theorie einmal beim Wort genommen, womöglich der homosexuelle Anteil der angeblich frühkindlichen Bisexualität ausdrückte und zugleich restlos befriedigt wurde; vielleicht war dieser Fetisch deshalb, in einem frühreifen Schub sprachlicher Genauigkeit, auch *der* und nicht *die* oder *das* Nangnang.

Wie aber kam es, daß ich mich sowohl an das Wort als auch an den Umgang mit dem Nangnang unmittelbar, ohne Erzählhilfe der damals Erwachsenen, deutlich erinnern konnte? Gab es vielleicht eine Brücke, deren Pfeiler aus Reizen und deren Geländer aus Impulsen bestand, eine Brücke, die sich von der Lust am Nangnang zur Lust spannte, Frauenbrüste nicht sowohl nackt, sondern auch in der Verhüllung durch einen BH zu berühren? Das Glatte, Weiche und zugleich Feste des delikaten Stoffs zu spüren, in dem sich verbirgt, was gelutscht und genuckelt sein will, nicht anders, als damals der Daumen im Mund?

Und wie kam ich auf diese Abwege? Kindheit und Sprache ... Erzählen würde meine Mutter mir also nicht vom ersten Wort, aber von meinen frühen Sprachkapriolen, die es in ihrer Erinnerung immerhin zu geflügelten Worten gebracht hatten. Sie standen im Zusammenhang mit Spaziergängen im Botanischen Garten, der in unserer Nachbarschaft lag. Der Botanische Garten habe in meinem Frühlingo »Hallitate« geheißen und die dort zu bestaunenden Schildkröten »Sissatöten«. Es gab dort auch Vögel in Volieren, Raben und Eulen, und auf dem Teich schwammen Schwäne und Enten. Wie hatte ich die genannt? Was war mein Kindwort für Enten gewesen? Das hätte ich jetzt gern gewußt. Es schien mir wichtig zu sein. Und warum? Doch nicht etwa deshalb, weil hinter der heutigen Tür des Adventskalenders drei Enten zu sehen waren? Drei Enten, die auf etwas Durchsichtigem, Glattem, Spiegelndem standen und ganz verloren wirkten, als hätten sie sich in eine fremde, kalte Welt verirrt.

Die achte Tür

Als sie den Fluß erreichen, färbt sich der Himmel im Osten schon dunkler. Sie steigen ab, stützen sich mit den Armen auf das eiserne Brückengeländer, rauchen. Diebold spuckt ins Wasser, das sich braunschwarz, trübe und schwerfällig zur See wälzt. Ein paar Eisschollen werden mitgeschwemmt. Ein LKW rumpelt über die Brücke. Auf der offenen Ladefläche hocken alte Männer und Frauen mit grauen Gesichtern. Lange Spaten ragen auf. Torfarbeiter auf dem Heimweg. Eine junge Frau winkt ihnen zu. Die schwarze Dieselwolke wabert noch eine Weile über der Brücke, bis der Wind sie zerstreut und das Motorengeräusch in der Ferne verebbt.

Wie weiter? sagt Vringsen tonlos und erschöpft.

Werschmann fingert ein zerknittertes Stück Papier aus der Hosentasche, eine Wegeskizze. Nicht mehr weit, murmelt er.

Sie steigen wieder auf die Räder, treten in die Pedale. Waden, Schenkel, Rücken schmerzhaft verkrampft. Als sie über den Fluß hinweg sind, empfindet Vringsen ein Schwindelgefühl. In seinem leeren Magen rumort es, aber die Empfindung ist anders als der vertraute Hunger. Er blickt zum Fluß zurück. Zu spät, schießt es ihm durch den Kopf. Das Gefühl heißt »zu spät«. Kein Zurück mehr.

Sie folgen dem schmalen Klinkerweg, der neben dem Deich auf der Westseite nach Süden führt. Jetzt haben sie

Rückenwind. Du denkst, du schiebst, denkt Vringsen, und wirst geschoben. Eine der Lebensweisheiten seines Vaters. Der Wind reißt die Atemwolken von den Mündern. Der Wind schiebt sie vorwärts. Vorwärts? Es gibt keine Zukunft mehr, nur diese düsterer werdenden Augenblicke, die sich in einem Kreis drehen, immer im Kreis wie die Räder, in einem Kreis ohne Mittelpunkt, einer unendlichen Null, aus der es kein Entkommen gibt. Mitgefangen, denkt er, mitgehangen. Noch eine Lebensweisheit des Vaters. Erst hat er Mutter erschossen, dann sich selbst. Ob er damit den Kreis durchbrochen hat? Oder rotiert sein Geist, sein Ungeist, jetzt nur in anderer Weise? Auch die Kiefern im Westen scheinen nicht vorbeizuziehen, sondern drehen sich um ein fernes Zentrum, verdichten sich langsam zu einem Wäldchen. Ein festgefahrener Sandweg, der gelb zwischen den dunklen Stämmen leuchtet. Am Horizont ein paar Wolkenlücken, durch die fette Streifen rotglühender Lava brechen. Diebold flucht halblaut vor sich hin. Der Weg endet an einem sumpfigen Kanal. Schwarzes Wasser, träges Fließen. Zwischen den Binsen, die am Ufer aus dem Wasser ragen, hat sich eine dünne, schorfige Eisschicht gebildet.

Hier muß es sein, sagt Werschmann. Das ist die Grenze.

Sie steigen ab, vertreten sich die schmerzenden Beine.

Und wo ist jetzt dein geheimnisvoller Holländer? fragt Diebold.

Schnauze, faucht Werschmann, der kommt schon.

Ich seh aber niemanden, mault Diebold. Nur die Enten da. Schade, daß wir keine Flinte dabei haben. Das wär ein Weihnachtsbraten.

Im Kanal treiben Eisschollen, auf die letzte Sonnenstrahlen Blutspuren legen. Auf einer dieser Schollen kauern drei Flugenten und starren mit dunklen Knopfaugen mißtrauisch zu den Männern am Ufer hinüber. Das Bild sickert in Vringsens Übermüdung wie Schmelzwasser in Schuhleder. Drei Enten auf einer glitzernden Scholle, umgeben von Schwärze.

Das sind wir, sagt er plötzlich und weiß nicht warum.

Werschmann lacht müde. Nur daß wir nicht fliegen können, sagt er und schlägt die Hände zusammen. Das Klatschen gellt durch die Stille wie ein Schuß. Die Enten spreizen die Flügel, heben mit hektischem Geflatter von der Scholle ab und verschwinden dann mit ruhigeren, flappenden Flügelschlägen im Himmel über den Baumwipfeln. Die dunkelgrünen Kronen tanzen im Wind.

Das Telefon klingelte.

Für mich! schrie Miriam, sprang auf und suchte vergeblich nach dem Telefon, das sich, seitdem wir ein schnurloses Modell benutzten, natürlich nie dort befand, wo man es vermutete.

Laura zog es triumphierend unter dem Zeitungsstapel hervor, legte, zu Miriams sichtbarem Mißvergnügen, den Hörer ans Ohr und sagte sehr erwachsen: Ja bitte? … Wer? … Nein, hier spricht Laura … Nein, mit meiner Tochter Miriam können Sie nicht sprechen. Aber mit meiner Schwester Miriam …

Her damit! kreischte Miriam mit hochrotem Kopf, entriß Laura den Hörer, rief, daß sie sich zu Weihnachten endlich ihren eigenen Telefonanschluß wünsche, und entschwand durch den Flur in ihr Zimmer, während Laura albern und etwas hysterisch vor sich hinkicherte.

Wer ist denn dran? erkundigte ich mich.

Ihr, ihr … Lover, kicherte Laura.

Ihr was? Ich hatte mich wohl verhört!

Na ja, dieser, kicher, Dings, dieser Tom, kicher, Dingsbums, mit dem sie neulich, kicher, auch auf dem Schulfest rumgemacht hat.

Ich knackte mir eine Walnuß und zerbiß kopfschüttelnd den gehirnähnlichen Kern. Lover? Mit kaum fünfzehn Jahren! Rumgemacht? Mein Gott, was hieß denn das? Sollten wir ihr etwa Kondome zu Weihnachten schenken?

Mit vierzehn, sagte ich laut, da waren wir aber noch ... Mir fiel nichts ein, was den Unterschied der generationstypischen Erfahrungen auf den pädagogisch plausiblen Begriff gebracht hätte, zumal Miriam als Adressatin momentan gar nicht verfügbar war.

Was wart ihr da noch? interessierte Stacy sich und goß Tee in die Tassen. Knisternd zersprang der Kandis.

Mit vierzehn, wiederholte ich flau, waren wir ... na ja, halt noch vierzehn.

Laura kicherte wieder oder immer noch, Stacy fiel mit ein. Miriam, die aus ihrem Zimmer zurückkam, legte den Hörer überraschend ordnungsgemäß auf der sogenannten Basis-Station des Telefons ab und kicherte aus purer Geschlechtersolidarität gleich mit. Fehlte nur noch, daß die Katze auch noch gekichert hätte; sie lag zusammengerollt auf der Lehne des Lesesessels und schnurrte vor sich hin. Katzengekicher vermutlich ...

Ich verzog mich an den Schreibtisch. Die Erinnerungslandschaft aus Gärten, Lauben und Laternen, die sich neulich so unvermutet in mir entfaltet hatte, bildete auch das Biotop, in dem gewisse Fragen gediehen, die wir Nachbarsjungen in unseren Buden oder Verstecken gelegentlich und eher beiläufig erörterten: Wie Babys in die Bäuche von Frauen gerieten? Durch Küssen möglicherweise? Und wie dann wieder heraus? Vermutlich durch den Bauchnabel? Wieso Mädchen sich beim Pinkeln hinhockten? Weil sie angeblich keinen Pimmel hatten und also durch den Hintern pinkeln mußten? Da wir noch nicht im lesefähigen Alter waren, in dem wir uns einige

Jahre später mit Nachschlagewerken aus heimischen Bücherregalen zu behelfen suchten und einigermaßen verständnislos die Einträge zu Stichworten wie »Penis« oder »Vagina« zusammenbuchstabierten, blieben wir zwecks Lösung dieser Geheimnisse einstweilen auf den Augenschein angewiesen.

Eins der Nachbarsmädchen, die auf den Spitznamen Püppi hörte, erschien uns als Aufklärungsmedium besonders ergiebig, weil sie den Handstand beherrschte, wobei ihr Kleid hochrutschte und die Unterhose zum Vorschein kam. Aber ausgerechnet mit Püppi durften wir nicht spielen: Die Familie, Werschmeier hieß sie, oder Werschmann, galt als nicht gesellschaftsfähig bis »asozial« und war mit einem allgemeinen Bann belegt. Vielleicht, weil sie »damals«, wann immer das gewesen sein mochte, in »Schwarzmarktgeschichten«, was immer das gewesen sein mochte, verstrickt gewesen sein sollte; vielleicht, weil sie windige Beziehungen zu Jahrmarktsschaustellern und anderen unbürgerlichen Elementen unterhielt und ihr Hintergarten einer Schrotthalde glich, auf der Autokarossen und ein Wohnwagen vor sich hin rosteten, womit die wohlanständige Gutbürgerlichkeit unseres Viertels nachhaltig gestört wurde; vielleicht aber eben auch nur wegen Püppis provozierenden Handständen.

Püppi, die es uns gewiß gezeigt hätte, kam also nicht in Betracht, aber auch unter den »anständigen« Mädchen des Viertels fanden sich mutig interessierte, die bereit waren, unter Ausschluß erwachsener Öffentlichkeit und im Schein der blakenden Petroleumfunzel vor uns die Röcke zu heben und die Unterhosen nach unten zu schieben, so daß wir enttäuscht und zugleich beruhigt feststellen konnten, daß Mädchen von hinten wie wir selbst aussahen, während ihnen vorne ersichtlich alles fehlte.

Zehn Jahre später, als mich die Dauererregung der Pubertät zu schütteln und zu versteifen begann, ich es aber noch für ausgeschlossen hielt, je von einem Mädchen aus dieser Qual erlöst zu werden, pflegte die üppig entwickelte Püppi bereits Herrenbekanntschaften, die sich mit großen, chromblitzenden Limousinen um die Tabuzone dieses Hauses nicht scherten – während ich an die Handstände von früher dachte und einer teils entsagungsvollen, teils ohnmächtigen Eifersucht verfiel.

Auf die Idee, sie anzurufen, wäre ich nie im Leben gekommen, obwohl wir seit Mitte der fünfziger Jahre ein Telefon hatten. Schweres, schwarzes Bakelit. Und R-Gespräche ...

Das Telefon klingelte. Ich geh ran, schrie Miriam.

Von mir aus ...

9. Dezember

Interessant sei übrigens auch, sagte Dietrich Reiter und schwenkte den Cognac im Glas, daß schon Kandinsky in Polarität zu seiner Großen Abstraktion eine Große Realistik vorausgesagt habe, die sich mit dem Zöllner Rousseau angekündigt habe. Dieser habe nämlich seine Bildfabeln mit einer dinglichen Realistik ausgestattet, die vom bekannten Realismus völlig verschieden gewesen sei. Und zwar so gründlich verschieden, wie Fastfood sich von Stacys Essen unterscheide.

Der Vergleich stand zwar auf bedenklich wackligen Beinen, da wir bereits einige Flaschen Wein intus hatten, kam aber als Kompliment noch zielgenau an. Wir hatten Dietrich und seine Frau Anke zum Essen eingeladen, und Dietrich befand sich jetzt in jenem, von seinen Freunden einigermaßen gefürchteten Stadium, in dem er zu gewaltigen, Mensch und Historie, Kunst und Kino umfassenden Monologen ausholte, die er, wie auch heute abend, zumeist mit einem gemurmelten »Das ist übrigens ganz interessant« einzuleiten pflegte.

Gemalt habe Rousseau nämlich keineswegs gesehene Erscheinungsbilder, sondern sozusagen allgemeine Vorstellungsbilder. Die Dinge, nicht wie sie unter bestimmten Bedingungen, sondern wie sie an sich erschienen, das heiße mit ihren in der Vorstellung existierenden Hauptmerkmalen. Und diesen Inbegriff habe er dann mit dem Sein der Dinge identisch gesetzt. Alles sei wie aus der gleichen, harten Materie geschnitten, scharf greifbar wie zum Beispiel dieser Cognacschwenker, den erneut zu füllen er, Dietrich, mich übrigens bitte. Man fahre ohnehin mit einem Taxi nach Hause. Dadurch entstehe eine von unserer alltäglichen Wahrnehmung durchaus verschiedene Realität. Die Dinge, aller vertrauten Erscheinungsweise und gewissermaßen gemüthaften Beziehung enthoben, lägen nicht mehr eingebettet in die Umweltsphäre unseres praktischen Lebens, sondern seien in stummer Würde ganz in sich ruhende Dinge an sich. Oder irgendwie so ähnlich. Von solcher Verfremdung gehe, verbunden mit Daseinswucht, eine mächtige Wirkung aus. Nämlich jene Wirkung, die man dann später, weil sie auf rationale Ursachen nicht zurückführbar sei, magisch genannt ...

Du willst doch wohl nicht im Ernst behaupten, unterbrach ihn Anke, daß dieser Adventskalender mit Rousseau vergleich ...

Interessant sei immerhin und allemal, ließ Dietrich aber weder ab noch locker, daß die Motive nicht aus abstrakten, sondern aus dinglichen Teilen gefügt seien, aus unsinnlichen quasi, mit vereinfachten Volumen hart definierten Dings, äh Dingemblemen, wenn wir so wollten. Es sei deshalb höchste Zeit, endlich auch die anderen Türen zu öffnen, um seiner Diagnose eine entsprechende Verifizierung ...

Kommt nicht in Frage, verwahrte ich mich gegen sein ketzerisches Ansinnen. Nach Weihnachten kannst du verifizieren, soviel du willst, aber immer schön ein Türchen nach dem anderen.

Die Wissenschaft, versetzte er ungerührt, und das sei nicht nur interessant, sondern übrigens auch bekannt, kenne weder Türchen noch Tabus. Er habe schon 68 beim legendären Sit-in in, in Dings, äh Hannover gefordert, ob er vielleicht noch ein Glas Wein haben könne? Den Schleier zu zerreißen und die stummen, unbeachteten, unbekannnten, Statuen, nein, nicht Statuen, sondern Staunen erregenden Objekte hervortreten zu lassen. Und zwar überall. Und aus diesen unbeherrschten, mithin herrschaftsfreien, annähernd anarchistischen, uns rings umstellenden Dingen mache dann die Gestaltung, wie auch im Falle dieses Adventskalenders, der übrigens und woher wir den denn überhaupt hätten? Jedenfalls interessanterweise eine Sache, die nicht etwas anderes außer sich darstellt oder über sich hinaus bedeutet, sondern ein autonomer Bildgegenstand sei oder beziehungsweise in dieser Art gewissermaßen.

Ob ihr's glaubt oder nicht, sagte Stacy, den Adventskalender habe ich geschenkt bekommen, als ich ...

Überaus interessant sei, besonders im Hinblick auf den italienischen Neorealismus der Nachkriegszeit, wir wüßten ja schon, diese Schwarzweißfilme und so weiter, das sei ja interessanterweise alles hinlänglich und bekannt, liege das Geheimnis des Wirklichen und auch das der eigenen Existenz in den Dingen und in einer trans, transfor, nein transzendentalen Sachlichkeit ihrer Ergreifung. Die in karge Flächen und Linien, man beachte die subtile Kargheit dieses Beischliff, äh Bleistiftstrichs, Dinge, die Schuhe, wir sollten uns doch nur mal die Schuhe ansehen, sehr, sehr interessant, in ihrer einsamen Würde vor der Leere, Stunde Null fast als Tiefenwirkung, nahezu ja schon heideggersch, wenn wir so wollten, es gebe da übrigens einen neuen Film von Dings, amerikanischer Regisseur jedenfalls, aber das sei ja alles bekannt und so weiter. Daseinsmist, tschuldigung, Daseinsmysterium. Sich schützen vor der verschlingenden Unendlichkeit des Raumes: ein magisches Erlebnis. Wirklichkeit sei das Unbekannte, sie lasse sich nicht darstellen. Nur herstellen, was ja allgemein und sattsam bekannt sei. Eine bildnerische Realität aus den Dingen, die das Existenzgefühl erregten. Mythische Figuren, deren dunkle unauflösbare Allegorik aufgefunden werde. Aufgehoben sei. Bekannt. Interessant auch. Bilder als hermetische Metapher für eine existentielle Erfahrung von Wirklichkeit, deren Wahrheit sich im Dunkel verberge. So ähnlich allemal jedenfalls. Und interessant, interessant ... Woher wir denn bloß, um alles in der Welt, diesen wunderbaren Advents ... Wir möchten ihn einen Moment entschuldigen; er müsse mal ... Dietrich stieß sich vom Stuhl ab, schwankte zur Toilette und murmelte dabei: interessant, übrigens gar nicht so uninteressant, bekannt ...

Wir wechselten unterdessen das Thema und erkundigten uns bei Anke, ob die Kinder der Reiters zu Weihnachten auch Wünsche hegten, deren Realisierung in Regionen des eher Unrealistischen lappte. Daß dem so war, tröstete mich. Der fünfzehnjährige Mathias wünschte sich etwa eine Flugreise nach Australien, weil er die Aborigines »mal aus der Nähe« sehen und mit ihnen »Crossover-Musik« veranstalten wollte. Da war Miriams Telefonbegehren noch vergleichsweise bescheiden. Und die Tochter der Reiters wünschte sich ...

Magische Momente, sagte der in die Runde zurückkehrende Dietrich, seien der Traumwirklichkeit verwandt. Insofern interessant, als beziehungsweise weil nicht zusammengehörige Dinge sich zu neuen Zusammenhängen verkupp, äh verkopp beziehungsweise zusammenschlössen. Das banale, unbeachtete Ding bekomme die undeutbare Bedeutung. Der Traum sei seine eigene Wirkung. Im Grunde ja alles bekannt bis zum Abwinken, aber interessant schon. Zum Beispiel jetzt mal hier, das Motiv von heute. Ein Ruderboot wohl. Was das mit Advent zu tun habe, sei zwar schleierhaft, aber schon interessant. Und Zeichnen habe der Dings, äh, wie heiße denn nun eigentlich der Künstler, der diesen Advents ... Zeichnen habe der allemal gekonnt. Und wie. Das sei aber ja auch alles längst bekannt.

Die neunte Tür

Dunst steigt über der Wasseroberfläche auf, sammelt sich zu flachen Bänken und Wolken. Im verbliebenen Licht nähert sich von Süden ein Ruderboot, unwirklich, geisterhaft. Die Bordwände und der Rücken des Ruderers wachsen hart umrissen aus der Schwärze, aber die Dunstschleier legen sich manchmal wie wehende Gaze vor die Erscheinung und versetzen sie in eine kaum wahrnehmbare Schwingung und Auflösung. Die regelmäßigen Schwünge der Ruder, von denen, werden sie aus dem Wasser gezogen, schwer und gleichmäßig Tropfen fallen und auf dem dunklen Spiegel ihre Bahn ziehen. Konzentrische Kreise, die sich dem Ufer nähern, es aber erst erreichen, wenn ihre Bewegung bereits verebbt ist. Die leichte Bugwelle kräuselt gegen die Uferbinsen, bringt sie leise zum Schwanken. Die Gestalt im Boot dreht den Kopf über die Schulter, holt das linke Ruder ein, hebt grüßend die Hand und manövriert mit dem rechten Ruder das Boot gegen die Böschung. Ein junger Mann, fast noch ein Junge. Grüne Filzmütze mit Schirm. Ohrenwärmer. Ein wachsbleiches Gesicht, das trotz der Kälte nicht die Spur von Rötungen zeigt. Blaue Wolljacke.

Mijnheer van Gruizen schicke ihn, erklärt er in einer kuriosen Mischung aus Niederländisch, ostfriesischem Platt und Hochdeutsch. Sie sollen ihre Fahrräder mit dem Anhänger hier stehen lassen, die Bilder mitnehmen und zu ihm ins Boot steigen.

Gefällt mir nicht, knurrt Diebold, wenn ich nicht weiß, wo's hingeht, und nicht weiß, wie wieder zurück. Hat mir auch in Rußland nicht gefallen.

Halt die Schnauze, sagt Werschmann. Du setzt dich neben den Jungen auf die Ruderbank. Dann kannst du endlich mal deine Arme bewegen. Vringsen in den Bug. Ich nehm die Bilder und setz mich ans Heck.

Und wenn in der Zwischenzeit unsere Räder geklaut werden? gibt Diebold zu bedenken.

Dann bleib doch hier und bewach sie. Werschmann lacht, steigt ins Boot und läßt sich von Vringsen die Bilder anreichen, der sich in den Bug kauert.

Natürlich bleibt Diebold nicht allein zurück, sondern setzt sich neben den Jungen und greift leise fluchend nach einem der Ruder. Das Boot stößt vom Ufer ab. Die Feuchtigkeit kriecht klamm durch die Kleidung der Männer. Vringsen beginnt so heftig zu zittern, daß seine Zähne klappern. Der knöcherne Klang läßt alle erschrecken. Vringsen beißt sich auf die Zunge, bis ihm das Blut auf die Lippen tritt. Trauerweiden lassen nackte Zweige in ihr schwarzes Spiegelbild des Kanals hinab. Zwischen den Kiefern wird es dunkelblau, dann schwarz. Am Himmel noch Reste unsicheren Graus. Der Dunst zieht zwischen den Bäumen wie eine Wand in die Höhe, wie ein Katarakt, der sich lautlos in den Himmel stürzt. Die Finsternis nimmt zu, aber aus dem trüben Wasser scheint ein mattes Leuchten aufzusteigen und schimmert an der Bordwand des Boots. Schweigen. Die Ruder ächzen und knarren in ihren Führungen. Tropfen fallen dumpf ins Wasser zurück, aus dem die Ruder sie heben. Im dichter werdenden Dunst glaubt Vringsen gähnende Risse zu sehen, die sich aber sofort wieder schließen, wenn er sie zu fixieren versucht. Hinter diesen Rissen bewegt sich etwas. Was, weiß er nicht. Vielleicht hat er es einmal gewußt, damals in der Kindheit, als hinter den Erscheinungen mehr als nur Vergangenes lag.

Nachdem sie etwa drei Kilometer nach Süden gerudert sind, es können auch dreißig gewesen sein oder dreitausend, öffnet sich das Kanalufer zur holländischen Seite, erweitert sich zu einem kleinen, lagunenartigen See. Der Junge bugsiert mit routinierten Ruderschlägen das Boot hinein und deutet mit einem Kopfnicken zum Ufer. Im letzten Licht sehen sie dort den schweren Schatten aufragen, aus dem ein Lichtstreifen seine gleißende Bahn übers Wasser legt. Ein Wegweiser aus der Nacht. Oder ein Signal, das immer tiefer ins Dunkle lockt.

Irgendwie gelang es Stacy im Lauf des Abends doch noch, den Reiters zu erzählen, wie sie an den Adventskalender gekommen war, und nannte auch den Namen des alten Herrn.

Vringsen, aber natürlich ... grübelte Dietrich, als sage ihm der Name etwas, sagte dann jedoch, der Name sage ihm gar nichts, was übrigens insofern natürlich auch ganz interessant sei, als der Mann ja immerhin zeichnen könne. Das Ruderboot jedenfalls »habe was«. Es gebe da ja bekanntlich diesen französischen Advents, äh Avantgardefilm mit der Dings in der Hauptrolle ...

Viel mehr ging aus diesem langen Abend dann aber auch nicht mehr hervor. Ich schlief unruhig, wachte noch vor Anbruch der Dämmerung auf und konnte nicht mehr einschlafen. Von Wasser hatte ich geträumt, das wußte ich noch. Von Wasser und meiner Kindheit. Ich ging nach unten und setzte mich an den Schreibtisch, aber als ich den Traum in mein Notizbuch schreiben wollte, veränderte sich dessen vage Düsternis im Lichtkegel der Schreibtischlampe zu etwas Hellem.

Vom Balkon unserer Wohnung, der auf eine Landschaft aus Hintergärten wies, hörte man im Sommer vom Polizeibad herüberwehende Geräusche, als ob das Rufen und Lachen, das Rauschen der Duschen, das Spritzen und Platschen, sich zu akustischen Wolken verdichteten, die chlorgetränkt ins Blaue stiegen und schon von weitem die Freuden des Freibads verkündeten. Wir packten Badehosen und Handtücher in sackartige Tragetaschen, die damals als sogenannte Campingbeutel in Mode waren, bekamen ein Butterbrot und dreißig Pfennig zugesteckt, zwanzig für den Eintritt, zehn zum Verschlickern: so würde man beispielsweise für fünf Pfennige ein rautenförmiges Nappo bekommen und für die anderen fünf einen langen Lakritzstreifen, den wir Texasgurt nannten und deshalb auch vor dem Verzehr um die Hüften schlangen.

Die Bademeister in ihren weißen Leinenhosen und -jacken und den über die feuchten Fliesen schlappenden Gummilatschen sahen zwar wie Ärzte aus, überwachten und reglementierten den Badebetrieb allerdings eher wie die Feldwebel, die sie vor nicht allzulanger Zeit vielleicht auch gewesen sein mochten. Die eigentlichen Respektspersonen waren jedoch die Mannschaftsschwimmer des Polizeisportvereins; sie vollführten abenteuerlich geschraubte oder gedrehte Sprünge vom vibrierenden Brett oder stolzierten muskulös, Bauch rein, Brust raus, am Beckenrand entlang, bekleidet mit knappen, polizeivereins-offiziellen, grün-weißen Dreieckshöschen, die an den Hüften mit Bändern so ähnlich verschnürt waren wie die Verschlüsse unserer Campingbeutel.

An einigen sehr heißen Wochenenden im Sommer

fuhren meine Eltern auch mit uns zum Baden an die Weser – was ja keine ganz kleine Strecke ist mit dem Fahrrad. Mein Bruder im Kindersitz zwischen den Armen meines Vaters, ich auf dem Kindersitz vor meiner Mutter. Das Märchenhafteste daran schien mir jetzt, da ich es aufschrieb, daß man in meiner Kindheit tatsächlich noch in Flüssen baden konnte, die heute zu Industriekloaken verkommen sind, daß wir in der Sonne spielen durften, bis uns die Haut in Fetzen hing, weil karzinogenes Malinom noch genau so ein Fremdwort war wie Lichtschutzfaktor und UV-Filter. Wir tranken Leitungswasser, ohne uns vor erhöhten Nitratwerten und Pestizid-Rückständen gruseln zu müssen, und in diesen großen Sommern waren die Kronen der Bäume noch dicht belaubt.

Die Radtouren an die Weser, und vor allem das Polizeischwimmbad mit seinem schon damals etwas bröckeligem Charme, den nach faulem Holz riechenden Umkleideverschlägen, dem kleinen Sandplatz, auf dem Ball gespielt werden durfte, und der Liegewiese, über der immer der scharfe Duft frisch gemähten Grases hing, erschienen mir nun als eine Art Gedächtnisfoto mit sommertypischen Spuren von Überbelichtung, hell und etwas unscharf. Von der Stadt, der ein ausgeglichener Haushalt natürlich wichtiger ist als die sentimentalen Erinnerungen einiger Bürger, wurde das Gelände vor einigen Jahren verkauft, planiert und bebaut. Und es war ein wehmütiger Gedanke, daß dort, wo sich jetzt die Keller von Eigentumswohnungen befanden, einmal das Wasser schwappte, in dem meine und viele andere Kindheiten ihre Sommertaufe erhielten.

10. Dezember

Über dem Frühstückstisch hing ein Geruch, der mich an die Duftwolke aus gebrannten Mandeln, Bratwurst, Räucheraal und Türkischem Honig erinnerte, die zur Jahrmarktszeit über dem Festplatz geschwebt war. Die Ingredienzen dieses Aromas ließen sich leicht aus den Gläsern rekonstruieren, die geöffnet auf dem Tisch standen: Mandelmus und Honig. Der Röstgeruch stammte von einem hoffnungslos verkohlten Toast. Bratwurst und Aal hatte ich gewissermaßen erinnerungsautomatisch dazu assoziiert. Vielleicht hatte der Anblick des Karussellpferdchens auf dem Adventskalender die Bilder und Gerüche von damals in mir aufsteigen lassen. Und in den Sturmböen, die sich im Schornstein fingen, hörte ich jetzt sogar das unwiederbringliche Geräusch, gewoben aus Stimmengewirr, Lachen und Schreien aus den Karussells, aus der Schiffschaukel, aus Riesenrad und Achterbahn und dem Auto-Scooter, der dröhnenden Musik von der Raupenbahn, den rollenden Liebeslauben der Pubertät, wo unter zugeklappten Markisendächern Dinge vor sich gingen, die noch weit außerhalb meiner Vorstellungskraft lagen. Und es gab Karussells wie aus dem vorigen Jahrhundert, auf denen sich Holzpferdchen, deren bunte Farben abgestoßen waren und traurig blätterten, immer im Kreis drehten – zu einer schrillen, klagenden Drehorgelmusik, bis der ganze Rummel von dieser Drehung erfaßt und in die Mitte des Karussells gezogen wurde, wo der »Junge Mann zum Mitreisen«, der ich so gerne später werden wollte, wie ein König herrschte. Ein König, in dessen Händen alles Glück dieser Erde liegen mußte. Denn was hätte schöner sein können, als immer umsonst mitzufahren und so lange bleiben zu dürfen, bis auch die letzte, bunte Glühbirne erloschen sein würde?

Das Holzpferdchen auf dem Adventskalender war, wie die anderen Motive auch, eine Bleistiftzeichnung, schwarzweiß also. Und dennoch ging von ihm, je länger ich es ansah, Farbe aus. Oder ich dachte die Farbe dazu, spachtelte sie aus meiner Erinnerung und verstrich sie aufs neue in meiner Vorstellung. Diese Gedankenflucht störte mich merkwürdigerweise nicht bei der Niederschrift des Vortrags. Sie ordnete sich ihm vielmehr zu. Indem ich mich erinnerte, schrieb ich, und indem ich schrieb, setzte ich meine Erinnerungen frei.

Eisenspäne im Magnetfeld.

Die zehnte Tür

Dumpf stoßen die Planken des Ruderboots gegen die eiserne, rostfleckige Bordwand des Schiffs. Der Stoß überträgt sich nach innen und hallt wie in einem Resonanzkörper als Echo nach. Eine massige Gestalt beugt sich über die Reling zum Boot hinunter, hält eine Petroleumlampe in der Hand, in deren blakendem Funzeln der kahle Schädel des Mannes wie ein Mond aufleuchtet.

Ob sie die Bilder mitgebracht haben, fragt er in einem fetten, kehligen Englisch.

Was hat er gesagt? Werschmann und Diebold sprechen nur wenige Brocken Englisch. Vringsen übersetzt.

Was ist denn mit Ihnen los, van Gruizen? ruft Werschmann. Beim letzten Mal konnten Sie doch noch Deutsch!

Lange her, sagt van Gruizen, wieder auf Englisch. Ich hab's mir abgewöhnt. Reichen Sie die Bilder hoch. Und dann können Sie an Bord kommen.

Sie klettern aus dem schwankenden Ruderboot an Deck. Im Schein der Lampe und dem Licht, das aus dem Kajütenfenster fällt, erkennt Vringsen, daß van Gruizens Hausboot ein ausgedienter Binnenschlepper ist, einer jener Flußkähne mit Aufbauten am Heck und langgestreckten, flachen Laderäumen bis zum Bug. Der Holländer hat sich je eins der verpackten Bilder unter den linken und rechten Arm geklemmt und geht ihnen durch die niedrige Tür in die Kajüte voran. Die Wärme, die ein stinkender Ölofen abstrahlt, umfängt die durchgefrorenen Männer wie ein heißes Bad. Auf dem Tisch eine Flasche Genever, ein paar Gläser ohne Glanz.

Sie mögen sich bedienen, sagt van Gruizen und deutet auf die Flasche.

Die drei lassen sich erschöpft auf Stühle fallen, füllen Gläser, stürzen den farblosen Schnaps gierig hinunter. Vringsen spürt die Hitze im Magen, dann ein leichtes Schwindelgefühl. Der bleiche Junge, der inzwischen das Ruderboot vertäut hat, tritt ein und macht sich wortlos am Herd zu schaffen, brät in einer gußeisernen Pfanne Speck und Eier.

Van Gruizen hat die Bilder aus den Decken geschlagen und gegen die Kajütenwand gestellt. Er zieht eine Lupe aus der Jackentasche und prüft die Bilder in handbreiten Segmenten. Manchmal runzelt er die Stirn. Manchmal nickt er zustimmend.

Der Junge legt Teller und Bestecke auf den Tisch und

stellt die Pfanne in die Mitte. Dazu einen Laib Brot. Ein Stück Edamer Käse. Einige Bierflaschen. Wie ausgehungerte Hunde fallen die Männer über das Essen her. Der Junge schaut ihnen mit ausdruckslosem Gesicht zu. Van Gruizen läßt sich in seiner Bildbetrachtung nicht stören. Erst als die Pfanne geleert ist, Diebold kräftig gerülpst und Werschmann die Gläser neu gefüllt hat, setzt er sich zu ihnen an den Tisch.

Zufrieden? Werschmann blickt ihn breit grinsend an.

Das ›Kind mit Puppe‹, sagt der Holländer auf Englisch und streicht sich wie nachdenkend über die Glatze, werde weniger bringen, als gedacht.

Vringsen übersetzt.

Wieso? schnappt Werschmann. Das ist doch das Bild, das Sie wollten.

Es stamme aber aus einer frühen Phase der Malerin, die allgemein als schwach gelte, übersetzt Vringsen, steht auf und hockt sich vor das Gemälde. Er sieht es an, schüttelt den Kopf. Dies Bild, sagt er ruhig und bestimmt, sei ein Meisterwerk. Die Art, in der hier mit Licht und Farbe umgegangen worden sei, bestimme nicht nur die Oberfläche der Leinwand. Vielmehr sorge sie für eine tiefe Durchdringung des Gegenstands. Die Farbe sei der Behandlung der Form untergeordnet. Zuviel Nachdruck auf der Farbe gehe nämlich immer auf Kosten der Form, und dann nähere sich das Ganze in der Tat dem Kunstgewerbe. Das sei hier aber nicht der Fall. Sehen Sie doch, sagt Vringsen, fast erregt, die Linien ...

Ein Kenner, alle Achtung, unterbricht ihn van Gruizen, der bislang mit offenem Mund zugehört hat. Und recht hat er auch noch. Jetzt wendet er sich an Werschmann und spricht sogar deutsch: Wo haben Sie den denn aufgegabelt?

Werschmann zuckt mit den Schultern. Kann Ihnen

doch scheißegal sein. Kommen wir endlich zum Geschäft.

Der Holländer nickt, erhebt sich ächzend vom Tisch, verschwindet in einem Nebengelaß. Nach wenigen Augenblicken kommt er zurück. In den Armen trägt er, wie einer sonst Holzscheite tragen würde, zwanzig Stangen amerikanische Zigaretten. Er stapelt eine nach der anderen auf den Tisch.

Zehn, sagt er, für den Mondschein. Und noch einmal zehn für das Kind. Sie können im Frachtraum übernachten. Der Junge hat Matratzen und Decken ausgelegt. Morgen bekommen Sie noch ein Frühstück. Und bei Tagesanbruch sind Sie verschwunden.

Im matten Schein der Petroleumlampe verbergen sich die Gegenstände, die den Frachtraum füllen, mehr als daß sie sichtbar würden. Kommoden und Sekretäre, Sofas und Sessel, stapelweise Zeitungen und Magazine, Porzellan, Gläser, Vasen, Lampen - viel Trödel, aber auch kostbare Antiquitäten. Die Bilder, sagt Werschmann, lagere der alte Gauner in einem anderen Raum, hinter einer Eisentür, zu der nur er einen Schlüssel habe.

Die drei fallen auf die Matratzenlager, ziehen sich die schweren Decken bis zum Hals. Diebold und Werschmann schlafen sofort ein. Vringsen liegt noch wach, doch die Müdigkeit senkt sich wie ein graues Tuch über ihn. Als er aber das Glas der Lampe hochschiebt, um den Docht auszublasen, verändert sich plötzlich das Licht, fällt weiß und grell ins Zwielicht, das zwischen all diesen verlorenen Dingen schwebt. Die Vase ist keine Vase mehr, Diebolds Kopf wird von einem schweren Schatten überschnitten, die Umrisse eines Sofas durch das Licht deformiert. Silhouetten der Vergangenheit. Leben der Fragmente. Ein schmutziger Fingernagel. Marions rot lackierte Fingernägel. Geschlossene Augen. Atmende Münder. Diebold schnarcht. Die Farben treten rötlich und gelb aus dem Möbelholz, verwandeln die Dinge in eine andere Realität, lassen sie anschwellen. Er saugt dies Leben in sich hinein, berauscht sich daran. Es durchströmt ihn in allen Richtungen. Er ist ein Schwamm. Ein Gefühl des Schwamms. Der Transparenz. Des akuten Zustands. Der Schattenriß eines Pferdekopfes auf hellem Holz eines Vertikos. Er stützt sich auf den Ellbogen, leuchtet mit der Lampe tiefer ins Dunkel. Ein Karussellpferdchen. Bröckelnde Farbe, rissiger Körper. Das Pferdchen erwacht noch einmal zu seinem gewesenen Rummelleben. Es dreht sich im Kreis. Er weiß plötzlich, daß das Unsichtbare im Sichtbaren erscheint. Daß die Wirklichkeit das Geheimnis des Daseins bildet. Ein wildes, fast böses Lustgefühl, zwischen Tod und Leben eingeklemmt zu sein, lebendig um den Tod zu kreisen wie das Karussellpferd, um einen imaginären Mittelpunkt. Überall Linien von Schönheit, noch im tiefsten Abstieg, in miesester Gesellschaft. Er würde durch sämtliche Kloaken der Welt kriechen, um das festzuhalten. Die Unaussprechbarkeit der Dinge. Die Ratlosigkeit gegenüber dem eigenen Dasein. Er löscht das Licht. Der schwarze Raum füllt sich mit Gestalten aus der alten Zeit und der neuen. Das Schiff bewegt sich wie im Sturm. Türen öffnen sich zu Räumen, in denen es dunkel ist. Hinter jeder Tür eine weitere Tür. Ein Adventskalender des Absurden. Übermorgen Heiligabend. Die Leere des Raums, in der amorphe Formen Gestalt annehmen. In den mürben Schweißnähten des Schiffs irgendwo ein Riß, durch den ein Rinnsal des Nachtlichts sickert. Das Licht unter dem Türspalt, wenn sein Vater die Kerzen am Weihnachtsbaum anzündete. Ein Karussellpferd dreht sich im Kreis. Immer im Kreis.

Ich geh ran! schrie Miriam, kaum daß der erste Piepton des Telefons angeschlagen war, säuselte erwartungsfroh: Ja? Hallo? sagte dann jedoch matt und desinteressiert: Ja, der ist auch da, und reichte mir den Hörer. Für dich ...

Dietrich war dran, bedankte sich floskelhaft für den »wirklich netten Abend gestern«, räusperte sich wie stets, wenn er zu dozieren gedachte, ließ noch ein obligatorisches »Das ist übrigens ganz interessant« fallen und erklärte dann, daß »der Fall« Vringsen natürlich und sowieso »bekannt« sei, weil ...

Wieso Fall? erkundigte ich mich.

Fall insofern, und das sei jetzt wirklich interessant, er habe ja gestern sofort gewußt, daß ihm der Name etwas sagte, und vorhin sei ihm plötzlich ein Licht aufgegangen, ein Adventslicht, wenn ich so wolle. Habe das also gleich mal etwas recherchiert. Folgender- und interessanterweise also jetzt. Der Mann sei beziehungsweise sei gewesen Kunsterzieher hier am Karl-Jaspers-Gymnasium und natürlich mehr Künstler als Erzieher. So seien die ja alle. Bekannt. Der aber habe wirklich was gekonnt, künstlerisch jedenfalls. Der Adventskalender spreche da ja eine beredte und so weiter. Oder solle jedenfalls was gekonnt haben. Wahnsinnig interessant sei nun aber, daß der mal Mitte oder Ende der fünfziger Jahre im Stadtmuseum eine Ausstellung gemacht habe. Ölbilder und Zeichnungen. Soll auch alles sehr gut angekommen sein, was man schon daran erkennen könne, daß der Kunstkritiker der Lokalzeitung gehetzt und getobt habe und am liebsten was von entartet geschrieben hätte. Na, das sei bekanntlich immer noch so. Dann habe es aber offenbar einen Skandal gegeben, was ja nun echt hochinteressant sei. Irgendwie sei nämlich rausgekommen, daß dieser Dings, äh ...

Vringsen, half ich aus.

Genau der sei kurz nach dem Krieg in einen Kunstraub verwickelt gewesen oder soll jedenfalls verwickelt gewesen sein. Das müsse seinerzeit viel Staub aufgewirbelt haben, den man dann aber gleich wieder unter den Teppich gekehrt habe. Vringsen jedenfalls habe mit seinen Werken seitdem nie wieder die Öffentlichkeit gesucht.

Und dieser angebliche Kunstraub? fragte ich nach. Weiß man da Genaueres?

Er, sagte Dietrich, wisse weiter nichts, obwohl das im Prinzip natürlich schon interessant sei. Falls es mich interessiere, könne ich ja einschlägig recherchieren. Womöglich ergebe das gar Stoff für einen Roman, was ja irgendwie und durchaus auch interessant ... Fragen könne ich ja mal Nikolaus Bäckesieb, insofern der am Gericht sozusagen unmittelbar vor Ort ...

Ich recherchiere jetzt gar nichts mehr, sagte ich. Morgen muß ich nach Bad Eifelshausen zu einer Tagung, Vortrag halten, der immer noch nicht fertig ist, und dann ...

Beileid, sagte Dietrich.

Danke. Und dann ist Schicht für dies Jahr. Beziehungsweise Weihnachten.

Er habe es mir auch nur durchgeben wollen. Und besonders merkwürdig, wenn nicht gar schon nachgerade interessant: Er habe in der vergangenen Nacht von dem Karussellpferdchen geträumt, das auf dem Adventskalender abgebildet sei. Sei aus einer Tür getreten, das Pferd meine er, und habe sich gedreht und gedreht. Ob er sich mal den Adventskalender, äh ... Dietrich räusperte sich, ob er sich den mal ausleihen könne? Aus reinem und sozusagen streng kunsthistorischem Interesse?

Vielleicht nach Weihnachten, sagte ich. Wenn die letzte Tür geöffnet ist.

11. Dezember

Der Taxifahrer, der mich zum Bahnhof chauffieren sollte, stieß von innen die Wagentür auf. Für einen Moment sah ich mich im Lack und Glas des Autos gespiegelt, und vermutlich war das der Grund, daß ich nicht: zum Bahnhof bitte! sagte, sondern: kleinen Moment noch, ich habe etwas vergessen, und wieder ins Haus lief.

Hast du was vergessen? rief Stacy aus der Küche.

Nein, sagte ich, beziehungsweise natürlich doch, ging ins Wohnzimmer und sah mir das Motiv hinter der elften Tür an, die eins der Mädchen heute morgen aufgeklappt hatte. Ein Feuer aus mächtigen Holzscheiten, eingefaßt von einem Rahmen, der mit floralen Jugendstilornamenten verziert war. Offenbar die Ränder eines Kamins. Die Linienführung der Ornamente erinnerte mich an etwas. Oder an jemanden. Worpsweder Anklänge. Vogeler vielleicht?

Draußen hupte das Taxi. Also zum Bahnhof, sagte ich.

Die elfte Tür

Über Nacht hat es kräftig gefroren. Die Uferränder des Altwassers sind mit einer fingerdicken Eisschicht bedeckt, die auch das Schiff und das am Heck vertäute Ruderboot umfaßt. Die schweren Ruder durchschlagen diesen glitzernden Spiegel zu einem wirbelnden Chaos aus Splittern und Stücken, reißen sie in die Luft, und dann prasseln sie zurück ins Wasser. Auf dem Kanal treiben mehr Eisschollen als gestern, aber die Männer kommen zügig voran. Als sie die Stelle erreichen, an der sie die Fahrräder zurückgelassen haben, hat sich die Dämmerung aus der Nacht geschält. Nur zwischen den Stämmen der Kiefern spannt sich noch Dunkelheit aus, als wolle sie in diesem Versteck den Tag verschlafen, um dann abends mit ihrem schwarzen Gähnen die Welt wieder zu verschlucken. Der bleiche Junge setzt die drei Männer am Ufer ab, tippt mit dem Zeigefinger gegen den Schirm seiner Mütze, was Vringsen nicht wie eine Abschiedsgeste vorkommt, sondern wie das Erkennungszeichen eines Geheimordens, legt sich wortlos in die Riemen und verschwindet mit kräftigen, gleichmäßigen Schlägen in der unsichtbaren Spur, aus der er gestern aufgetaucht ist.

Sie radeln flußabwärts zurück, passieren wieder die Brücke und halten dann auf einer schmalen Straße nordwärts. Die torffarbenen Klinker wie ein bewegungsloser Strom, der von irgendwo ausgeht, um nirgends hinzuführen, obwohl das Ziel klar ist – der Hof des Bauern Tammsen, mit dem sie ins Geschäft kommen werden. Die Vision der Straße antwortet vielleicht auf etwas Unwiderstehliches, auf den Wunsch, diese zersprungene Welt so schnell wie möglich zu verlassen. Vielleicht sind die Straßen in diesem Landstrich deshalb so eintönig geradewegs, damit es bestimmt kein Mittel gibt, ihnen zu widerstehen. Diese wie mit dem Lineal gezogene, häßliche Straße zwischen zwei Reihen vom Winter zerquälter und zerfetzter Pappeln, die aber den unvergleichlich düsteren Reiz ausstrahlt, im Unendlichen zu enden und auf nichts Sichtbares mehr hinzuführen. Ja, er erkennt den Weg wieder. In Träumen seiner Kindheit ist er ihm gefolgt, allein und vollkommen glücklich, das Herz voller Abenteuerlust. Was war jetzt diese Straße? Was die Krümmung, die Kurve, die Brücke, die Gier nach der Ankunft und nach erneutem Aufbruch? Im gleichmäßigen Auf und Ab der Beine auf den Pedalen zergeht er in den letzten Seufzern einer Wirklichkeit, die bereits im Entschwinden ist und überall im Kampf mit ihrem eigenen Bild zu liegen scheint, auf das Verschwinden jeglichen Umrisses und aller Kontur vorbereitet. Von einem Ende des Horizonts bis zum andern saugt er eine nicht enden wollende Ebene auf, Weideland, von keinem Baum belebt. Das Wasser in den Gräben vermischt sich mit dem Gras. Eissplitter dazwischen. Rauhreiffahnen. Reine Farbe des Schweigens. Spitzen um sich fressenden Schilfs und Röhrichts, geradlinige Kanäle bis ins Unabsehbare, schimmernde Fäden, die die Polder teilen. Er spürt keine Kälte, spürt nicht den Schmerz in Waden und Rücken. Augenblicke des Nichts. Die Welt eine Null. Und immer noch kein Schnee aus dem niedrigen Himmel.

Am Horizont taucht eine Baumgruppe auf, darüber weiß verwehender Rauch. Werschmann deutet mit der Hand in die Richtung. Tammsens Hof. Das niedrige, moosgrüne Reetdach. Die verwitterten Ziegel über den Stallungen. Eine Birkenallee als Zufahrt zum Hof. Ein Hund schlägt an, bleibt aber unsichtbar. Sie steigen steifbeinig von den Rädern. In der großen Doppeltür zur Diele ist eine Pforte eingelassen. Werschmann schlägt mit der Faust dagegen. Leeres Dröhnen, keine Antwort.

Sie stoßen die Tür auf, die in den Scharnieren knarrt. In der Diele herrscht diffuser Dämmer. Strenger stechender Stallgeruch. Durch eine Tür mit Glaseinsätzen fällt ein fetter, gelbroter Lichtstreifen auf die Männer. Sie spähen in die Küche. Am blankgescheuerten Tisch sitzt eine alte Frau mit geschlossenen Augen, die Hände wie zum Gebet gefaltet. Haube und Brusttuch weiß, die Ärmel blau mit Schwarz eingefaßt. Sie sitzt, vielleicht schläft sie, allein vor einer Mahlzeit. Zwei Brote liegen da, das eine unberührt, das andere angeschnitten. Eine dampfende Suppenschüssel. Ein weißer Teller. Der Löffel daneben. Auf dem Tischrand ein schrägliegendes Messer, dessen Griff ins Leere ragt. Auf einem Wandbord eine Uhr, zwei Bücher, eins geschlossen, eins aufgeschlagen, ein Schlüsselbund, ein kleiner Spiegel. Das Licht entströmt dem Kamin an der Rückwand, in dem ein paar klobige Scheite brennen. Die Szene wie erstarrt, bis eine Katze bettelnd mit der Pfote an der Schürze der Alten zerrt.

Sie öffnet die Augen, sieht die Gesichter der Männer hinterm Glas der Tür, erschrickt aber nicht, sondern winkt sie mit einer Handbewegung herein. Onno Tammsen, ihr Sohn, sei in die Kreisstadt gefahren. Sie müssen warten. Die Alte stellt noch drei Teller auf den Tisch, füllt sie mit Erbsensuppe. Schneidet Brot. Sie essen. Sie warten. Das Feuer im Kamin sinkt zusammen. Der Rauch reißt Funken in den Schornstein. Die Alte legt Scheite nach. Es ist ein derber, aus roten Klinkern aufgemauerter Kamin, aber je länger Vringsen in die Flammen starrt, desto mehr gleicht diese Feuerstelle dem Kamin in seinem Elternhaus. Grüner Marmor. Sims und Ränder reich verziert. Jugendstilornamente. Ein Weihnachtsabend weit vor dem Krieg. Nach Bescherung und Essen lag er bäuchlings vor dem Kamin und las in dem Buch, das er sich gewünscht und das er endlich bekommen hatte. Das Buch die Scheite, er das Feuer. Die Kaminränder der Einband. Nie wieder hat er so gelesen. Nie wieder hat ein Feuer so geleuchtet. Die Feuerstürme des Kriegs haben alles verschlungen und leergebrannt. Die Uhr tickt die Sekunden fort. In ihrem Rhythmus strickt die Alte an einem Pullover aus weißer Schafswolle.

Natürlich lasen meine Töchter auch; Laura sogar manisch bis fieberhaft, wenn nicht gar zügellos – von den Büchern zu Fernsehserien wie ›Gute Zeiten, schlechte Zeiten‹ über ›Vom Winde verweht‹ bis zu den ›Buddenbrooks‹, gelegentlich sogar, wenn auch stirnrunzelnd und mißbilligend kopfschüttelnd, Bücher, die ihr Vater geschrieben hat. Aber die Bücher, die in meiner Kindheit beliebt waren, ließen die Mädchen kalt. Vielleicht lag es auch daran, daß Karl May Lektüre für Jungen war und nur die Verfilmungen mit Pierre Brice den Hormonhaushalt weiblicher Teenager in Wallung gebracht hatten. Träte heute Leonardo DiCaprio als Winnetou an, versenkten sich vermutlich auch Miriam und Laura mit solcher Inbrunst in die dunkelgrünen Schwarten wie der etwa zwölfjährige Junge, der in Münster mit seiner Mutter zugestiegen war und mir im Abteil nun gegenübersaß. Er hatte sofort den ›Schatz im Silbersee‹ aus seinem schreiend roten Plastikrucksack gezogen, mit fieberhafter Unersättlichkeit zu lesen begonnen und sich von nichts und niemandem ablenken lassen – nicht von der draußen wintertrüb vorbeiziehenden Welt, nicht vom Angebot der durch die Zuggänge scheppernden Minibar, schon gar nicht vom Schaffner, der die Fahrkarten kontrollierte, und selbst, als seine Mutter ihm einen Apfel hinhielt, blickte er kaum auf, sondern griff wie traumwandlerisch abwesend danach, biß hinein und verschlang, nun kauend, weiter sein Buch. Er fuhr nicht von Münster nach sonstwo, sondern von einem Kapitel zum nächsten. Dazwischen lag der öde Gleichtakt der Schwellen und Schienen, den die Hochspannungsleitungen aufteilten, die Leere einer Welt, die ihn am Zielbahnhof wieder in Empfang nehmen würde. Inzwischen führte er ein Leben auf Fortsetzung, indem er den Abenteuern seiner Helden sein eigenes Dasein einmischte, ohne es zu bemerken. Daß es so etwas also noch gab ...

Damals, die Bücherei in der Parkstraße ... Ich zog das Vortragsmanuskript aus der Reisetasche; vielleicht ließe sich da noch etwas einbauen. Die Bücherei hieß jedenfalls schlicht und einfach »Brücke«. Ich nahm an, daß damit die brückenartige Treppe gemeint war, die zum Eingang hinaufführte, diese Brücke, auf der wir in langsam fallenden Dämmerungen, an Spätnachmittagen im Herbst oder Winter, fröstelnd im Nebelstaub warten mußten, bis geöffnet wurde. Und als ich später dahinterkam, daß »Brücke« nur ein Kürzel für das städtische Kulturzentrum »Brücke der Kulturen« war, blieb ich dennoch dabei: Die »Brücke« war diese Treppe zum Wunderreich der Bücher, die ich wie Piratenschätze nach Haus trug, um sie dort, vom Lesefieber in bunte Phantasielandschaften gebannt, gierig und nimmersatt wegzuschlürfen, wie einem wirklich Fiebernden ja auch kein Getränk den unstillbaren Durst zu löschen vermag. Die Bücher freilich, die man am dringlichsten gebraucht hätte, um das Lesefieber zu stillen, waren fast immer ausgeliehen, besonders natürlich die Werke Karl Mays. Und das, was gewissermaßen auf dem Index stand, der sogenannte Schmutz und Schund, also Tarzan, Akim, Sigurd, und wie die Helden der schmalformatigen Comic-Serien alle heißen mochten, war selbstverständlich in der »Brücke« nicht zu haben.

Es gab jedoch einen Ort, an dem solche Schätze im Überfluß vorhanden waren, und diese Leseschatzinsel lag in einer Wohnung in der Osterstraße. Ein Schulkamerad hatte das sagenhafte Glück eines Vaters, der Comic-Hefte sammelte und alle, aber auch wirklich alle Bände Karl Mays besaß. Die Bücher mit den bunten Umschlagbildern und grünschwarzen Jugendstil-Ornamenten auf den Rücken, die ...

Natürlich, das war's! War was? Waren es nicht die gleichen oder zumindest sehr ähnliche Ornamente, die den Kamin auf dem Adventskalender rahmten und eben deshalb wie ein aufgeschlagenes Buch erschienen ließen? Und glich nicht Lektüre, die sich derart hemmungslos einem Buch preisgab wie bei dem Jungen vor mir im Zug, einem Verbrennen? Wie bei mir selbst in Zeiten der »Brücke«, wie bei Miriam und Laura, wenn sie die neuste Ausgabe von ›Young Miss‹ in sich hineinstürzten wie verdurstende Wasser? Die Seiten als Scheite, entflammt durch Lesende? Gab es womöglich auch einen Zusammenhang zwischen Schmökern und Schmöken, Rauchen also? Nun ja, das führte vermutlich ins Nebelreich der Spekulation, die allerdings doch verdächtig der Erinnerung glich.

Die Karl-May-Bände standen damals jedenfalls in einer Kommode hinter Glasschiebetüren. Der stolze Besitzer war zu sehr Sammler, als daß er die Bücher aus dem Haus gegeben und uns ausgeliehen hätte; vielleicht fürchtete er, seine Kostbarkeiten könnten unter unseren entzündenden Blicken in Feuer und Rauch aufgehen. Und so saßen wir also zu viert und fünft und mehr sehr artig vor dieser Schleiflack-Kommode auf dem Sofa oder auf dem Fußboden und schmökerten uns mit heißen Ohren ›Durchs wilde Kurdistan‹, durch ›Winnetou‹ I bis III und durch Tarzans Abenteuer.

Mein Vater rauchte – das heißt also: schmökte – zu dieser Zeit »Senoussi«-Zigaretten, auf deren orange grundierten Packung Araber in buntgestreiften Burnussen abgebildet waren, so daß ich ein klares Bild davon gewann, wie ich mir Hadschi Halef und die anderen Orientalen vorzustellen hatte. Und Illustrationen zu den Wild-West-Geschichten gab es als Sammelbilder in den »Wilken-Tee«-Packungen, die meine Mutter kaufte. Unten, im Parterre des Schmökerhauses in der Osterstraße, befand sich ein Wäscherei- und Heißmangelbetrieb, aus dessen Räumen Dampfschwaden nach oben in unsere Leseräusche drangen, und deshalb würden die Abenteuer Kara Ben Nemsis und Old Shatterhands in meiner Erinnerung stets von einem Aroma durchtränkt bleiben, das sich aus Waschlauge und »Hoffmanns Universal Stärke«, Teeblättern und dem scharfen Rauch von »Senoussi«-Zigaretten zusammensetzt.

Und dann jene unvergeßliche Lektüre unterm Weihnachtsbaum, als ich noch las, ohne zu verstehen und auch eigentlich noch nicht verstehen wollte, sondern nur …

Knistern und Knarzen im Lautsprecher. Sehr geehrte Fahrgäste. In wenigen Minuten erreichen wir Köln Hauptbahnhof! Sie haben dort Anschluß an den …

Ich hatte Anschluß an einen Bummelzug mit der hochstaplerischen Gattungsbezeichnung Regional-Expreß, der mich zögernd, aber pünktlich zum Abendessen in der Willy-Brandt-Akademie von Bad Eifelshausen transportierte. Das Gebäude war ein ehemaliges Hotel, erbaut in den fünfziger Jahren, wovon Foyer und Treppenhaus mit allerlei abstrakten Wandmosaiken und Waschbetongemütlichkeit Zeugnis ablegten. Neben der Rezeption stand sogar noch ein gewaltiger Gummibaum, jenes Zimmerpflanzenfossil der Adenauerära, das zu sozialliberalen Zeiten dann von der pflegeleichten Yucca-Palme abgelöst worden war, die ihrerseits bekanntlich vom Bonsai beerbt wurde. Im Speisesaal prangte ein Weihnachtsbaum, der gemäß der politischen Ausrichtung der Akademie geschmückt war: rote Kugeln und Schleifen im Grün der Edeltanne aus heimischer Forstproduktion, dazu neutral-silberne Lamettafäden und weiße Elektrokerzen.

Dr. K. (für, wie ich bald erfuhr, Karlheinz) Rotte, ein gummibaumlanger Mensch mit auch schon irgendwie weihnachtsmännlichem Rauschebart, begrüßte mich, bat mich sogleich an den sogenannten Referententisch und machte mich mit den aufgebotenen Damen und Herren bekannt. Frau Professor Birgel, Köln. Entwicklungspsychologische Aspekte. Frau Professor Gützmann, Hamburg. Linguistische Implikationen. Herr Dr. Fend, Zürich. Kulturgeschichtliche Probleme. Er selbst, erklärte Rotte, werde gleich im Kaminzimmer mit einem »Rundumschlag« die Sache »anschieben«, während ich als Schriftsteller und damit »Spezialist fürs Besondere« morgen zum »guten Schluß« gewiß zum »unterhaltsamen Teil« des Ganzen beitragen würde.

Das Kaminzimmer war ein durch hemmungslosen Einsatz rustikalen Balkenwerks auf urgemütlich gequälter Kellerraum. Die etwa dreißig Tagungsteilnehmer drängten sich um den Biertresen und verteilten sich auf Dr. Rottes Zuruf »in lockerer Runde« um den sachlich-schlichten Kamin aus Gelbklinker, in dem ein Haufen Holzbriketts brannte. Der angekündigte Rundumschlag des Hausherrn war vermutlich nicht einmal uninteressant, aber ich war müde und unkonzentriert, starrte ins Feuer, träumte mit halboffenen Augen vor mich hin, sah in der Glut schwankende Gestalten meiner eigenen

Kindheit, die im Züngeln der Flammen merkwürdige und unerwartete Verbindungen mit Menschen eingingen, die ich nie gesehen hatte und deren Schicksal mir dennoch bekannt war. Ich mußte nur genau hinsehen.

12. Dezember

Nach einem Frühstück zum traulichen Elektroschein des Tannenbaums ging es im Vortrag des Dr. Fend aus Zürich etwa folgendermaßen zur Sache: Wenn Eltern die Entwicklung der eigenen Kinder beobachteten, dann stehe ihnen immer ihre eigene Lebensgeschichte vor Augen. Sie verglichen mithin die Möglichkeiten, die sie in ihrer Kindheit gehabt hätten mit jenen, die ihrem Nachwuchs offenstünden oder verschlossen blieben. Wir, die Zuhörer, sollten einfach mal daran denken, wie klar uns die Unterschiede besonders Weihnachten würden, allein schon an den Geschenken. Eltern stellten damit implizit einen Vergleich der »generational« (den Begriff schrieb ich mir sogar auf!) unterschiedlichen Lebenslagen an und bezögen ihn auf diverse Erscheinungsformen von Kindheit und Jugend. Indem sie dies täten, werde deutlich, daß im Wechsel der Generationen potentiell die zentralen »Lebensführungskulturen« (gleichfalls notiert) und Weltbilder einer Gesellschaft auf dem Spiele stünden. Die vergleichende Perspektive schütze auch vor einem verharmlosenden Blick auf die impliziten Gefahren in der »generationalen Stabübergabe« (dto.) sowie vor der Fehleinschätzung, es handele sich um einen passiven Prozeß der Anpassung der einen Generation an die andere bzw. an sich wandelnde Lebensbedingungen.

Während Dr. Fend erläuterte, wie sich die von ihm behaupteten oder beobachteten Zusammenhänge auf bestimmte Sprachmuster niederschlügen, fragte ich mich, ob die Vorliebe meiner Töchter für Musik, die sich von meinem Musikgeschmack nur dadurch unterschied, daß sie deren zweiter Aufguß war, nicht vielleicht doch ein ziemlich passiver Anpassungsprozeß war. Beispielsweise. Wie ich mich überhaupt des Verdachts nicht erwehren konnte, in meiner Kindheit und Jugend hätte unsereiner all das erkämpft und freigeräumt, was unsere Kinder nun genossen und wieder mit Gerümpel vollstellten. Möglich allerdings, daß dieser Verdacht weniger »generationalen« Überlegungen entsprang als vielmehr jener Generationenfalle, in die inzwischen selbst wir, die wir uns zu »forever young« ernannt hatten, mit frühgreisenhafter Treffsicherheit hineintapsten. Oder so ähnlich.

Einer matten Diskussion folgte eine Kaffeepause, der sich Frau Professor Gützmanns linguistische Implikationen anschlossen, die mir freilich trotz (oder wegen?) des Einsatzes eines Overhead-Projektors, mit dessen Hilfe allerlei Tabellen und Statistiken an die Wand geworfen wurden, einigermaßen abstrakt bis dunkel blieben. Irgendwie ging es darum, daß Kinder den gehörten sprachlichen Äußerungen jene Informationen entnähmen, um die »strukturellen Parameter« ihrer Sprachlernfähigkeit zu gewinnen. Der Spracherwerb vollziehe sich in gewissen Stadien, die durch »situationsgebundene Ein-Wort-Äußerungen«, »funktional gebundene Zwei-Wort-Äußerungen«, »funktionswortlose oder -instabile bzw. flexionslose oder -instabile Mehr-Wort-Äußerungen« ... Ich ließ meine funktional gebundene Merkfähigkeit sausen und beschränkte mich darauf, eine leidlich interessierte Grimasse zu schneiden.

Laut Tagesordnung ergab sich nach dem Mittagessen eine zweistündige Pause. Ich verzog mich zu einer Siesta in mein Zimmer, legte mich aufs Bett und sah aus dem Fenster. Bewaldete Hänge, beweidete Höhen. Tiefhängende, schneeschwangere Wolkendecke. Einzelne Flokken, nass und schwer. Kindheit, dachte ich plötzlich, ist wie eine Landschaft, auf die der Schnee des Alters fällt. Wurden Flocken vom Wind gegen die Fensterscheiben gedrückt, zergingen sie sofort zu Rinnsalen. Wässrige Ornamente des Zufalls. Funktionswortlose Null-Wort-Äußerungen.

Ich griff zum Telefon, wählte. Hallo Miriam! Ich bin's …

Ach so, du bist das … Unüberhörbare Enttäuschung in der Stimme.

Ja, wer denn sonst?

Ist doch egal.

Egal? Wenn dein Vater anruft, ist das egal?

Also echt, Papa. Das ätzt jetzt aber …

Okay, okay. Ich wollte auch eigentlich nur wissen … wollte mich mal erkundigen, was …

Es schneit, sagte sie.

Wie kommst du denn da drauf?

Ich denk, du willst dich erkundigen, wie hier das Wetter ist.

Ach so, ja klar. Hier schneit es übrigens auch. Übrigens, was mir grade so ganz zufällig einfällt: Habt ihr heute die Tür aufgemacht?

Bei dem Sauwetter doch nicht, sagte sie.

Natürlich nicht. Ich meine die vom Adventskalender. Die zwölfte Tür. Die habt ihr doch bestimmt aufgemacht.

Ja, hat Laura gemacht. Wieso willst du das wissen?

Weil ich wissen will, was da heute drin ist. Was für ein Bild.

Und wieso willst du das wissen?

Weil ich ... weil es mich ... Also, was ist es?

Eine Schneeflocke, sagte sie.

Eine Schneeflocke?

Ja, so'n Kristallteil. Wie aus Glas. Funkelt und glitzert. Haben wir neulich auch in Physik gehabt. Nicht so prall.

Die Schneeflocke?

Quatsch. Der Physikunterricht. Der Barkemüller kann mich nicht ab. Echt herbe der Typ.

Eine Schneeflocke also, sagte ich.

Genau.

Also gut. Dann grüß Mama und Laura schön von mir. Ich bin morgen abend wieder zu Hause.

Ich legte auf. Das Schneetreiben draußen war dichter geworden. Die Flocken trockener und kleiner. Ich verschränkte die Hände hinter dem Kopf und starrte in den weißen Wirbel. Eine Schneeflocke also. Fast hätte ich es mir denken können.

Schneeschrift auf Glas. Unentzifferbare Kalendergeschichte aus weißem Niederschlag.

Die zwölfte Tür

Die Scheite im Kamin knacken und prasseln. Der Wind faucht im Schornstein, reißt Funkenstürme in die Höhe und treibt den Rauch in den Winterhimmel. Durch die früh fallende Dunkelheit und das Schweigen in der Küche dringt Motorengeräusch, übertönt Wind und Feuer. Sie gehen durch die Diele auf den Hof. Der gelbe Finger eines Scheinwerfers tastet sich schwankend durch die Birkenallee, nähert sich, erfaßt für einen Moment die drei Männer. Onno Tammsen stellt den Motor ab, der noch zwei-, dreimal vor sich hinhustet, und steigt vom Motorrad. Im Beiwagen schält sich seine Frau aus Decken und Pelzen. Tammsen schiebt die Motorradbrille über den Rand der Lederkappe auf die Stirn, streift die schweren Handschuhe ab, geht auf die Männer zu und begrüßt sie mit Handschlag. Die Frau ruft »moin!« und verschwindet im Haus.

Man habe noch bei den Schwiegereltern vorbei gemußt, erklärt Tammsen sein spätes Erscheinen. Einige Dinge für Weihnachten erledigt. Den ganzen Kram ...

Mit den Zigaretten wär das bestimmt einfacher gewesen, sagt Werschmann.

Fleisch gehe mindestens genausogut, sagt Tammsen. Und Kartoffeln. Selbst Rüben brächten was ein. Ob es also bei ihrer Abmachung bleibe?

Werschmann nickt. Diebold schlurft durch den gefrorenen Morast des Hofs zu den Fahrrädern und holt zehn Stangen Zigaretten aus dem Anhänger. Tammsen nickt beifällig und geht den drei Männern in die Küche voran. Die beiden Frauen haben inzwischen ein Abendessen auf den Tisch gebracht. Wieder Erbsensuppe, diesmal jedoch mit Speck. Brot dazu. Schmalz. Während des Essens träge Wortwechsel über das Wetter. Vielleicht wird es doch keinen Schnee geben. Über das Regime der Engländer. In der Kreisstadt sind wieder mehrere ehemalige NS-Funktionäre verhaftet worden. Der halbe Rat. Über die Preise auf dem Schwarzmarkt. Aus einem Wandschrank holt Tammsen eine Flasche Korn, den ein Nachbar im ehemaligen Backhaus seines Hofs brennt. Fast 60%. Die alte Frau stellt Sherrygläser auf den Tisch, schenkt ein. Geschliffenes Kristall. Feinste Handziselierungen in Form von Schneekristallen.

Vringsen hält sein Glas gegen das Funkeln und Glosen des Kaminfeuers. Die Schneekristalle beleben sich, beginnen zu strahlen, scheinen selbst Funken zu werfen. Die müssen sehr teuer gewesen sein, sagt er, mehr zu sich selbst als zu den anderen.

Pro Glas ein Pfund Kartoffeln, lacht Tammsen und prostet den Männern zu.

Sie stürzen das fast geschmacklose, wasserklare Gesöff in einem Zug hinunter. Feuer im Magen.

Die Alte schenkt nach. Behaglichkeit macht sich in den Gliedern breit.

Zum Geschäft also, sagt Werschmann. Zehn Stangen für dich. Was bietest du dafür?

Tammsen wiegt den Kopf hin und her. Zwei halbe Räucherschinken. Zwei große Mettwürste. Und Speck. Mehr Fleisch ist nicht da.

Reicht nicht, sagt Diebold. Was ist mit dem Schnaps?

Zwei Flaschen kann ich abgeben.

Reicht immer noch nicht. Du weißt doch ganz genau, was du in der Stadt für die Zigaretten kriegst.

Ein halber Sack Kartoffeln dazu. Mein letztes Wort.

Die drei sehen sich fragend an. Vringsen und Diebold nicken, Werschmann scheint weiter handeln zu wollen, nickt dann aber auch.

Hand drauf, sagt Tammsen und schlägt mit allen ein. Vringsen spürt die Schwielen und Scharten auf der rissigen Hand des Bauern.

Die Uhr tickt die Sekunden davon. Sie trinken, bis die Flasche leer ist. Das Feuer sinkt zusammen, wird zu Glut, verfällt zu weißer Asche. Kein Funken mehr, kein Rauch. Die Uhr tickt. Es wird kühl in der Küche.

Müssen früh weg, lallt Werschmann irgendwann und steht schwankend vom Tisch auf.

Im Heuboden über der Diele haben die Frauen Decken

ausgelegt. Vringsen ist so betrunken, daß er auf der Stiege beinah den Halt verliert. Und während er einem traumlosen Schlaf entgegenstürzt, umkreist er in immer schneller werdenden Rotationen eine schwache Lichtquelle in der allumfassenden, schmerzenden Schwärze. Eine Schneeflocke vielleicht. Ein Kristall. Oder den rettenden Stern.

Morsezeichen. Funksignale aus den Galaxien des Schneefalls. Vage Erinnerungen an den Satz, daß Sterne durch Abwesenheit glänzen. Unregelmäßige Klopfzeichen Verschütteter vielleicht? Eine Stimme, die meinen Namen rief. Ich schreckte hoch. Im Fenster hing schon die Dämmerung. Kein Schnee mehr. Ich sah zur Uhr. Halb fünf! Die Stimme gehörte Dr. Karlheinz Rotte, der mich aus der unfreiwillig ausgeuferten Siesta rief und gegen meine Zimmertür klopfte. Frau Professor Birgels entwicklungspsychologische Aspekte hatte ich glatt verschlafen. Meine Entschuldigung nahm Dr. Rotte mit verständnisinnigem und irgendwie neidvollem Lächeln hin; offenbar hatte ich nicht allzu Wesentliches verpaßt.

Ich raffte das Manuskript zusammen und verfügte mich in den gefüllten Vortragssaal. Der Stuhl in der zweiten Reihe, auf dem sonst Frau Birgel Interesse geheuchelt hatte, blieb erwartungsgemäß so leer, wie der meine während ihrer Ausführungen leer geblieben war. Dr. Rotte ließ ein paar einführende Allgemeinplätze zu meiner Person und meiner Arbeit vom Stapel, während ich immer noch gegen die Reste des süßen Halbschlafs ankämpfte. Diese Indisponiertheit führte wohl auch dazu, daß ich, als ich am Vortragspult stand und, um Sicherheit kämpfend, erst einmal stur vom Blatt ablas, von einer bekannten, aber nicht sonderlich erfreulichen Wahrnehmung heimgesucht wurde: der Erfahrung nämlich, daß es bei Lesungen für den Vortragenden zu bedenklichen körperlichen Erregungszuständen kommt, die das physische Etwas vernichten, das ein Schriftsteller war, während er schrieb. Denn während des Schreibens verbindet ihn dies physische Etwas nicht mit etwas Äußerem, sondern konzentriert ihn auf die Arbeit des Suchens, Findens und Erkennens. Wenn man aber vorliest, was man geschrieben hat, kommt es zu einer merkwürdigen Spaltung. Während man etwas schrieb, erkannte man, was man schrieb. Beim Lesen trennt man aber das Erkennen dessen, was man liest, von dem ab, was man erkannte, während man schrieb. Ein Doppelleben also, aus dem ich mich aber nach und nach befreite, während ich sprach, und als ich bei den Ausführungen zu letzten und ersten Worten anlangte, war ich mir meiner selbst wieder einigermaßen gewiß.

Über berühmte (»Mehr Licht« - Goethe) und weniger berühmte (»Rechts ist frei« - Der unbekannte Beifahrer) »letzte Worte« sind ganze Bibliotheken vollgeschrieben worden, sagte ich und hob nun auch öfter den Blick vom Manuskript: Die Maske fällt - angeblich; das Wort, mit dem wir sterben, soll endlich sagen, wer wir waren - was uns auch nichts mehr nützt, sondern höchstens noch den überlebenden Ohrenzeugen, die aus den letzten Röchlern dann Legenden stricken und postume Geniekulte basteln. Das letzte Wort eines Sterbenden, notierte B. Traven dagegen apodiktisch markant, sei aber noch weniger wichtig als das eines Mannes, der sinnlos betrunken ist. Und Mark Twain empfahl, man solle die Worte, die man als letzte von sich zu geben gedenke, beizeiten auf einen Zettel schreiben und die Meinung seiner Freunde dazu einholen. Denn ob einem die Schlagfertigkeit auch noch beim letzten Schnaufer treu bleibt, ist immerhin zweifelhaft. In jenem Moment ist man vermutlich körperlich wie geistig nicht mehr so fit wie der sprichwörtliche Turnschuh; wahrscheinlich fällt einem das brillante Wort, das man der Nachwelt durchreichen wollte, gar nicht mehr ein; und außerdem ist man von schluchzenden Familienmitgliedern umringt, die bereits die Erbschaft hochrechnen. Wie soll einem unter solchen Umständen das geistblitzend gewandte Wort gelingen? Twain schlug deshalb vor, die vorvorletzten Worte der Geistesgrößen zu sammeln; aus ihnen könne man dann später vielleicht etwas Zufriedenstellendes zusammenstoppeln. Markig gegeben!

Über die geistige Physiognomie eines Menschen sagen vermutlich die ersten Worte, die seinem Mund entkommen, viel mehr aus als die ominösen letzten. Leider ist man im entsprechend zarten Alter noch nicht fähig, sich seine Eröffnungsweisheit zu notieren. Das wäre Sache der Eltern, die aber zumeist gerade mit anderen Dingen beschäftigt sind – Windeln waschen oder wechseln, sich schlaflos im Geschrei des Zahnenden wälzen und so weiter und so fort. Die ersten Worte gehen fast immer verloren und werden unverdientermaßen nicht »berühmt«.

Da! da! da! Erste wortähnliche Gebilde, mit denen meine älteste Tochter aus den wogigen Regionen unartikulierter Laute zur Sprache kam. O! o! o! lautete später die Version ihrer jüngeren Schwester. Da, da, da – das heißt: Da ist etwas, das ich erkenne; vielleicht ist es sogar ein Wiedererkennen von dunkel Geahntem, das plötzlich im Licht der Welt wirklich wird, Form findet und Gestalt annimmt. O, o, o, das ist das Staunen, daß es etwas gibt und daß es ist, wie es ist, ein noch begriffslos stammelndes Staunen, für das man eigentlich einen grammatischen Begriff wie den des expressionistischen Demonstrativpartikels einführen müßte (an dieser Stelle lachten immerhin zwei oder drei der Zuhörer).

Jeder spricht irgendwann seine ersten Worte – niemand weiß, daß er sie spricht, niemand erinnerte sich an sie, gäbe es nicht die Menschen, die diese Worte hören und registrieren und sie uns dann später, wenn wir so selbstverständlich sprechen können, als hätten wir's nie gelernt, erzählend zurückgeben. Wir sind also mehr als wir selbst. Unsere Identität kristallisiert sich nicht nur aus unseren eigenen Erinnerungen und Erfahrungen, sondern auch aus Zuflüssen, deren Quelle jene Erinnerungen und Erfahrungen sind, die uns berichtet, erzählt, vorgelesen - also überliefert werden. Der Strom unserer Existenz gleicht von Anfang an keinem eng begrenzten Kanal, sondern einem Delta mit Seitenarmen und Altwassern. (Merkwürdigerweise kam mir, während ich diese Passage vortrug, das Boot in den Sinn, das am 9. Dezember im Adventskalender gestanden hatte.)

Wenn wir mit den Booten unserer Erinnerung, unseres Wissens, unseres Bewußtseins, später versuchen, den Strom zu erforschen und die Geographie des Deltas zu ermessen, geraten wir früher oder später an jene Verzweigungen, die wir nur wiedererkennen, weil andere sie für uns erkannt und kartiert haben. Und dennoch sind sie Teile von uns; sie gehören uns an, weil niemand nur sich selbst angehört. Je genauer man auf sich zurückblickt, desto vielgestaltiger wird man: Figuren huschen vorbei, die alle Fragmente ein und derselben Person sind. Wir entspringen dem Mischungsverhältnis unserer Eltern, genetisch, biologisch, soziologisch und kulturell; wir leben unser Leben in Mischungsverhältnissen, und wenn wir Leben fortpflanzen, schaffen wir neue Mischungsverhältnisse, in denen auch wir präsent bleiben.

Eugène Ionesco notierte in seinem ›Journal en miettes‹, die Jahre der Kindheit seien vorbei, sobald man wisse, daß man sterben werde; von diesem Augenblick an gebe es keine Gegenwart mehr, sondern nur noch Vergangenheit, die dem Abgrund der Zukunft entgegenstürze, dem Tod. Die Auszehrung reiner Gegenwart durch Vorstellungen von Anfang, Ende und dazwischengespannter Zeit setzt jedoch mit Bewußtseinsentwicklung und Erinnerungsvermögen viel früher ein und hängt unmittelbar damit zusammen, daß Sprache in die Geistesgegenwart des Kindes einwandert und diese zu strukturieren beginnt. Da, da, da und O, o, o, das sind die Zungenstöße, mit denen erstmals Dinge und Bedeutungen auseinandergetrieben werden.

Indem Sprache dem Kind Welt erklärt und deutet, verzehrt sie zugleich das reine In-der-Welt-Sein.

Ein kindliches Wissen um die eigene Sterblichkeit gibt es bereits im Spiel, aber es verschränkt sich dort mit einem Gefühl von Unsterblichkeit – es ist eine Art Theatersterblichkeit: Als Cowboy oder Indianer, Ritter oder Soldat, bin ich in meiner Kindheit zahllose Tode gestorben. Den Ort dieser sterbenden Unsterblichkeit bildete eine verwilderte, ausgedehnte Gartenanlage in der Nähe meines Elternhauses, durchsetzt von Grundmauern und eingestürzten Kellergewölben der Großherzoglichen Stallungen, die nach 1918 aufgegeben und ein paar Jahre später verfielen oder abgerissen worden waren. Dies Gelände hieß unter uns Kindern »der Park«; niemand wußte, woher die Bezeichnung stammte, jeder benutzte sie: Es schien, als hätte der Park sich selbst seinen Namen gegeben. Unsere Phantasie verwandelt ihn in einen Märchenwald voller Burgen und Schlösser, in Dschungel und Sümpfe, Savannen und Rocky Mountains; wir sind Raubritter mit Cowboyhüten, Riesen mit Zwergenschuhen, Indianer in kurzen Hosen. Der Park verwandelt auch uns, und aus seinen Mauerresten strahlen Erinnerungen an Vorzeiten, in denen alles kein Spiel, sondern leibhaftige

Wirklichkeit war. Die Eisenbahnlinie, die das Gelände nach Norden begrenzt, führt angeblich nach Holland, aber sie könnte, statt nur nach Ostfriesland und Groningen, genausogut, besser, in den Wilden Westen oder in den Orient unserer Träume führen. Und wer hier sein Ohr auf die moosbewachsenen Stufen der Gemäuer legt, der hört womöglich noch die Pferde des Großherzogs schnauben und trappeln, wenn er mit seinem Gefolge zur Jagd aufbricht; das Gefolge sind wir und galoppieren durch Forste, über Felder, setzen über Hecken und Knicks, verfolgen und werden verfolgt, schmachten in finsteren Kerkern, befreien und werden befreit, sterben in grausamen Kämpfen und stehen unsterblich wieder auf. Wenn die Dämmerung fällt, reiten wir heim zur Tafel, auf der das magere Käsebrot zum Wildbret wird, der Pfefferminztee zum schäumenden Humpen, und der Hufschlag des pochenden Bluts in den Ohren wiegt uns in Schlaf.

Mit diesem kindlichen Wissen von Sterblichkeit läßt sich jedenfalls das Kindheitsende nicht bezeichnen; eher vielleicht mit einsetzender Zeugungs- bzw. Gebärfähigkeit, dem Zeitpunkt also, von dem an Leben weitergegeben werden kann. Oder endet die Kindheit erst in der Erfahrung eigener Elternschaft, in der Dimensionen der eigenen Vergangenheit spiegelbildlich erfahrbar werden, Dimensionen, die uns bislang nur in Erzählungen anderer erreichten?

Vielleicht endet Kindheit nie, weil ihre Prägungen uns bis zum Tod begleiten; sie verdünnt sich nur und wird fadenscheinig wie die Strümpfe, die ich, bereits mehrfach gestopft, von meinem Bruder übernahm und »aufzutragen« hatte, bis sie eines Tages so durchlöchert waren, daß meine Mutter, um sie zu retten, mehr Garn in sie hätte wirken müssen, als an ihnen noch war. Und so wirkt auch das Erzählgarn unserer Erinnerungen beständig daran, daß unsere Kindheit erhalten bleibt, sich jedoch stetig verändert, weil wir ihr den Stoff unserer Gegenwart zusetzen.

Gegenüber der von Mund zu Ohr reichenden Leibhaftigkeit mündlicher Erzählungen ist das stumme Lesen von Texten eine kühle und einsame Angelegenheit von Auge und Hirn. Die mündliche Überlieferung vollzieht sich von Mensch zu Mensch, vom sichtbaren Körper und seinen Gesten, vom Körper, der atmet und mit Atem, Kehlkopf, Gaumen und Zunge Worte hervorbringt – zum Körper des Zuhörenden, der, selbst wenn er »ganz Ohr ist«, doch auch sieht und riecht, schmeckt und spürt. Es sind solche, mit sinnlicher Unmittelbarkeit in uns versenkte Mitteilungen fremder Erfahrungen und Wahrnehmungen, die wir uns, und sei es nur in Bruchstücken und abgestuften Mischungen, zu eigen machen.

Wenn sich dem aus Erzähltem Wahr-Genommenen insofern ein, wenn auch sprachverdünnter, Erfahrungswert zusprechen läßt, liegt hier nicht nur die Schnittstelle zwischen dem, was uns wirklich zugestoßen ist, und dem, was uns »lediglich« zugetragen wurde. Vielmehr erweitert sich hier unser Erfahrungsraum um vier, in Ausnahmefällen fünf Generationen, die uns vorangingen, reichen doch die Erinnerungen unserer Großeltern bis auf deren eigene Großeltern zurück, Erinnerungen wohlgemerkt, die aus Augen- und Ohrenzeugenschaft stammen, nicht nur aus verschriftlichten Dokumenten, nicht nur aus den steif-würdevollen Fotografien und Daguerreotypen von einst, wie sie etwa als braunstichige Ahnengalerie neben dem Schreibtisch meiner Mutter hängen. Dieser Schreibtisch ist aus dem Holz eines Kirschbaums angefertigt worden, der im Garten des Elternhauses meiner Großmutter im Westerwald stand; meine Großmutter schenkte ihn zu Lebzeiten meinem

Vater, und nach dessen Tod nahm meine Mutter ihn in Gebrauch. Schön wäre es, gäbe es zwischen den Fotos und Porträtzeichnungen auch ein Bild des Kirschbaums; aber es gibt keins – und so mache ich es mir in meinen Vorstellungen: Ein weißer Blütentraum, vom Wind geschüttelt, ein Augenaufschlag und vorbei.

13. Dezember

Sehr heftig schneite es nicht, aber was da an sogenannter weißer Pracht leise vom Himmel rieselte, reichte offenbar aus, die Zugverspätung ständig zu vergrößern. Anfangs hatte der »Bordlautsprecher« vor Bahnhöfen nicht nur alle Anschlüsse gemeldet, die erreichbar waren, sondern auch noch mutig alle bereits verpaßten. Ab Köln war nur noch von den ständig weniger werdenden, erreichbaren Anschlüssen die Rede, auch allerlei entschuldigende Floskeln à la Betriebsstörung wurden abgegeben, aber seit Dortmund Hauptbahnhof schwieg sich der Bahnservice verstockt aus. Die Schaffner respektive »Zugbegleiter« schlichen mit eingezogenen Köpfen durch die Waggons, wußten von nichts und verwiesen achselzuckend auf »die Lautsprecherdurchsagen auf den Bahnhöfen«.

Ich hatte mich zum Mittagessen ins »Bordrestaurant« der »Mitropa« gesetzt. In der Küche mikrowellte der übliche Eisenbahnfraß, im Restaurant der Volkszorn. In den Tischvasen, in denen sonst verhärmte Blümchen ihrem Ende entgegen vegetierten, staken Tannenzweige mit fusseligen Lamettafäden, zur hoffnungslos vergeblichen Funktion verdammt, bis zum Abnadeln friedvolle Weihnachtsstimmung zu verbreiten. Auch der lauwarme Linseneintopf »Rheinische Art«, den mir die immerhin noch verblüffend gelassene Kellnerin mit osteuropäischem Akzent servierte, erinnerte eher an Spülwasser denn an weihnachtliche Tafelfreuden. Zur inneren Desinfektion trank ich ein Bier dazu und bestellte zum Kaffee vorsichtshalber gleich einen Underberg.

Als ich mich heute morgen aus der Willy-Brandt-Akademie verabschiedete, hatte Dr. Karlheinz Rotte mir die Idee mit auf den Weg gegeben, doch mal »eine zeitgemäße Weihnachtsgeschichte« zu schreiben. Daran fehle es nämlich in unserer Literatur, in der ja bekanntlich vieles, wenn nicht »fast alles« fehle, vom Luftkrieg bis zur Behandlung des Regierungsumzugs nach Berlin, vom Theaterstück über die Balkan-Krise bis zum Roman über die deutsche Einheit. Aber die fehlende, zeitgemäße Weihnachtsgeschichte, so der möglicherweise noch nicht recht ausgenüchterte, vielleicht auch nur vom Glanz des Akademie-Weihnachtsbaums angestachelte Dr. Rotte weiter, überschatte alle anderen Defizite. Sie sei sozusagen die Leerstelle an sich, das schwarze Loch innerhalb der deutschen Gegenwartsliteratur. Und ich, mit meinem Faible für familiäre Verhältnisse, generationale Fragestellungen und, last not least, Interesse an Kindheit, sei geradezu prädestiniert, mit so einer Geschichte die skandalöse Leerstelle zu füllen.

Der Underberg tat gut. Ich holte mein Notizbuch aus der Jackentasche und kritzelte: *Ein 24. Dezember kurz vor der Jahrtausendwende. Seit Tagen lang anhaltende, heftige Schneefälle. Am frühen Nachmittag bricht fast in ganz Deutschland der Verkehr zusammen. Der ICE von Köln nach Berlin bleibt irgendwo in Brandenburg auf freier Strecke stecken. Schneesturm. Schneeverwehungen, meterhoch. Die Heizung im ICE fällt aus. Panik. Chaos. Gewalttätigkeiten. Weinende Kinder. Aufgebrachte Erwachsene. Überforderte »Zugbegleiter«. In dieser Situation kommt es bei einer hochschwangeren Frau zu einer Frühgeburt. Das Ereignis spricht sich wie ein Lauffeuer durch den eingeschneiten Zug. Alle Konflikte lösen sich. Weihnachtsfrieden breitet sich aus wie Blödsinn ...*

Der Underberg tat offensichtlich doch nicht so gut. Ich strich den ganzen Sermon aus. Zeitgemäße Weihnachtsgeschichte? Kompletter Quark. In mir aus Kindertagen bekannten Weihnachtsgeschichten war es meistens üblich, jährlich gleich mehrere arme Jungen beziehungsweise »Knaben« und Mädchen erfrieren zu lassen. Der Knabe oder das Mädchen oder (auch immer wieder gern genommen) das aus Knabe und Mädchen bestehende, bettelarme Geschwisterpaar einer angemessenen Weihnachtserzählung hatten gewöhnlich in dunkler Nacht und bitterer Kälte vor dem Fenster eines wohlhabenden Hauses zu stehen, um sich mit blutenden Herzen am Anblick des brennenden Weihnachtsbaums und opulenter Gabentische in einem luxuriösen Zimmer zu ergötzen – und dann auch zügig zu erfrieren, nachdem sie noch viel Unangenehmes und Bitteres empfunden haben mußten. Gelegentlich erschienen ihnen im Tode dann irgendwelche feenhaften oder engelsgleichen Lichtgestalten und geleiteten sie ins jenseitige Irgendwo. Wenn ich mich recht erinnerte, stammten solche Geschichten vorzugsweise von russischen Autoren, bei denen ich mich allerdings – bis heute – nicht besonders gut auskannte. Doch verstand ich sehr wohl die guten Absichten – ungeachtet der Grausamkeiten, die auf die handelnden Personen wie Schnee- und Graupelschauer niedergehen. Ich wußte, daß die Autoren die armen Kinder immer wieder erfrieren lassen mußten, um die reichen Kinder daran zu erinnern, wie gut sie es hatten. Aber irgendwie reichte diese Einsicht nicht aus, mir eine Geschichte aus den Fingern zu saugen, in der auch nur ein einziger Knabe oder ein elternloses Mädchen hätten erfrieren müssen, nicht einmal zu solch einem achtbar pädagogisch korrekten Zweck. Ich selbst war ja auch nie erfroren, nicht einmal in jenen kargen Wintern der fünfziger Jahre, und war auch nie beim Erfrieren eines Waisenknaben oder Zündholzmädchens zugegen gewesen. So hätte ich also nur allerhand lachhafte Dinge zu sagen gehabt, wenn ich die Empfindungen beim Erfrieren beschreiben wollte. Und außerdem wäre es mir doch peinlich gewesen, ein Kind erfrieren zu lassen, nur um ein anderes Kind an seine sorgenfreie Existenz zu erinnern. Da zöge ich es schon vor, von Kindern zu erzählen, die nicht erfroren sind, zum Beispiel von meinen Töchtern oder, wenn's hätte sein müssen, sogar von mir selbst. Im übrigen konnte mir die von Dr. Rotte behauptete, weihnachtliche Leerstelle in unserer Literatur völlig schnuppe sein – es sei denn, ich käme auf irgendeine Weise der Geschichte auf die Spur, die der Adventskalender erzählte, die er spiegelte oder die sich hinter seinen Spiegeln verbarg. Was für ein Motiv sich wohl heute zeigen würde? Vielleicht sollte ich einmal den alten Mann, der Stacy den Kalender geschenkt hatte, persönlich aufsuchen. Recherchen konnten nie schaden. Darauf noch einen Underberg.

In Hannover war dann mein Anschlußzug so gründlich verpaßt, daß ich einen Zwangsaufenthalt von über einer Stunde in Kauf nehmen mußte. Wer den Hauptbahnhof von Hannover kennt, weiß, was ich litt. In der unteren Ebene, einer zugigen Betonkatakombe, lagerte ein Trupp Obdachloser mit ihren Hunden, gleich Hirten auf dem Felde, um einen gewaltigen, voll elektrisierten Tannenbaum. Und auch die Läden und Verpflegungsstände hatten sich mit einschlägigen Dekorationen aus Plastik, Pappe und Glitzergirlanden weihnachtlich in Talmi-Schale geworfen.

Ich ließ mich in einer Pizzeria nieder, trank einen Cappuccino und dachte daran, daß ich immer noch kein Weihnachtsgeschenk für Stacy hatte, nicht einmal eine Idee. Die Geschenke für die Mädchen besorgte sie und hatte auch immer für mich etwas »Passendes«. Sich selbst allerdings konnte sie natürlich schlecht beschenken, obwohl es ihr an Ideen nicht mangelte. Und so ergab sich alle Jahre wieder das gleiche Problem, übrigens noch dadurch verschärft, daß Stacy nur fünf Wochen vor Weihnachten Geburtstag hat, so daß die besten Ideen bereits Ende November verschenkt waren. Vor einigen Jahren hatten wir uns einmal hoch und heilig versprochen, uns gegenseitig nichts mehr zu schenken, was zu dem Ergebnis führte, daß ich nur mit »einer Kleinigkeit« für sie aufwartete, während sie es mit gleich zwei oder drei Kleinigkeiten für mich bewenden ließ. Im folgenden Jahr waren wir dann der Einfachheit halber wieder zu business as usual zurückgekehrt.

Auf dem Boden der Cappuccinotasse standen Reste von Milchschaum, durchsetzt mit braunen Kaffeeschlieren. Aschespuren im Schnee. Die Kohle in den Öfen war zu Asche zerfallen. Die Asche wurde in Ascheimer aus Blech gefüllt. Die Ascheimer mußten in die große Aschentonne neben dem Haus gekippt werden. Die Aschentonne wurde einmal wöchentlich von der Müllabfuhr geleert. Und die Kohle kam aus dem Keller, wo es, wie im Lied, zwar duster war, aber der arme Schuster wohnte dort nicht. Dort lag der Kohlenvorrat, der uns durch den Winter bringen mußte. Eingekauft wurde im Sommer, wenn die Kohle billiger war. Männer mit verrußten Gesichtern, die sich kapuzenähnliche Kappen über Nacken und Stirn gezogen hatten, wuchteten sich die Kohlensäcke von einem LKW auf die Schultern und schleppten sie zum Kellerfenster. Dort war eine Holzrutsche angebracht, in deren Rinne schwarz staubend die Kohle aus den Säcken krachte und dann polternd in den Keller kollerte. Im Winter mußten dann mein Bruder und ich die Kohle vom großen Haufen in sogenannte Schütter schaufeln und füllen und in die zweite Etage schleppen, wo sie in den gierigen, rot glühenden Ofenmäulern verschwand. Im Keller befand sich auch die Waschküche, deren Funktion genau darin lag, was ihre Bezeichnung sagte. An Waschtagen malochte meine Mutter hier unten in Dampfschwaden, die aus dem gewaltigen, auf dem Boden festgemauerten Bottich aufstiegen, unter dem das Kohlenfeuer brannte, und rührte mit Holzstäben die Wäsche durch. Anschließend wurde sie gespült, in Körbe umgefüllt und im Garten zum Trocknen aufgehängt, bei schlechtem Wetter auf dem Dachboden. Dort stand auch die Mangel, ein tonnenschweres Eisenungetüm, das ächzte und wimmerte, wenn die Laken und Bettbezüge hindurchgezogen wurden und dann glatt und weiß wie eine Badezimmerwand schimmerten. Merkwürdig, daß dies Gerät die Mangel hieß, denn sein Geräusch würde für mich immer einen Unterton, den Generalbaß jener Zeit bilden, die auch die Tage des Mangels waren. Ich wußte nicht mehr, ob wir wußten, was wir wissen sollten, nämlich »wie gut wir's hatten«. So gut war's ja nun auch beileibe nicht, selbst wenn es wirtschaftswundermäßig stetig voran ging. Nicht gut hatte es jedenfalls meine Mutter, deren hausfrauliche Pflichterfüllung in einer Zeit ohne Waschmaschine, von Geschirrspülautomaten zu schweigen, Züge von Sklaverei aufwies. Staubsauger gab es immerhin schon, und wir hatten auch einen elektrischen Kühlschrank, während meine Großmutter in den ersten Jahren, in die meine Erinnerung zurückreichte, noch einen hölzernen Kühlschrank mit Blechummantelung hatte:

Im Sommer kam der Eiswagen, ein Mann mit einer nässetriefenden Lederschürze wuchtete große, grauweiß glänzende Eisquader hinein und zerstieß sie mit einem Eispickel. Das knirschende Geräusch, das die von Sommerhitze satte Küche meiner Großmutter erfüllte, hing mir noch heute im Ohr wie das Echo einer versunkenen Welt, von der ich kaum glauben konnte, daß ich selber einmal dazugehört habe.

Versunken wie die Kaffeespuren im Milchschaum, manchmal noch aufzuckend wie ausbrennende Kerzen am Weihnachtsbaum, wenn der Docht kippt und die Flamme schließlich im Wachs ertrinkt. Hatte Stacy nicht neulich gesagt, sie wünsche sich einen Milchschäumer, um Cappuccino machen zu können?

Um Mitternacht kam ich im heimischen Bahnhof an. Der Schnee lag jetzt schon zwanzig bis dreißig Zentimeter hoch, und es schneite immer noch. Ein Taxi war nicht aufzutreiben. So stapfte ich also durch das Schneetreiben nach Hause. Die Straßen wie in Watte gepackt. Alle Geräusche gedämpft, wie durch Filter gesickert.

Zu Hause schliefen alle. Ich hängte den schneeschweren Mantel im Bad über die Wanne und zog mir die Schuhe aus, zerknüllte Zeitungspapier, stopfte es hinein und stellte die Schuhe neben den Kachelofen. Weiße Schneeränder auf der nassen Schwärze des Leders. Die Schuhe auf dem Adventskalender. Wo hatte ich sie schon einmal gesehen? Und wann?

Ich schenkte mir ein Glas Rotwein ein und setzte mich vor den Adventskalender. Das heutige Motiv zeigte Schneetreiben. Verwirbelungen. Galaxiengleiche Muster. Lange starrte ich hinein. Déjà-vu? Gewiß. Aber hatte nicht jeder von uns schon einmal ein Schneetreiben gesehen?

Die dreizehnte Tür

Im Osten verhängt ein dünner, trockener Schleier den Himmel, so daß die schiefe und ferne Sonne als undeutlich roter Fleck aufgeht. Zwar haben die drei Männer einen schwachen Nordwestwind im Rücken, der ihnen das Fahren erleichtert; aber dieser Wind schiebt auch Wolkenmassen vor sich her, die schwer und zusehends tiefer über den Marschen lasten. Wenn nichts dazwischenkommt, werden sie gut acht Stunden bis zur Stadt brauchen. Schon nach wenigen Kilometern geraten sie in Schweiß, und bald sind sie ausgenüchtert vom Suff der vergangenen Nacht.

Tammsen hat sie geweckt, hat ihnen die verabredeten Tauschwaren ausgehändigt; dabei ist es wegen des Gewichts des Kartoffelsacks zwischen Werschmann und dem Bauern noch zum Streit gekommen, den Vringsen und die alte Frau mühsam geschlichtet haben. Sie haben schwarzen Tee und Schmalzbrote zum Frühstück bekommen. Dann sind sie im ersten grauen Licht aufgebrochen.

Wenn ihr Geschäft den Profit abwerfen soll, den sie erhoffen, muß die Ware heute abend auf dem Schwarzmarkt sein. Denn morgen ist Heiligabend, und viele werden das wenige zusammenkratzen, was ihnen geblieben ist, um ihren Kindern und sich einen Abglanz dessen zu bieten, was Weihnachten einmal war. Stündlich wechseln sie sich ab, das Rad mit dem Anhänger zu fahren, dessen Last schwerer und schwerer zu werden scheint. Einkehren wollen sie nirgends, um mit den Waren, die unter den Pferdedecken verborgen liegen, keinen Neid und keinen Verdacht zu erregen.

Nach zwei Stunden legen sie im Schutz einer buschigen Wallhecke eine Rast ein, trinken den inzwischen kalt gewordenen Tee, den sie in einer Blechflasche mitgenommen haben, rauchen Zigaretten, albern herum und schwelgen in Phantasien über den Erlös, den sie sich ausrechnen. Ihr Plan ist reibungslos aufgegangen. Vor ihnen liegt nur noch die Strecke, die ihnen im rauschhaften Gefühl des Gelingens nicht lang werden wird. Der Rest ist Routine.

Als Vringsen die Zigarettenkippe mit der Sohle auf dem gefrorenen Boden zertritt, sinkt langsam, torkelnd, fast nachdenklich zögernd wie manche Blüten im Frühjahr, eine einzelne Schneeflocke aufs Oberleder seines Schuhs, bleibt dort einige Augenblicke liegen und zergeht. Er klettert auf die Wallhecke und schaut zurück nach Norden. In der Ferne zeigen sich die gefrorenen Grasflächen grau, wie mit Mehl bestäubt. Und jetzt sieht er auch, daß manche Halmspitzen des Grases zwischen den entlaubten Büschen mit einzelnen Flocken beschwert sind. Es schneit. Es schneit langsam. In einzelnen Flocken. Eine nach der anderen. Als ob man Münzen auf einen Tisch zählt.

Die drei Männer stoßen Flüche aus, schwingen sich auf die Fahrräder und treten so heftig in die Pedale, daß die Ketten über den Zahnrädern bedrohlich knacken. Nach einer Viertelstunde ist der Wind fast völlig eingeschlafen, es scheint sogar einige Grade wärmer geworden zu sein, und die Schneeflocken fallen dichter und dichter. Die Wiesen färben sich weiß, Baumgruppen stehen grau übersät in der Weite, und auf den Mützen und Jacken der Männer lagert sich Schnee ab. Sie erreichen ein Dorf, hasten hindurch wie Flüchtende. Flüchten ja auch tatsächlich vor dem Schnee, der schon so dicht liegt, daß sie ihn weich, doch noch ohne Glätte, unter den Reifen spüren. Ein Lastwagen überholt sie, zieht eine Wolke aus Dieselruß und aufgewirbeltem Weiß hinter sich her. Als das Motorengeräusch verklungen ist, nur noch das Ticken der Naben, das Knacken der Ketten, das angestrengte Atmen. Und noch etwas. Was? Das Knistern des fallenden

Schnees. Vielleicht ist es auch nur das Geräusch von Blut im Gehörgang. Von der Härte der Straße oder gar von den Unebenheiten des Klinkerpflasters ist nichts mehr zu spüren. Die Straße ist vom Schnee überall gleich weich gemacht. Gegen Mittag ist sie nur noch daran zu erkennen, daß sie als gleichmäßiger weißer Streifen zwischen einzelnen Chausseebäumen vor ihnen fortläuft. Auf allen Zweigen weiße Lasten. Ein Motorradfahrer nähert sich hinter ihnen, drosselt das Tempo, fährt neben ihnen her.

Wohin? ruft ihnen der Mann zu.

Sie nennen ihr Ziel.

Der Mann verzieht das Gesicht hinter der Motorradbrille zu einem Grinsen. Unmöglich, ruft er. In einer Stunde geht hier nichts mehr vor und zurück. Zwei Kilometer bis zur Kreuzung, dann links ab nach Zwiefelsdorf, fünf Kilometer weiter. Er zeigt mit der behandschuhten Hand voraus. Seht zu, daß ihr da unterkommt! Und gibt Gas und verschwindet im weißen Gewimmel.

Der Schneefall ist nun so dicht, daß kaum noch die Straßenbäume erkennbar sind, sondern wie neblige Säcke in der Luft stehen. Die Spuren, die ihre Räder hinter ihnen ziehen, bleiben nicht mehr lange sichtbar, verschwinden immer schneller im Schnee. Er knistert jetzt auch nicht mehr, sondern fällt eiliger und dichter auf die wachsende Decke am Boden. Ihr Tempo wird langsamer. Die Beine schwer. Schmerzen im Rücken. Schnee mischt sich mit Gesichtsschweiß.

An der Kreuzung ragt am Straßenrand ein halb verfallener Schafskoben auf. Sie steigen ab, lehnen die Räder gegen die Wandbretter und bücken sich in den niedrigen Unterstand hinein. Schafskot. Verfaultes Stroh. An einigen Stellen rieselt es durchs eingebrochene Dach. Sie zünden sich Zigaretten an, beraten. Zur Stadt schaffen sie es nicht mehr, soviel steht fest. In Zwiefelsdorf werden sie problemlos Quartier finden. Zahlungsmittel haben sie mehr dabei, als im gesamten Dorf aufzutreiben sein wird.

Unser Weihnachtsgeschäft ist im Arsch, sagt Werschmann.

Nach Weihnachten brauchen die Leute auch noch was zu fressen, sagt Diebold.

Dann zahlen sie aber nicht mehr so gut dafür. Scheiße, verdammte ...

Vringsen starrt durch eine der klaffenden Spalten im Dach. Der Himmel ein trüber Raum. Wie bei Hagel, wenn über weiß oder grünlich gedunsenen Wolken fransenartige Streifen düster hinunterstarren. Wenn man länger in die Wirbel hineinschaut, bilden sich Muster, Ornamente. Aber sie haben keine Ordnung. Nur das stumme, sinnlose Schütten. Der Gesichtskreis ein runder Fleck aus taumelndem Weiß. Und dann nichts mehr.

14. Dezember

Vormittags begann es schon wieder zu tauen. Der Schnee rutschte in fetten Placken polternd von Dächern, fiel plump aus Baumkronen, rutschte in Klumpen den Straßengullis entgegen, vernäßte und vernieselte zu schmutzigen Rinnsalen. In den Gärten hielten sich bis zum Mittag noch vereinzelte Beete und Felder aus Schnee, aber als die Mädchen aus der Schule kamen, war alles zu Wasser und grauem Dunst geworden.

Ob sie es denn wenigstens noch geschafft hätten, in den Pausen einen Schneemann zu bauen? erkundigte ich mich.

Einen ... Schneemann? Miriam sah mich so ungläubig an, als wäre ich nicht ihr Vater, sondern der Yeti. Also echt, Papa. Und hinterher haben wir dann alle unsere Barbie-Puppen rausgeholt. Oder was? Mann, ist das krass, eyh ...

Laura kicherte wortlos glucksend vor sich hin.

Wieso krass? Als wir das letzte Mal Schnee hatten, habt ihr mit mir zusammen im Garten einen wunderbaren Schneemann gebaut. Wißt ihr das etwa nicht mehr? Riesig war der. Ein alter Emaille-Topf als Hut. Eine Karotte als Nase. Mit Steinen als Knöpfen und Augen. Wir haben als Kinder natürlich noch Kohlen genommen, aber seit wir Gasheizung ...

Mann, Papa, das ist doch ewig her. Drei Jahre mindestens.

Oder vier, sagte Laura. Bei uns schneit's doch sowieso nie. Und wenn doch, dann taut's gleich wieder. Siehste doch.

Ich sehe es, sagte ich, und als Miriam sich jetzt Suppe aus der Terrine auf den Teller schöpfte, sah ich allerdings auch, daß ihre Fingernägel lackiert waren. Türkis. Oder so ähnlich. Grell und schrill jedenfalls. Damit war nun in der Tat kein Schneemann mehr zu bauen; das leuchtete selbst mir ein. Aber warum mußte ein Mädchen in Miriams Alter eigentlich mit lackierten Fingernägeln zur Schule gehen?

Sag mal, sagte ich, mußt du eigentlich ..., sah dann aber in Stacys dringlichem Lächeln, daß es besser wäre, schweigend zu genießen, und löffelte also brav meine Suppe.

In meiner Klasse fahren über Weihnachten alle weg, sagte Laura. Skiurlaub.

In meiner Klasse sowieso, ergänzte Miriam. Über Weihnachten und Silvester. Voll die ganzen Ferien. Österreich, Schweiz, Frankreich ...

Total cool, sagte Laura.

Aber echt, sagte Miriam. Das können wir doch endlich auch mal machen. Mama ist früher immer Ski gefahren, stimmt's?

Na ja, sagte Stacy, aber Papa hat nun mal keine Lust zum Skifahren.

Wieso eigentlich nicht? wollte Laura wissen.

Weil ich, tja ... Die Suppe ist ausgezeichnet.

Weil du? hakte Laura nach.

Weil ich eben ein Norddeutscher bin, sagte ich matt, wenn auch wahrheitsgemäß. Wir sind ohne Skier aufgewachsen. Es gab nicht oft Schnee. Und schon gar keine

Berge. Ist doch alles flach hier. Ich hatte natürlich einen Schlitten, einen rot lackierten Schlitten …

Rosebud? fragte Stacy.

Rosebud? Wieso? Ach so, verstehe, verstand ich cineastisch, und lachte. Nein, nein, deutsches Fabrikat. Und wenn dann doch mal ausnahmsweise der Schnee nicht gleich wegtaute wie heute, sondern ein paar Tage liegenblieb, dann zogen wir mit unseren Schlitten raus an die ehemalige Umgehungsstraße. Die war für eine Brücke nämlich künstlich aufgeschüttet worden, so daß es dort einen ziemlich steilen Hang gab. Und da sind wir dann gerodelt. Heute ginge das überhaupt nicht mehr.

Natürlich nicht, sagte Miriam, der Schnee ist ja schon wieder Matsch.

Nicht deswegen, sagte ich, beziehungsweise deswegen natürlich auch, sondern weil das heute die Autobahntrasse ist. Wenn ihr da rodeln würdet, würde die Polizei euch aber was husten.

Na siehste, sagte Laura, wir müssen eben auch in Skiurlaub fahren. Du kannst dann da ja rodeln. Hier wird das doch nie was.

Genau, sagte Miriam. Dann wüßte man auch endlich, was man sich zu Weihnachten wünschen könnte. Skier nämlich und die ganze Ausrüstung. In den Skiorten gibt's übrigens auch geile Diskos. Da geht's voll ab, und jeden Abend …

Selbst wenn wir jetzt beschließen würden, in den Skiurlaub zu fahren, unterbrach ich ihre Après-Ski-Phantasien, würde da nichts mehr draus. So was muß man lange vorher buchen. Monatelang. Jahrelang womöglich.

Last minute, sagte Laura, geht doch immer.

Zu spät, sagte ich wie erlöst und einigermaßen apodiktisch. Heute ist schon der vierzehnte Dezember.

Ach ja, stimmt, sagte Laura. Ich hab heute morgen gar nicht die Tür vom Adventskalender aufgemacht. War zu knapp. Mach ich jetzt mal.

Laura, sagte ich zerknirscht, ich muß dir etwas gestehen. Die Tür, also den Advents ... äh ...

Ja?

Die hab ich vorhin schon ...

Du hast das Türchen aufgeklappt? Also echt, Papa. Schneemänner bauen, Türchen aufklappen, mit 'nem roten Schlitten auf der Autobahn ...

Laura begann zu kichern, Miriam lachte, Stacy grinste.

Und warum hast du sie aufgemacht?

Weil ... weil ich wissen wollte, wie's weitergeht.

Die vierzehnte Tür

Mit den Fahrrädern geht es nicht weiter. Kein Durchkommen mehr. Sie lösen den Anhänger, schieben die Räder in den Schafskoben, um sie dort später wieder abzuholen, und machen sich zu Fuß auf den Weg ins Dorf. Werschmann packt die Deichsel des Anhängers und zieht, Vringsen und Diebold schieben. Unter normalen Umständen würden sie die fünf Kilometer in gut einer halben Stunde abmarschieren, aber dies sind längst keine normalen Umstände mehr. Diebold, der einen Winter vor Leningrad verbracht hat, bis er das Glück hatte, mit einer Lungenentzündung evakuiert zu werden, behauptet, daß er selbst dort nicht so viel Schnee in so kurzer Zeit gesehen habe. Es gibt keine Chausseebäume an dieser Strecke. Die Straße oder das, was sonst die Straße ist, läßt sich nur noch erahnen. Die Räder knirschen im Schnee, ihr

Atem rasselt. Ab und zu bleiben sie stehen, ringen nach Luft. Nichts zu hören. Nicht der leiseste Laut, außer ihrem schweren Atem. Als sollten sie den Schnee hören, der auf ihre Wimpern fällt, auf Wangen und Lippen. Um sie herum nichts als Weiß. Nirgends mehr ein Kontrast, nirgends ein unterbrechendes Dunkleres. Der Schnee scheint eine enorme Lichtfülle zu sein, und dennoch können sie keine drei Schritte weit sehen. Alles ist in eine einzige weiße Finsternis gehüllt. Und weil es keine Schatten gibt, gibt es keinen Maßstab mehr über die Größe der Dinge. Der Wind nimmt langsam und beständig zu, weht Hügel und Täler auf, wo vor kurzem Ebene war. Nach einer Weile merken sie, daß ihre Füße, wo sie tiefer durch den Schnee einsinken, nicht mehr Straßenpflaster unter sich haben, sondern etwas anderes, das wie älterer Schnee ist oder wie gefrorener Marschboden. Sie wissen bald nicht mehr, ob sie nach links oder rechts gehen, nach Norden oder Süden. Oder im Kreis. Aber sie schleppen sich weiter, mit Hast und verbissener Ausdauer. Wenn sie anhalten, ist alles still, bis auf das Zischeln des zunehmenden Windes. Wenn sie gehen, hören sie das Rascheln ihrer Füße im Schnee, der ihnen jetzt bis an die Waden reicht, manchmal, an Verwehungen, bis zum Knie. Und von oben sinkt es immer noch lautlos nieder, so reich und unersättlich, daß sie den Schnee würden wachsen sehen, gönnten sie ihm ihre Blicke. Sie sind selbst so schneebedeckt, daß sie sich von dem allumfassenden Weiß nicht mehr unterscheiden. Und wenn sie sich ein paar Schritte voneinander trennen würden, sähen sie einander nicht mehr. So klammern sie sich an den Anhänger. Ziehen und schieben. Vorwärts? Zurück? Oder immer im Kreis.

Bei Einbruch der Dämmerung haben sie jede Orientierung verloren. Von dem Dorf keine Spur, kein Licht, kein Laut. Der Wind hat die Wolkendecke auseinandergetrieben, der Schneefall dünnt aus, Mondlicht bricht über die flimmernden Flächen. Überall blitzen wie von verstreuten Spiegeln Reflexe auf, als habe der Schnee bei Tag das Licht aufgesogen und gebe es jetzt wieder ab. Als es fast völlig dunkel ist, erreichen sie eine hohe, ungewöhnlich geformte Schneeverwehung. Es ist der Schafskoben, von dem sie vor Stunden aufgebrochen sind. Sie wissen nicht, ob sie enttäuscht sein sollen, daß sie im Kreis gelaufen sind, oder glücklich, einen Unterschlupf gefunden zu haben. Sie zerren die Fahrräder in den Schnee hinaus, kriechen in Kot und Fäulnis, kauern sich dicht aneinander und ziehen die Pferdedecken über sich. Dennoch zittern sie vor Kälte. Sie essen von dem Schinken und lassen eine Flasche Korn in die Runde gehen. Der Schnee verströmt bleiches Licht. Es schneit nicht mehr, und der Schleier am Himmel verdünnt sich. Einzelne Sterne. Und die drei Lichtpunkte glühender Zigaretten in der Dunkelheit.

Die Männer verfallen in unruhigen Halbschlaf. Erschöpfung, Kälte und Alkohol. Vringsen weiß nicht, ob die Bilder, die er sieht, von außen durch die Spalten im Dach brechen oder aus seinem Innern aufsteigen. Unter den Sternen blüht ein bleiches Licht auf und spannt einen schwachen Bogen. Es verströmt grünlichen Schimmer, der sich sacht nach unten zieht. Der Bogen wird heller, bis sich die Sterne vor ihm zurückzuziehen scheinen und blasser werden. Plötzlich schießen Lichtgarben aus dem Bogen. Nicht wie Mündungsfeuer von Flakgeschützen, sondern wie Zacken einer Krone. Helligkeit fließt über den Himmel. Ein Sprühen und Zucken durch große Räume und Distanzen.

Vringsen schreckt hoch, schaut auf die Uhr. Nach Mitternacht. Er kriecht unter den Decken hervor, hinaus ins Freie, vertritt sich die eiskalten Füße, schlägt die Arme vor der Brust zusammen, macht ein paar Schritte von ihrem

Notlager weg. Und dann sieht er das Licht. Keine Halluzination des Halbschlafs, sondern ein matter, ruhiger Schein, der irgendwo am Horizont eine gelbrote Spur durch den Schnee glüht wie ein von innen erleuchteter Kristall.

Die Lichtquelle am fernen Ende einer Schneelandschaft sandte Strahlen aus, die an die sternartige, symmetrische Struktur von Schneekristallen erinnerte. Wieso waren sich eigentlich alle Schneekristalle ähnlich, doch nie gleich? Ihre Unterschiede gehorchten dem Zufall. Aber wie kam die Symmetrie in ihrem Inneren zustande? Welche Kraft konnte einem wachsenden Kristall mitteilen, von welcher Gestalt seine gegenüberliegende Seite war? Und wieso brachte mich die Bleistiftzeichnung auf Gedanken und Fragen, die vermutlich nur meine naturwissenschaftliche Ahnungslosigkeit belegten?

Erstaunlich war auch, daß man im Schwarzweiß der Zeichnung etwas warm Glühendes bemerken konnte, als ob die Farbe hinter den Schatten und Schraffierungen verborgen läge. So ist das Licht, dachte ich plötzlich, das sprichwörtlich »heimleuchtet«. Das Licht im Küchenfenster, wenn wir durchgefroren und durchnäßt vom Rodeln an der Straßenbrücke oder vom Schlittschuhlaufen nach Hause kamen. Es versprach Trockenheit und Wärme, heißen Tee oder Suppe. Es brannte immer. Nicht nur zur Winterzeit. Im Sommer war es unsichtbar, aber es brannte. Neben dem Schwimmbad befand sich eine Schule, auf deren Hof wir uns oft zum Fußballspielen trafen, was merkwürdigerweise geduldet wurde; merkwürdig, weil Hausmeister und Platzwarte üblicherweise wie Haushunde und Platzhirsche reagierten, wenn ihr Revier von Unbefugten verletzt wurde. Und etwas grundsätzlich Unbefugteres als lautstark bolzende Jungen war damals kaum vorstellbar; ich fürchtete fast, daß sich daran bis heute wenig geändert hatte. Im übrigen war aber die Boddenwiese, ein großes, unbebautes Rasengelände neben zwei Teichen, der Bolzplatz unseres Viertels. Wir fanden uns dort, ohne Verabredungen getroffen zu haben, nachmittags ein, und wenn genügend Spieler beisammen waren, um Mannschaften zu bilden, wurde gewählt. Die beiden Jungs, die als die besten Spieler galten, stellten sich in zwei bis drei Metern Entfernung voneinander auf, setzten dann abwechselnd einen Fuß vor den anderen, bis einer der Füße nicht mehr in die sich verkleinernde Lücke paßte, wodurch die Wahl verloren war. Der Sieger wählte nun als erster einen der Umstehenden für seine Mannschaft aus, dann der Verlierer, und abwechselnd immer so fort, bis alle verteilt waren. Die Schmach, als letzter gewählt zu werden, das heißt, übriggeblieben zu sein ... Aus Pullovern oder Taschen wurden Torpfosten markiert, und das Spiel begann.

Und wenn ich dann an diesen nach Schweiß und Gras riechenden Sommerabenden erhitzt und schmutzig nach Hause kam, den Ball unter dem Arm, die Füße wund, setzte ich die Blechkanne, die meistens auf dem Küchentisch stand, an den Mund, und ließ gierig die kalte Buttermilch in mich einströmen. Wenn es keine Milch mehr gab, stand die Flasche »Assis« bereit. Und so glühte also dies Licht auch zur Sommerzeit, im frischen Gefunkel billigen Orangensirups oder in der bläulich-weißen Glätte kalter Buttermilch.

Und noch ein Drittes sprach aus dem fernen Leuchten auf der Zeichnung. Die Strahlen glichen nämlich auch meiner Erinnerung. Je weiter ich mich von meiner Kindheit entfernte, desto symmetrischer ordnete sie sich in meiner Vorstellung, die, so gesehen, vielleicht weit eher eine Rückstellung war. Oder eine Kristallisation.

15. Dezember

Rahmen und Kreuz eines Fensters als Schattenriß über einer strahlend weißen Fläche, um die herum graues Dämmern stand. Die Lichtquelle, die den Schatten warf, blieb unsichtbar. Das Motiv zeigte also keinen Blick von außen durch ein Fenster in ein helles Innen, sondern das Innen als Spiegelbild, das in ein dunkles Außen fiel.

Natürlich lag es da nahe, zumal im Rahmen eines Adventskalenders, das Kreuz als christliches Symbol zu sehen. Die vierzehn Bilder, die bislang zum Vorschein gekommen waren, hatten jedoch keine religiösen oder womöglich gar frommen Assoziationen geweckt – jedenfalls nicht in mir. Wenn denn der Urheber, nein: der Künstler des Adventskalenders hier überhaupt Anklänge ins Bilderspiel hatte bringen wollen, die Stille und Nacht aufs Heilige zusammenreimen sollten, dann waren diese Anklänge wenig harmonisch, waren nicht nur absichtsvoll unsentimental, sondern zu einer Art unreiner, optischer Dissonanz vermischt – als ob die christlichen Weihnachtsvorstellungen und Legenden sich auf diesen einen Schattenriß zurückgezogen hätten, auf schwarze Linien in Kälte und Schnee.

Möglich, daß es gerade diese Gebrochenheit war, die mich an die religiösen und konfessionellen Mischungsverhältnisse meiner Kindheit denken ließ. Meine Mutter, die aus Westfalen kam, war jedenfalls katholisch; mein Vater entstammte einer Familie, die seit Anfang des 18. Jahrhunderts in der Stadt lebte, und war also (und gewissermaßen selbstverständlich) evangelisch. Die Verbindung galt der katholischen Kirche, so der offizielle und schwer bedenkliche Begriff, als Mischehe, eine höchst suspekte Angelegenheit mithin, der nur unter der Bedingung kirchlicher Segen zu erteilen gewesen war, daß die Kinder im allein seligmachenden, katholischen Glauben erzogen werden würden. Das um so mehr, als die Stadt katholische Diaspora ist und war. Und Diaspora hieß, daß unser aufrechtes Häuflein rechtgläubiger Katholiken hier von Ungläubigen umzingelt war, Märtyrer unter lauter Ketzern und Heiden – soweit jedenfalls das Dogma. In der Praxis sah die Sache anders aus. Die Grenzen waren fließend, und gerade uns Kindern, die wir Mischehen entsprungen waren, geriet gelegentlich die Konfessionsfrage in einem Akt unbewußter Ketzerei aufs Erfreulichste durcheinander. Als ich einmal mit blutender Nase, zerkratztem Gesicht und zerrissener Hose nach Haus kam, antwortete ich auf die obligatorische Frage meiner Mutter, was ich denn nun wieder angestellt hätte, mit stolzgeschwellter Brust: Heut hamwer die Kattolieken verprügelt.

Es herrschten also, wie dies quasi ökumenische Mißverständnis beweist, glücklicherweise keine nordirischen Zustände. Doch kam es auch und besonders zur Weihnachtszeit zu Verwirrungen der weltlichen und geistlichen Gefühle, insofern dann nämlich das wackere Fähnlein der Katholiken vom Christkind beschert wurde, während die sogenannten Evangelen ihre Geschenke vom Weihnachtsmann bekamen. In der Lesart meiner Kinderstube hatte man sich das Christkind als eine Mischung aus frischgeborenem Jesus und putzigem Puttenengelchen vorzustellen; ein irgendwie »voll« heiliges, zugleich aber auch neckisch-possierliches Wesen, das am 24. Dezember durch die Lüfte schwirrte, durch Schlüssellöcher und Türspalten in die Zimmer vordrang, dort die – wie auch immer transportierten – Geschenke deponierte, die Kerzen am Weihnachtsbaum entzündete, ein Glöckchen klingen ließ und verschwunden war, wenn wir endlich das Weihnachtszimmer betreten durften. Demgegenüber trat der protestantische Weihnachtsmann gelegentlich leibhaftig in Erscheinung, jedenfalls bei einigen meiner Freunde von der lutherischen Fraktion: rotgewandet, rauschebärtig, sackbewehrt und hin und wieder sogar furchterregend ruteschwenkend. Manchmal kam er per fliegendem Schlitten, wahlweise mit oder ohne Rentiere, manchmal auch zu Fuß »von drauß vom Walde«. Zu unlösbaren Konfessionskonflikten führte übrigens die wiederum überwiegend katholische Konkurrenzfigur zum Weihnachtsmann, der Nikolaus nämlich, insofern die Unterschiede zwischen ihm und dem Weihnachtsmann höchstens darin bestanden, daß der Nikolaus nicht zwangsläufig in roter Kutte aufzutreten hatte, keine Zipfelmütze trug, sondern einen Tiara genannten Kaffeewärmer mit aufgenähtem Kreuz, eine Art Ersatz-Heiligenschein, und bereits drei Wochen vor Weihnachten seine Runden drehte.

Zu jenen nun auch schon weit entfernten Zeiten, die uns immer wie gestern erst vorkommen, da Miriam und Laura noch heißgläubig im Banne solch märchenhafter Weihnachtsriten standen, hatten sich in unserem Haus die Sitten völlig verwirrt, was aber der Weihnachtsstimmung nie Abbruch tat. Die Sache war nämlich die, daß Stacy die Weihnachtsformalitäten aus ihrer Heimat USA insofern importiert hatte, als daß der Heilige Abend nunmehr Christmas Eve hieß und Strümpfe an den Kamin gehängt wurden. Nachts reiste dann Santa Claus per fliegendem Rentierschlitten vom Nordpol an, kroch irgendwie durch den Schornstein ins Haus und füllte die Strümpfe mit allerlei Schnickschnack. Die eigentliche Bescherung fand am ersten Weihnachtstag nach dem Frühstück statt. Und so machen wir's immer noch (weshalb das Weihnachtsfrühstück stets in Rekordgeschwindigkeit über die Bühne geht).

Um derlei heidnisches Brauchtum zumindest notdürftig auszugleichen, verbrachten wir den Heiligabend bei Miriams und Lauras Oma, meiner Mutter also, die mit der entschiedenen Bodenständigkeit ihres westfälischen Katholizismus wiederum das Christkind wirken und walten ließ und auch unbeugsamen Wert darauf legte, daß vor dem Öffnen der Geschenke die Weihnachtsgeschichte des Lukas-Evangeliums vorgelesen wurde (in der allerdings zum Verdruß der Mädchen nie die Heiligen Drei Könige vorkamen) und allerlei einschlägiges Liedgut abgesungen werden mußte.

Doch in die Christmette ging Oma dann lieber allein: Die Mädchen konnten nicht so lange aufbleiben, und ihr Sohn war längst schon vom rechten Glauben abgefallen. Und was sollte sie schließlich in dieser Hinsicht von einer Schwiegertochter aus – ausgerechnet – Amerika erwarten, jenem Land, in dem Mormonen, Adventisten, Baptisten, Wiedertäufer und neuerdings sogar hysterische Fernsehchristen umgingen und überhaupt das abenteuerlichste Sektenwesen blühte? Nein, da entließ uns Miriams und Lauras Oma in die selbstgebastelte Zügellosigkeit unserer deutsch-amerikanischen Weihnachtsrituale, betete lieber im stillen für das Seelenheil ihrer armen, ungetauften Enkelkinder und dachte vielleicht auch schmerzlich-entsagungsvoll daran, daß ihr sauberer Herr Sohn seinerzeit als Ministrant eine wirklich tadellose Figur abgegeben hatte.

Das stimmt! Als Kind und noch bis weit in die Wirrnisse meiner Pubertät hinein war ich so fromm, wie es von mir erwartet wurde. Ich betete inbrünstig um alles mögliche und unmögliche und trug dem Lieben Gott sogar diverse Tauschgeschäfte an: Wenn – beispielsweise – die morgige Mathearbeit zumindest mit einer Vier schadlos an mir vorübergeht, dann stelle ich in der Kirche eine Kerze auf. Aber solche Aktivitäten auf dem Schwarzen Markt des Glaubens schlugen fast immer fehl. Der Liebe Gott ließ statt der erhofften Vier wieder mal eine Fünf gerade sein, und zur Strafe ersparte ich mir die Kerze. Oder war es umgekehrt? Auch ging ich regelmäßig zur Beichte, bevorzugt beim schwerhörigen Dechanten, dessen gnädig-seniles Desinteresse an allen Sünden lediglich bei Verstößen gegen den Paragraphen »Schamhaftigkeit und Keuschheit« in detailversessene Neugier umschlug. Absolution gab es aber immer, und das Strafmaß, die Menge der abzuleistenden Bußgebete also, war zumeist gering. Außerdem genoß ich als Meßdiener und damit als Handlanger der Priesterschaft ja eine gewisse Immunität und war zudem überzeugt, daß mein hingebungsvolles Hantieren mit Weihrauch und Meßwein, Weihwasser, Hostien und Glöckchen, das rappelnde Aufsagen der Stufengebete und besonders die gelegentliche Bereitschaft, schon zu nachtschlafender Zeit der Frühmesse zum gottgefälligen Dienen anzutreten, mir im himmlischen Haushaltsbuch auf der Habenseite gutgeschrieben wurden. Zu Offenbarungen, die ich mir dringend wünschte und herbeizubeten versuchte, kam es freilich nie. Ich sah bei der Wandlung keine Engel fliegen, und wenn man probeweise auf die Hostie biß, war dort auch keineswegs, wie behauptet, der Leib Christi zu spüren. Und selbst zu Weihnachten hielt sich das verordnete Glücksempfinden über die Geburt des Erlösers in Grenzen. Es kam darauf an, den Jubel über die Geschenke durch wohlkalkuliertes Interesse an der Krippe zu dämpfen und auszutarieren, die unter dem Weihnachtsbaum aufgestellt war.

Und als ich etwa so alt wurde, wie Laura heute war, bekam der fromme Lack einen Kratzer nach dem anderen, bis ich als Sechzehnjähriger, zum Entsetzen meiner Mutter und zum schmunzelnden Einverständnis meines protestantischen bis agnostischen Vaters, die Teilnahme am Religionsunterricht verweigerte. Begonnen hatte dieser stufenweise Abfall vom Glauben vermutlich mit jenem Gefühl heftigster Peinlichkeit, die ich empfand, wenn sich unser romfrommes Häuflein zu Fronleichnam im Stadtwald zusammenfand und anschließend zur Pfarrkirche prozessierte. Im Meßdienergewand, dessen offensichtliche Mädchenhaftigkeit »leider Gottes« nicht zu leugnen war, wallte ich weihrauchschwingend in diesem Zug mit, der von den evangelischen Heiden am Straßenrand so kopfschüttelnd bestaunt wurde, als sei der Kölner Karneval vom rechten Weg abgekommen.

Das Kruzifix, das unserem Zug vorangetragen wurde, war reich verziert. Seine goldene Opulenz glitzerte in der Frühlingssonne. Mit dem kargen, schwarzen Schattenriß eines Fensterkreuzes hatte es nichts gemein. Höchstens die äußere Form. Und vielleicht noch eine längst vergessene Vorstellung.

Die fünfzehnte Tür

Es schneit nicht mehr. Doch der Wind, der die Schneewolken auseinandergerissen hat, dreht auf Ost und frischt jetzt immer kräftiger auf. Böen fegen fauchend durch die Schneemassen, wirbeln sie hoch, verwehen sie zu neuen Landschaften aus Kälte und im Mondlicht nachtschimmerndem Weiß. Vringsen rüttelt Werschmann und Diebold aus ihrem Dämmer der Erschöpfung, der Kälte und des Alkohols.

Licht! schreit er. Ein Licht! und deutet mit der Hand gegen den Wind, ans Ende der Nacht.

Ich seh nichts, murrt Diebold, laß mich schlafen.

Dann schlaf weiter, du Idiot! brüllt Werschmann ihn an. Schlaf weiter, wenn du hier verrecken willst.

Hinter den vom Wind hochgerissenen Schneeschleiern scheint das Licht zu schwanken. Manchmal verschwindet es ganz. Dann wieder glüht es auf wie eine Zigarette, verwischt, erlöschend, und wieder ein ruhiger Schein.

Zwei, drei Kilometer, schätze ich, sagt Werschmann. Wenn es ein Haus ist ...

Was soll es denn sonst sein? Wandervögel am Lagerfeuer?

Werschmann zuckt die Achseln. Scheißegal, sagt er. Wo Licht ist, müssen Leute sein. Wir nehmen den Anhänger mit.

Bist du verrückt? Wir kommen ja selbst kaum vorwärts.

Wollt ihr das Zeug schleppen? Oder etwa hier lassen? Das ist doch ein Vermögen wert. Abmarsch!

Sie wickeln sich die Pferdedecken um die Schultern, und in diesen Gewändern des Elends erscheinen Vringsen seine Gefährten für einen Augenblick wie die Gesandten eines fernen Reichs, des Lands der Verlorenheit, des Staats des eisigen Nichts. Er packt die Deichsel mit beiden Händen, zieht, und Werschmann und Diebold schieben. Sie arbeiten sich über jene Strecke, unter der die Straße liegen muß. An manchen Stellen hat der zum Sturm gewordene Wind das Straßenpflaster freigefegt, an anderen Stellen versinken sie bis zu den Oberschenkeln im Schnee. Im Mondlicht sieht man nichts als den Veitstanz des Schnees, der nicht mehr von oben fällt und dennoch in drängenden Wirbeln allen Raum erfüllt. Eisböen zucken wie Hiebe aus der Richtung, in die sie schwanken, lassen die Ohren brennen, lähmen die Glieder und lassen die Hände in den Handschuhen taub werden, so daß man nicht mehr weiß, ob man die Deichsel noch umfaßt oder nicht. Schnee weht ihnen durch die Ärmelaufschläge und in den Kragen, schmilzt die Rücken hinunter, bildet an ihren Vorderseiten Pelze der Kälte. Schnee treibt ihnen wie glühende Nadeln ins Gesicht, schmilzt, vermischt mit Schweiß, erstarrt zu eisigen Rinnsalen. Schnee fliegt ihnen in die nach Luft schnappenden Münder, wo er mit wässrigem Geschmack zergeht, prallt gegen Augenlider, die sich krampfhaft verengen, überschwemmt die Augen, verhindert jede Sicht. Sie tappen im Dunkeln. Es ist das Nichts, das weiße, wirbelnde Nichts, in das sie blicken, wenn sie sich zwingen, die Augen aufzureißen. Eine weiße Welt innerhalb der Welt. Ein fremdes Territorium. Ein ödes Zwischenreich. Zuweilen gespenstische Schatten der Wirklichkeit. Ein paar Pappeln, deren Astwerk drohend zum Himmel zeigt. Eine Buschreihe, verschneit wie eine Berglandschaft, hinter der vielleicht ein Bach oder Kanal liegt. Und aus den Spalten der vor Kälte brennenden Augenlider das schwankende Licht. Das, was unter der nachgiebigen Bodenlosigkeit einmal die Straße gewesen ist, scheint einen Schwenk nach Süden zu vollführen, aber das Licht steht weiter im Osten. Als ob der Sturm von diesem beständigen Schein ausgeht. Schneeumschlungene Baumstämme, Birken oder Buchen, ragen vor ihnen auf, bilden eine Allee, von deren Ende der gelbe Schein lockt. Ruhiges Leuchten. Ein Fenster, unterteilt in vier rechteckige Flächen. Die Umrisse eines Hauses, versunken im Weiß und zugleich aus ihm emportauchend. Zwischen Schnee und Dach kein Unterschied, das Haus wie verpackt in die weißen Massen. Durch den wässrigen Schneegeruch schwebt das trockene Aroma von Torfrauch. Sie ziehen und schieben, torkeln und taumeln. Ertrinkende in einem Schneeozean, durch dessen Oberfläche Sonnenlicht bricht. Noch ein paar Schwimmzüge, dann gibt es Luft. Noch wenige Schritte, und sie sind am Licht. Es fällt lang in die Dunkelheit, geviertteilt durch den Schatten eines Fensterkreuzes.

16. Dezember

Von dem Fall habe er noch nie gehört, sagte Nikolaus Bäckesieb, als ich ihm berichtete, was mir Dietrich Reiter in Sachen Vringsen zugetragen hatte: Skandal um eine Kunstausstellung in den frühen fünfziger Jahren, Verwicklung in einen Kunstraub und so weiter. Obwohl mir gerade das »und so weiter« fehlte.

Da könne man übrigens wieder mal sehen, so Bäckesieb, wohin es mit der Kunst führe. Ihm jedenfalls sei das alles zu vage, zu unkonkret, weswegen er ja auch Jura studiert habe. Es sei auch viel schwieriger, juristisch eindeutige Texte zu verfassen, als literarisch alle möglichen Deutungen und Auslegungen zu provozieren. Ein sauber durchdachtes und hieb- und stichfest formuliertes Urteil sei wertvoller als jede Story, von Gesetzestexten zu schweigen. Er halte beispielsweise das BGB für den besten Gegenwartsroman, weit besser als das Grundgesetz, das viel zu literarisch sei, weshalb es ja auch dauernd diese albernen Verfassungsklagen provoziere. Kunst, Literatur, Musik – alles gut und schön, aber im wirklichen Leben doch leider nur als Verzierung zu betrachten. Womit er nichts gegen meine Bücher gesagt haben wolle. Aber es spreche ja schon für sich, daß während unserer gemeinsamen Schulzeit die Sachlage sich einwandfrei so dargestellt habe, daß ich in Mathematik von ihm abgeschrieben hätte, während er in Deutsch, im Aufsatz jedenfalls, durchaus meine Hilfe hätte in Anspruch nehmen wollen, wegen meiner ausufernden Phantasie davon dann jedoch lieber Abstand ...

Ja, gut, sagte ich, aber gibt es bei euch im Gericht denn kein Archiv, in dem man diese Sache recherchieren könnte?

Selbstverständlich! Das sei ja eins der unleugbaren Vorzüge des Rechtswesens. Alles habe seine Ordnung – und behalte die auch. Da komme nichts weg noch um.

Könnte ich denn mal in diesem Archiv ...

Ausgeschlossen! Zu dem Zwecke benötige man selbstredend eine Legitimation, richterlich etwa, notfalls und ersatzweise anwaltlich.

Könntest du als Staatsanwalt dann nicht mal vielleicht ...

Unmöglich! Er versinke in Aktenbergen. Ich könne mir überhaupt nicht vorstellen, wegen welcher Bagatellen und Quisquilien die Leute heutzutage vor den Kadi zögen. Eine Zumutung. Und außerdem stünden die Weihnachtsferien vor der Tür. Ob wir auch in den Skiurlaub führen?

Ich kann nicht Ski laufen. Und will es auch nicht.

Nicht? Das sei aber ein wunderbarer Ausgleich. Vom Aktenberg direkt auf die Piste. Ob ich mich noch daran erinnern könne, wie wir im Winter an der Umgehungsstraße gerodelt ...

Schon gut, sagte ich, ich dachte ja nur ...

Nun solle ich aber nicht gleich so beleidigt tun! Er werde sehen, was sich da machen lasse. Habe derzeit eine »pfiffige« Referendarin »zur Hand«. Die könne er mit der Angelegenheit eventuell besser auslasten. Aber natürlich nicht mehr vor Weihnachten. Wie heiße der

Mann gleich noch mal? Und noch etwas, damit ich mir keine falschen Hoffnungen machte: Anfang der fünfziger Jahre habe hierzulande bekanntlich noch Besatzungsstatut geherrscht, und er könne nicht absehen, ob die einschlägigen Akten überhaupt ...

Weiß ich. Engländer. Kann mich noch selbst sehr gut erinnern. Habe hier auch ein interessantes Bild, das ... na ja, wie dem auch sei.

Ich wünschte Nikolaus gute Erholung beim Skiurlaub, was er mit einem »Klarer Fall« quittierte, um sich dann mit »Fröhliche Weihnachten und guten Rutsch« aus der Leitung zu verabschieden.

Ich legte den Telefonhörer auf und blickte noch einmal zum Adventskalender. Ein britischer Uniformmantel und eine Militärmütze mit Schirm. Aufgehängt an einem Haken in einer Tür. Die Maserung des Holzes akribisch gezeichnet.

Die sechzehnte Tür

Er glaubt, die Wärme des Raums zu spüren, als er das Gesicht dicht ans Fensterglas drückt und die Augen mit den Händen abschirmt, um hineinzuspähen. Eine Küche, Kacheln mit weißblauen, ostfriesischen Mustern an der Wand. Ein großer Eisenherd mit einem Umlauf aus Messing. Die Feuerplatte glüht rosig. Zwei Körbe voll Torfsoden. Ein Tisch mit vier Binsenstühlen. Eine Blechkanne, ein Becher. An der Zimmerdecke die Lichtquelle, eine schlichte Glaskuppel-Lampe mit Drahtgeflecht. Kein Mensch zu sehen. Doch an der Tür, die tiefer ins Hausinnere führen muß, ein olivgrüner Wollmantel mit Kapuze und Pelzkragen am Haken. Eine britische Militärmütze.

Und die Maserung des Holzes wie eine Landkarte, die Wege in andere Welten zeigt. In den Anblick dieser Maserung könnte er sich jetzt verlieren, würde keine Kälte mehr spüren, würde wandern in dieser Fremde, würde nichts suchen, nur gehen und gehen. So, wie er jetzt in diese menschenleere, aber bewohnte Küche sieht, hat er als Kind durchs Schlüsselloch ins verschlossene Weihnachtszimmer gespäht, in dem die Erfüllung aller Wünsche auf ihn wartete.

Werschmann stößt ihn in die Rippen. Zu schwach, um noch zu erschrecken, sagt Vringsen nur tonlos: Engländer.

Werschmann nickt, verzieht keine Miene unter der Maske aus Schnee und Eis, mit der sein Gesicht gepanzert ist.

Sehen wir alle so aus? denkt Vringsen erschrocken und fährt sich mit dem Handrücken über die Stirn. Ja, so sehen wir aus.

Aber unsere Sachen, stammelt Diebold. Dann sind wir alles los. Schwarzmarkt ist doch illegal, und ...

Willst du lieber verrecken? Halt's Maul! zischt Werschmann ihn an. Ich hab auch schon mit Engländern beste Geschäfte gemacht. Er streift mühsam einen der schneeverkrusteten Handschuhe ab und pocht mit dem Zeigefingerknöchel gegen die Fensterscheibe. Nichts. Pocht lauter. Nichts.

Du schlägst gleich die Scheibe ein, sagt Vringsen und deutet auf die große, halbrund geschwungene Tür, die im Zwielicht in der Hauswand zu erkennen ist. Dunkel und verschlossen. Schnee knietief davor aufgeweht. Vringsen watet hindurch und schlägt mit der Faust gegen das Eichenholz. Dumpfes Echo dringt nach innen. Draußen wird alles vom Schnee gedämpft, vom Fauchen des Windes zerrissen. Im Türspalt flammt Licht auf, nähert sich schwankend.

Doctor? Eine männliche Stimme hinter der Tür. Is that you, Doctor Jensen?

Antworte, flüstert Werschmann Vringsen zu, sag irgendwas.

Nein, ruft Vringsen, I mean no! We are ... we are just ... we are three men from ... please open, please ...

Drinnen wird knirschend ein schwerer Holzriegel umgelegt. Dann stößt einer der Türflügel gegen den aufgewehten Schnee, wird von innen einen Spalt weit aufgedrückt. Der scharfe Lichtkegel einer Taschenlampe fällt den drei Männern ins Gesicht, so daß sie instinktiv die Augen mit den Händen abschirmen, wie Seeleute, die nach Land Ausschau halten.

Who the hell are you? Unwillig erst, abweisend. What are you doing here in the middle of this bloody ... Indem aber der Sprechende den Zustand der drei erkennt, verändert sich seine Stimme: O my god! Come in, come in.

Der Strahl der Taschenlampe wird jetzt gegen eine grobe Balkendecke gerichtet, wo er sich zu diffusem Schein zerstreut und eine Diele erkennen läßt. Die drei Männer taumeln herein. Schnee rieselt von den Pferdedecken aufs matte Rot des geklinkerten Fußbodens. Der Mann, der sie eingelassen hat, trägt einen olivgrünen Pullover mit Lederbesatz an Schultern und Ellbogen, eine olivgrüne Lodenhose. Keine Rangabzeichen. Kurze, rötlichblonde Haare, Schnurrbart. Wässrig grüne Augen. Er mustert sie mißtrauisch, runzelt die Stirn, zieht fragend die Augenbrauen hoch.

Thank you, Sir, stammelt Vringsen, thank you very much. We have lost our way in this storm. And then we saw the light. The light of this house. And we just followed the light and ...

Der Engländer nickt, sein Gesichtsausdruck entspannt sich. Er habe erst geglaubt, sagt er, daß der Arzt noch einmal gekommen sei, habe sich aber auch gefragt, wie er bei dem Wetter mit seinem Motorrad noch habe durchkommen können. Nicht er brauche den Arzt, sondern ... Aber dann bricht er ab, als habe er sich selbst bei einer Indiskretion ertappt oder als wundere er sich darüber, was er diesen fremden Gestalten erzählt, die da mitten in Sturm und Nacht hereingeschneit sind. Ja, hereingeschneit ...

Ich hätte als Kind alles für so einen Mantel mit pelzbesetzter Kapuze hergegeben. Ein Mantel, mit dem ich durchs Land des Behelfs, des Ersatzes und der Besatzung stolziert wäre wie der König von England und Kanada. Es war zwar nur ein Zufall der Sprache, daß sich, verschliff man die Worte Behelf und Ersatz ineinander, das Wort Besatzung ergab; ein schöner, weil aussagekräftiger Zufall schien es mir allemal. Meine Heimatstadt gehörte zur britischen Besatzungszone. Die Militärregierung residierte im Landtag, und wenn wir sonntagnachmittags einen Spaziergang um den Bodden-Teich machten, die Schwäne fütterten oder mit einem Boot vom Bootsverleih herumgerudert waren, sahen wir uns manchmal die Wachablösung vor dem Landtag an. Das war zwar weniger aufwendig als die Wachablösungen vor dem Buckingham Palast, unsere Stadt war schließlich nicht London, aber uns Kindern imponierten die Tommys in ihren Dufflecoats, von den pelzbesetzten Kapuzen zu schweigen, in ihren knapp sitzenden, olivgrünen Uniformen doch schwer – während so mancher Erwachsene mit den Zähnen knirschte.

In den Kasernen waren britische Truppen einquartiert, und weil das Gelände in unserer unmittelbaren Nachbarschaft lag, stromerten wir natürlich oft dort herum, was nicht erlaubt, aber auch nicht ausdrücklich verboten war. Überhaupt führten die Engländer ein ziemlich mildes Regiment, jedenfalls uns Kindern gegenüber. Manchmal schenkten sie uns sogar einen Streifen Kaugummi oder einen Riegel »Cadbury«, und die strenge Mahnung des Elternhauses, von sogenannten beziehungsweise selbsternannten »guten Onkels« ja keine Schokolade anzunehmen, war dann außer Kraft gesetzt und fiel sozusagen dem Besatzungsstatut zum Opfer.

Auf dem Kasernengelände gab es auch einen Reitstall, in dem es wegen des Sägemehls auf dem Boden ähnlich roch wie in der Turnhalle. Der Stallmeister war ein untersetzter, rothaariger Brite mit einem bürstenartigen Schnauzbart und grünen Augen, der damit nicht nur typisch britisch aussah, sondern auch noch Thomas hieß, weshalb ihn jeder, auch wir Kinder, Tommie nennen durfte. Reiten durften wir zwar nicht, aber wir konnten beim Striegeln und Tränken helfen, und manchmal, wenn sonst niemand im Stall war, vor allem kein Offizier, hob Tommie uns auf den Rücken eines der in den Boxen stehenden Pferde. Meine Erinnerungen an die Besatzungszeit sind in diesem gutmütigen Mann inkarniert, der Heimweh nach Good Old England hatte, kaum Deutsch sprach und der uns dennoch besser verstand als so mancher Deutsche.

Auch mein Vater mochte die Engländer; über seine Kriegserlebnisse schwieg er sich zumeist aus, aber von seinem allerletzten hat er mit Vergnügen erzählt: Er war aus einem russischen Kriegsgefangenenlager ausgebrochen, hatte sich tagsüber versteckt, sich nachts zu Fuß Richtung Westen durchgeschlagen und Mitte Mai, kurz nach Kriegsende, schließlich Mardenburg erreicht. Von dort hat ihn dann ein englischer Major in seinem Jeep mitgenommen, so daß mein Vater die letzten Kilometer seines langen Heimwegs vom ehemaligen Feind chauffiert wurde. Der Major hat ihm, bevor er ihn in der Stadt absetzte, sogar eine angebrochene Packung Zigaretten geschenkt. Wo er ihn absetzte, wußte ich nicht, aber immer, wenn ich über den Friedensplatz ging und gehe, dachte und denke ich: Hier muß es gewesen sein.

17. Dezember

Zwei Punkte mehr, und ich hätt 'ne Zwei gehabt, sagte Miriam und knallte erbittert die losen Blätter ihrer Geschichtsarbeit auf den Tisch, so daß die drei brennenden Kerzen auf dem Adventskranz flackerten. Die Müller-Duhm ist ja so was von ätzend!

Deswegen nennen wir die auch alle Dummmüller. Früher mit Bindestrich, seit der neuen Rechtschreibung mit drei M, ergänzte Laura kichernd. Muß ja alles seine Richtigkeit haben.

Zeig mal her, sagte Stacy und blätterte in Miriams Test. Eine Drei ist doch auch ganz gut.

Nö, bloß befriedigend, grinste Laura.

Befriedigend ist aber voll gut! sagte Miriam.

Isses nicht, sagte Laura. Gut ist Zwei. Wie meine Mathearbeit von gestern. Zwei plus, wenn du's genau wissen …

Streber, sagte Miriam.

Mittelalterliche Ständegesellschaft und Bauernkriege, las Stacy, aha … Na ja, also das hätte ich ehrlich gesagt auch nicht alles gewußt. Jedenfalls nicht so detailliert.

Nee, natürlich nicht, sagte Miriam. In Amerika gab's ja gar kein Mittelalter. Und das interessiert doch auch echt keinen Menschen mehr. Ständegesellschaft, echt voll ungeil. Ich würd lieber wissen, warum sich die Leute in Jugoslawien heute gegenseitig die Köpfe einschlagen. So was erklärt einem keiner.

Dann sagt doch mal der Dumm ..., also dieser Frau Müller-Duhm, daß ihr darüber etwas erfahren wollt, schlug ich vor.

Dann sagt die: Lehrplan ist Lehrplan, behauptete Miriam. Und basta. Die Tante ist total oberherbe. Habt ihr denn damals in Geschichte das durchgenommen, was gerade Sache war, Papa?

Eigentlich nicht, sagte ich, starrte in die Kerzenflammen und mußte plötzlich an die kleine Fußgängerbrücke denken, die von den Bombenangriffen verschont geblieben war, später jedoch den architektonischen Ermächtigungsphantasien autovernarrter Stadtplaner zum Opfer fallen sollte. Die Brücke führte über das Flüßchen direkt aufs Portal des Gymnasiums zu - kein spektakuläres, nicht einmal ein ehrwürdiges Baudenkmal wie die Schule selbst, nur ein hölzerner Steg. Aber in unseren Erinnerungen behauptet das Unscheinbare oft eine denkwürdige Dominanz gegenüber dem angeblich Repräsentativen, und so sah ich mich plötzlich wieder über diese Brücke auf das Portal zugehen. Vor mir der Ernst, wenn schon nicht »des Lebens«, so doch der Ernst einer, wie das damals hieß, Höheren Schule. Mir lag sogar noch das Klopfen meiner nagelneuen Schulanfangsschuhe im Ohr, mit denen ich über diese längst verschwundenen Brückenbohlen ging, unter denen lautlos, schwarz und träge das Wasser floß. Aber vielleicht war es auch das Klopfen meines Herzens, das vor Aufregung und Stolz heftiger schlug, als ich mich den vier massiven Säulen des Portals näherte, über denen an der Giebelseite die in Sandsteinrosetten und Blei gefaßten Fenster der Aula aufragten, so daß die neugotische Backsteinfassade wie eine Mischung aus Kirche und Ritterburg wirkte. Stolz war ich, weil der Übergang von der Volksschule aufs Gymnasium einen Schritt aus der Kindheit heraus bedeutete, die man als Kind zu verlassen es ja eilig hat, als schäme man sich dieser Kindheit; später, wenn es zu spät ist und Kindheit Erinnerung, schämt man sich vielleicht für diese Eile. Ich stieg die vier, von Generationen ausgetretenen Stufen hinauf, stieß die schwere, dunkelbraune, im oberen Teil verglaste Eichenholztür auf und stand zwischen den mächtigen Säulen des Foyers. Geruch nach nasser Kreide und scharfen Putzmitteln. Im Zwielicht, das hier immer herrschte, auf der linken Seite eine Art Schrein, der in die Wand eingelassen war. Darin ein Gedenkbuch. Pro Seite ein Name. Täglich wurde eine neue Seite aufgeschlagen. Namen ehemaliger Schüler, die in den Kriegen geblieben waren, von der Schulbank eines humanistischen Gymnasiums direkt in die Exzesse unseres Jahrhunderts gejagt, bei Verdun verheizt, in Stalingrad erfroren und verreckt. All das freilich lernte ich später, und das wenigste davon an dieser Schule, die mir zwar jeden Winkelzug der Punischen Kriege und jede grammatische Variante des Gallischen Kriegs einpaukte, sich aber nahezu vollständig ausschwieg, wenn von dem Krieg und seiner Vorgeschichte die Rede hätte sein müssen, den die meisten Lehrer noch selbst erlebt hatten. Und auch vom Kalten Krieg, dem Krieg unserer Gegenwart sozusagen, war nie die Rede. Unter dem Buch ein dunkelgrüner, matt glänzender Lorbeerkranz. Ob es hier um Heldenverehrung oder Mahnung ging, war unklar und blieb immer unklar, bis das Buch eines Tages entwendet wurde, um nie wieder aufzutauchen. Aber das geschah viel später. In welchem Jahr, wußte ich nicht mehr. Vermutlich 1968. Oder wenn nicht in jenem Jahr, so doch in seinem Geiste. Noch ein paar Stufen – aber dann verwischte sich meine Erinnerung wie unvollständig und flüchtig abgeputzte Kreideschrift an den schwarzen Wandtafeln.

Was heißt »eigentlich« nicht? fragte Miriam nach. Habt ihr nun oder habt ihr nicht?

Nein, ich schüttelte den Kopf, haben wir nicht. Aber das, was man selbst erlebt, muß man ja nicht noch extra in der Schule lernen. Das behält man auch so.

Oder man guckt einfach im Internet nach, sagte Miriam.

Oder man macht es wie dieser komische Opa, von dem Mama den Adventskalender bekommen hat, sagte Laura. Der hat ja auch irgendwas erlebt und das dann alles gezeichnet.

Fragt sich nur, was er erlebt hat, sagte ich. Aus den einzelnen Motiven wird ja irgendwie so recht kein Schuh. Heute ist es nur eine einzelne Kerze.

Aber wenn man sie ansieht, sagte Miriam, dann kommt sie einem fast wie ein Gesicht vor. Weil da im Hintergrund diese Striche sind. Wie Haare um ein Gesicht sehen die aus.

Jedenfalls steckt eine Geschichte dahinter, sagte ich. Klarer Fall, wie Nikolaus sagen würde.

Mir hat der alte Herr gesagt, er habe das auch alles aufgeschrieben, erinnerte sich Stacy. Besuch ihn doch mal und frag ihn danach. Vielleicht freut er sich über dein Interesse.

Tja, warum eigentlich nicht? Obwohl andererseits, die Sache mit dem angeblichen Kunstraub ... Könnte der ja in den falschen Hals bekommen, wenn man da plötzlich bei ihm auf der Matte steht und zu recherchieren anfängt.

Nächste Woche gibt's jedenfalls Ferien. Gott sei Dank, seufzte Laura. Am vorletzten Schultag gibt's in der dritten Stunde 'ne Theateraufführung, irgend so'n Krippenspiel. Für Babys.

Also für dich, sagte Miriam.
Laura machte: Bäh!
Und am letzten Schultag ist abends Disko in der Turnhalle. Ihr könnt auch kommen.
In die Disko? Wir? fragte Stacy.
Bloß nicht, sagte Miriam. Zum Krippenspiel natürlich. Für Eltern und Babys.

Die siebzehnte Tür

Schlafen, sagt Vringsen, sie brauchen nichts anderes als einen Platz zum Schlafen. Trocken und warm.
Der Engländer nickt zögernd, fast ratlos vor sich hin. Man sieht ihm an, daß diese unerwarteten und ungebetenen Gäste nicht willkommen sind. Aber abweisen kann er sie nicht. Das käme drei Todesurteilen gleich. Betten könne er ihnen nicht anbieten. Auch zu essen sei wenig im Haus. Man habe nicht damit gerechnet, einzuschneien. Zum Aufwärmen könne er ihnen Kaffee anbieten, und wenn sie damit vorlieb nehmen wollten, auf dem Heuboden über dem Stall zu schlafen, solle ihm das recht sein.
Lebensmittel hätten sie dabei, erklärt Vringsen. Draußen, im Fahrradanhänger. Wenn sie den hier in die Diele schieben dürften?
Der Engländer zuckt mit den Schultern unwirsche Zustimmung. Werschmann und Diebold drücken die Tür so weit auf, daß die Karre hindurch paßt und schieben sie herein. Da sie die Decken herausgenommen haben, um sich damit gegen das Wetter zu schützen, sind ihre Schätze jetzt mit einer dicken Schneeschicht bedeckt. Diebold fegt den Schnee mit bloßen Händen beiseite und

stapelt die Sachen auf den Dielenboden. Zwei halbe Räucherschinken. Zwei große Mettwürste. Und Speck. Ein halber Sack Kartoffeln. Zehn Stangen amerikanische Zigaretten. Eine Flasche Korn. Der Engländer hat die Arme vor der Brust verschränkt und sieht mit immer größer werdenden Augen zu, sieht auch den Hals der zweiten, fast leeren Flasche aus Diebolds Manteltasche ragen, schüttelt den Kopf, teils verständnislos, teils mißbilligend, teils staunend: Schwarzmarktgeschäfte sind jedem vertraut, auch ihm. Aber das hier ist ein Vermögen. Und einen Tag vor Weihnachten fast ein Königreich.

Er geht mit der Taschenlampe durch die Diele voran. Die drei Männer folgen dem scharfumrissenen Lichtkegel. Auf der rechten Seite des Raums hört man im Dunklen Tiere atmen, spürt ihre schwere Wärme. Sie gelangen in den Wohntrakt des Gehöfts, ein Flur, von dem mehrere Türen abgehen. Eine ist nur angelehnt, und Licht fällt in den Flur. Der Engländer knipst die Taschenlampe aus, öffnet eine andere Tür. Jetzt stehen sie in der Küche, in die sie vorhin hineingesehen haben wie staunende Kinder ins Weihnachtszimmer.

Der Engländer gibt ihnen Kaffee aus der Blechkanne, lehnt aber den Korn ab, den Diebold jetzt aus der Tasche zieht. Noch zwei, drei Schlucke für jeden. Auch die Zigarette, die Werschmann ihm anbietet, schlägt er aus.

Ob er nicht rauche?

Doch, schon. Aber nicht jetzt.

Er wirkt nervös und übermüdet. Schwarze Ringe unter geröteten Augen. Die Eindringlinge sind ihm unbehaglich, das sieht man ihm an. Er stellt aber keine Fragen. Manchmal scheint er durch die Küchentür in den Flur hinauszuhorchen, als warte er auf irgend etwas. Vringsen will ihn fragen, ob er allein im Haus sei, merkt jedoch, daß die Frage mißverstanden werden könnte, und schweigt. Der

Sturm treibt mit pickenden Geräuschen Schnee gegen das Fenster. Der Engländer schaut auf seine Armbanduhr. Drei Uhr morgens. Er gibt Vringsen eine Stearinkerze, führt die drei dann durch den Flur zurück, verharrt einen Moment vor der angelehnten Tür, lauscht, geht weiter, bis sie wieder in der Diele sind.

Mit dem Lichtfinger der Taschenlampe zeigt der Engländer auf eine Leiter, die zum Heuboden führt, leuchtet ihnen, bis sie die Decken nach oben geschafft haben und Vringsen die Kerze entzündet hat.

Well then, good night, sagt er, see you tomorrow morning, verschwindet wieder im Flur und zieht die Tür hinter sich zu.

Die drei sind zu erschöpft, um Worte zu wechseln, wühlen sich ins warme Heu, ziehen die Decken über sich. Werschmann und Diebold schlafen sofort ein. Wie Steine. Vringsen aber ist wacher als zuvor. Die Übermüdung spielt ihm Erinnerungen zu. Gedankenketten. Bilder. Als er die Hand hinter die Flamme hält, um die Kerze auszublasen, erkennt er etwas wieder. Ein Gesicht in der blassen Flamme, umrahmt von den Strähnen des Heus. Ihr blondes Haar, damals im Sonnenlicht. Er bläst die Kerze aus. Das Bild bleibt auch in der Dunkelheit.

Miriam hatte recht. Die Strichstrukturen hinter der Kerzenflamme ähnelten Haaren, wodurch die Flamme zu einem leeren Gesicht wurde. Ein englischer Mantel. Eine Mütze. Dann diese Kerze. Dazu gab es auch meine eigenen Kindheitsbilder. Denn selbst, wenn nicht alle die Engländer liebten, war man sich doch darüber einig, daß sie uns vorm Bolschewismus beschützten, unter dem ich mir allerdings ebensowenig vorstellen konnte wie unter dem ominösen Eisernen Vorhang, den, soviel war immerhin klar, wenn ich sah, wie mühevoll meine Mutter

Vorhänge zum Waschen abnahm, einige äußerst starke Männer aufgehängt haben mußten. Wie auch immer: Meine Eltern fühlten sich offenbar bedroht, von Castro und Kuba zum Beispiel, aber das klang für mich eher wie Gagarin und Makkaroni. Nur Bolschewismus und Chruschtschow hörte sich irgendwie so an, als ob da der Spaß aufhörte.

Im Winter war der Kalte Krieg natürlich immer besonders frostig. Heiligabend stellten wir, wie alle Nachbarn auch (selbst die machten mit, die »drüben« gar keine Verwandten hatten - es gehörte sich einfach so), Kerzen in die Fenster, Haushaltskerzen aus Stearin, und wer wollte, konnte in den Flammen die Gesichter »seiner Lieben« erkennen. Ich bezweifelte allerdings heftig, ob Tante Ruth in Dresden, für die wir unsere Kerzen anzündeten, sie von »drüben« überhaupt sehen konnte. Vielleicht aber doch, denn erstaunlicherweise schickte sie als Dank regelmäßig holzgeschnitzte Figuren, einmal sogar einen Rauschgoldengel, aus VEB-Betrieben des Erzgebirges. Und dafür bekam sie dann wiederum Kaffee, Kakao und Nylon-Strümpfe aus dem Hochbunker.

Nur unseren Eichhörnchen-Vorrat für den Katastrophenfall behielt meine Mutter eifersüchtig unter Verschluß: Dauerwurst, Nudeln, halt alles, was sich hielt, dazu Kerzen und Streichhölzer, falls der Strom ausfiel. Und Heftpflaster, falls während des Dritten Weltkriegs mal einer von uns krank werden sollte oder sich nicht im richtigen Moment die vorm Atomblitz schützende Aktentasche über den Kopf gelegt hätte. Wie der Dritte Weltkrieg aussehen würde, konnte ich mir lebhaft vorstellen, seitdem mich meine Eltern eines Nachts aus dem Bett geholt hatten, weil sich uns am Küchenfenster ein makaberes Schauspiel bot. Der Nachthimmel im Osten war blutrot, und manchmal zuckten raketengleiche Explosionen ins Dunkel hinauf. Natürlich waren die Sowjets nicht einmarschiert, sondern es brannten lediglich Lagerhallen der Speditionsfirma Wilhelm Diebold & Sohn. Die Explosionen stammten nicht von Stalinorgeln, sondern von hochgehenden Propan-Gasflaschen. Leider wurde mein Wunsch nicht Wirklichkeit, die direkt danebenliegende Schule möge gleich mit abbrennen.

Noch Anfang der fünfziger Jahre, als das Speditionsgeschäft hartes Brot war, zog der alte Diebold mit seinem von einem müden Gaul gezogenen Wagen durch die Straßen unserer Nachbarschaft. Zum scharfen Knallen der Hufe auf dem Blaubasalt des Pflasters sang der Alte seine Litanei: Lumpen, Alteisen, Papier. Wenn er Glück hatte, wurde tatsächlich auch das eine oder andere aus Kellern und Speichern auf seinen Wagen geworfen - und wenn wir Glück hatten, ließ das Pferd vor unserem Haus ein paar Äpfel fallen. Meine Großmutter sammelte sie nämlich mit dem Kehrblech auf und schwor, daß das der beste Gartendünger sei, den man sich vorstellen könne.

Natürlich waren Pferd und Wagen in den fünfziger Jahren eine verspätete Erscheinung, aber in jenen Tagen des Behelfs und Ersatzes warf das 19. Jahrhundert noch ein paar letzte Schatten in die Gegenwart meiner Kindheit. So wurden die Öfen in unserem Haus anfangs noch mit Torf geheizt, der viel billiger als Briketts oder Koks war. Und auch der Torf wurde von Diebolds Pferdewagen angefahren, lag dann in einem riesigen, wunderbar würzig duftenden Haufen auf dem Bürgersteig, wurde in große Körbe gepackt und mit einem Flaschenzug über dem Dachbodenfenster auf den Speicher gehievt.

Und als sich eines Tages herausstellte, daß es sich beim Brand der Firma Diebold um schnöde Brandstiftung gehandelt hatte (eine sogenannte »Heiße Sanierung«, mit der, wenn ich mich recht erinnere, der saubere Sohn des Spediteurs Wilhelm Diebold den maroden Betrieb per Versicherungssumme hatte retten wollen), da hatte für mich der Dritte Weltkrieg deutlich an Schrecken verloren.

18. Dezember

Den Mädchen war es einigermaßen mühelos gelungen, Stacy und mich davon zu überzeugen, daß ein Haushalt ohne Kabelfernsehen und Internetzugang »dinomäßig« unzeitgemäß sei. Selbst der durchschnittliche Steinzeitbewohner sei haushalts- und informationstechnisch stets auf dem neusten Stand gewesen, wovon die »Kultserie« der ›Familie Feuerstein‹ ultraschrilles Zeugnis ablege. Wieso ausgerechnet diese Serie, die schon zu meiner Kindheit, wenn auch noch schwarzweiß, den Vorabend verkürzt hatte, Gnade vor den Augen meiner Töchter fand, blieb mir allerdings schleierhaft. Als Amerikanerin hatte Stacy die babylonische Programmvermehrung des Fernsehens natürlich mit der Muttermilch aufgesogen. Und auch aus meinen nostalgischen Gefühlen ließen sich kaum Widerstandskräfte gegen die einschlägigen Vernetzungen destillieren.

Abgesehen von der Leselampe, in deren mildem Schein man sich das sprichwörtlich Gute Buch zuführte, vorzugsweise in Kunstleder gebundene Bände aus diversen Buch-Clubs; abgesehen übrigens auch von jenen unvergeßlichen Lektüren unterm Weihnachtsbaum, als ich noch las, ohne zu verstehen, und auch eigentlich noch nicht verstehen wollte, sondern das Buch nur verwob mit dem Glück, es geschenkt bekommen zu haben, es zu besitzen und nie in die Bibliothek zurücktragen zu müssen; abgesehen natürlich auch von der obligatorischen, regionalen Tageszeitung – das wichtigste Medium jener Jahre war unbestritten das Radio: Die Vorderseite mit dem Lautsprecher stoffbespannt, die Stationstasten wie die verkürzte Tastatur eines Klaviers, und vor allem das magische Auge der Sendereinstellung, jener grünlich leuchtende Punkt in den Dämmerungen, wenn sich die Familie zu Hör- und Ratespielen versammelte, oder zu Endlosserien wie ›Kalle Blomquist, der Meisterdetektiv‹. Auch der Schulfunk mit dem ›Tierfreund‹ oder ›Neues aus Waldhagen‹ gehörte zu den eindringlichen Hörerlebnissen meiner Kindheit. Unsere Unterhaltungen waren also vergleichsweise bilderarm, weswegen wohl auch die 24 Bilder eines Adventskalenders auf uns weitaus erregender wirkten als auf die Kids von heute (allerdings erwiesen sich Miriam und Laura *diesem* Adventskalender gegenüber zunehmend interessiert – Laura behauptete neulich sogar, davon geträumt zu haben, konnte sich aber an keine Einzelheiten erinnern: »Irgendwas mit Schnee«).

Fernsehgeräte waren in meiner bilderarmen, aber vielleicht an Geschichten reicheren, Kindheit jedenfalls noch seltener als Autos, galten auch als nicht ungefährlich, weil sie im Gegensatz zum Radio, das irgendwie auf geheimnisvolle Wellen reagierte, angeblich gesundheitsschädliche Strahlen aussandten und darüber hinaus zum allgemeinen Kulturverfall beitrugen. Nachbarn oder Verwandte, die über so ein Wunderding verfügten, stiegen dennoch oder eben deshalb zu ersten Adressen auf und hielten entsprechend Hof, wenn beispielsweise die ›Stahlnetz‹-Krimis schwarzweiß aus dem Kasten flimmerten. Zu solchen »für Jugendliche nicht geeigneten« Sendungen, wie die Ansagerinnen volkspädagogisch korrekt warnten, verzehrten die Erwachsenen dann gern sogenannte Fernseh-Snacks – der Hit waren Käsestückchen, in die Salzletten gebohrt waren, welche wiederum eine Weintraube aufgespießt hatten.

Samstags, am frühen Nachmittag, liefen jedoch auch Serien für Kinder, die wir gelegentlich bei den Nachbarn sehen durften. Die Türen des in altdeutschem Eichenfurnier wie Familiensilber bewahrten Geräts taten sich auf, und wir waren gerührt über Lassie, die immerdar treue Collie-Hündin, ritten mit Fury, dem schwarzen Hengst und den Texas-Rangers durch Prärien, fuhren auf Casey Jones' Lokomotive mit und fochten mit dem edlen Ritter Ivanhoe, gespielt vom milchgesichtig-jungen Roger Moore.

Daß das Fernsehen nicht nur Schmutz und Schund über uns ausgoß, sondern auch ein Bildungsträger ersten Ranges sein konnte, bewies Heinz Mägerlein mit seinem Quiz ›Hätten Sie's gewußt?‹, wo alles, was man wußte oder jedenfalls wissen sollte, zur Sprache kam. Wissen war also nicht nur Macht, solches Wissen war sogar lukrativ, wenn am Ende der Sendung der glückliche Gewinner etwa zwischen einem elektrischen Staubsauger und einem Wochenende im Harz wählen durfte. Diesen Verlockungen konnten sich schließlich auch meine Eltern nicht mehr entziehen und schafften um 1960 herum endlich ein Fernsehgerät an. Da vorerst nur ein Programm ausgestrahlt wurde, ergaben sich nie Qualen der Wahl, und die ›Tagesschau‹ wurde als eine Art tägliche Regierungserklärung zur Bürgerpflicht.

Die letzte Bastion gegen diese an und für sich ja immer noch suspekte, falls nicht gar irgendwie unchristliche Reizüberflutung bildete nun bemerkenswerterweise das Weihnachtsfest, für das ein striktes Fernsehverbot galt – und zwar ab Heiligabend, 16 Uhr 30, wenn wir bei Kaffee und Kuchen die Zeit bis zur Bescherung aussaßen. Bis zu diesem Zeitpunkt durften wir Kinder die erregende Sendung ›Wir warten aufs Christkind‹ sehen, wobei ich mich mehr als einmal fragte, ob bei jenen heidnischen Kindern, die nun auf den Weihnachtsmann warteten, die Sendung vielleicht unter dem Titel ›Wir warten auf den Weihnachtsmann‹ ankäme. Dann aber war für zwei Tage Schluß mit dem »in die Röhre gucken«, weil Weihnachten bekanntlich »der Familie gehört«.

Und dann gab es natürlich das Kino (aber nie zu Weihnachten!). Für siebzig Pfennig Eintritt liefen im »Parklicht«, einem kleinen, etwas heruntergekommenen Haus am Stadtwald, sonntags nachmittags in den Kindervorstellungen Fuzzy-Filme, fünftklassige amerikanische Western, die wegen ihres kauzigen Titelhelden als humorvoll und also kindgerecht galten. Meine Eltern zogen freilich andere cineastische Genüsse vor; besonders gern gingen sie ins »Lichtspielhaus Schauburg«, wenn dort Filme mit Ruth Leuwerik und O.W. Fischer gegeben wurden. Allerdings machte auch die witzig gemeinte Frage die Runde, wie einer, der mit Vornamen Ohweh hieß, es in der Filmwelt überhaupt zu etwas hatte bringen können?

Zu etwas gebracht hatte es dort aber zweifellos und ausgesprochen früh Natalie Wood, wie wir dem vorweihnachtlichen Spielfilm ›Das Wunder von Manhattan‹ entnahmen, von 1947 und mithin schön schwarzweiß, zu dem wir uns heute abend in kompletter Familienbesetzung vor dem Fernsehschirm versammelten – auf ausdrücklichen Wunsch Stacys übrigens, die den Streifen als ›Miracle on 34th Street‹ in ihrer amerikanischen Medienkindheit schon mehrfach gesehen hatte und uns versicherte, this movie is really cute. Es ging da um einen leicht schrulligen, alten Herrn, der sich für den Weihnachtsmann hält. Und die Kinder, für die er während der

Adventszeit im New Yorker Kaufhaus Macy's den Weihnachtsmann mimt, nehmen ihm das glatt ab. Nicht so freilich die phantasielosen Erwachsenen – und schon gar nicht die profitgierige Kaufhausleitung. Nach allerlei drolligen bis sentimentalen Irrungen und Wirrungen muß der gute Mann jedenfalls vor Gericht beweisen, daß er wirklich der Weihnachtsmann ist, was ihm dank eines cleveren Anwalts und des Zufalls ex machina tatsächlich gelingt, jedenfalls de jure.

In der Tat war unser Vergnügen sozusagen intergenerationell; die Mädchen sperrten sich aus pubertärem Snobismus zwar eine Weile gegen die weihnachtsselige Angelegenheit, erlagen dann jedoch dem schlauen Charme des Films. Und die ganz junge Natalie Wood spielte also eine Hauptrolle, ein etwa zehnjähriges Mädchen, was in Laura sogleich die Berufsperspektive Kinderstar erwachen ließ. Ob man sich da irgendwo bewerben könne?

Auf Schauspielschulen wahrscheinlich, sagte ich.

Cool, befand Laura. Das wünsch ich mir dann noch zu Weihnachten.

Wie? Was?

Na ja, 'nen Coupon für 'ne Schauspielschule.

Meinst du etwa, die nehmen dich? untergrub jedoch Miriam sogleich die Starallüren ihrer kleinen Schwester.

Wieso denn nicht?

Weil du als Kinderstar viel zu alt bist, wußte Miriam.

Laura wollte erst wohl wie üblich widersprechen und sich in eins der geschwisterlichen Wortscharmützel stürzen, geriet jedoch zusehends ins Grübeln, warf die zarte Stirn in erwachsene Falten – und strahlte schließlich übers ganze Gesicht. Ich bin zu alt, sagte sie feierlich. Miriam hat selbst gesagt, daß ich für etwas zu alt bin!

So hab ich das aber gar nicht gemeint, wiegelte Miriam, die ihren strategischen Fehler zu spät erkannte, hastig ab.

Aber gesagt hast du es! triumphierte Laura. Und man sah ihr an, daß Miriam ihr damit im voraus unfreiwillig das schönste Weihnachtsgeschenk gemacht hatte, das sich für eine Dreizehnjährige überhaupt denken ließ.

Stacy drückte den Off-Knopf an der TV-Fernbedienung. Das Bild schnurrte zu einem vielfarbig irisierenden Punkt zusammen und verschwand in Schwärze. Und wißt ihr was? sagte sie lächelnd, der alte Herr, der mir den Adventskalender geschenkt hat, dieser Vringsen oder wie der heißt, der sieht fast so aus wie der Schauspieler, der Kris Kringel gespielt hat, also wie der Weihnachtsmann.

Als wir später im Bett lagen und uns nach einem sehr gelungenen Probeakt fürs anstehende Fest der Liebe dem Schlaf in die Arme fallen ließen, fragte ich sie noch, ob es denn wirklich stimme, daß dieser Vringsen Ähnlichkeit mit Kris Kringel beziehungsweise dem Weihnachtsmann habe?

Aber da war Stacy schon eingeschlafen. Auf der schwarzen Projektionsfläche meiner Netzhaut sah ich noch einmal das Fernsehbild zu jenem merkwürdig bunten Pixel verflimmern. Oder, wenn es kein Fernsehbild war, war es vielleicht eine Kerze, die irgendwo in der Vergangenheit einer Geschichte gelöscht wurde. Das Nachglühen eines erlöschenden Dochtes. Wie auf dem heutigen Bild des Adventskalenders ...

Die achtzehnte Tür

Der Kerzendocht glüht noch einige Augenblicke nach und erlischt dann mit einem fast unhörbaren Zischen. Sturmböen rütteln an Dachpfannen. Im Gebälk stöhnt verirrter Wind. Wenn er für eine Weile Ruhe gibt, hört man im Heu und Stroh die Mäuse knistern und rascheln. Aus den Stallverschlägen steigt das Atmen der Tiere. Manchmal ein schläfriges Schnauben. Warmer Dunst. Und der stechende Geruch des Heus.

Auf Vringsens Netzhaut tanzt die Kerzenflamme, der glühende Punkt des Dochtes, rotes und gelbes Fleckengewimmel. Und dunkles Blau. Die Blaubeerflecken auf Marions Kleid, als sie und er sich auf der sonnensatten Lichtung liebten, damals in einem August. Da war auch Heugeruch um sie herum. Von den gemähten Wiesen zog er ins Sommerblau und verging wie die Schweißtropfen auf ihren Körpern. Und der Ausdruck ihres Gesichts, Lust und Trauer, Liebe und Angst, der war auch nicht festzuhalten gewesen.

Als er sie ein paar Tage später malte, auf der Gartenbank ihres Elternhauses, Glyzinien beugten sich über ihren Nacken, da wollte er sie so malen, wie sie auf der Wiese gewesen war, wollte in ihr Gesicht die Nacktheit und die Gier legen, die sich nun sittsam unterm weißen Sommerkleid und hinterm süßen Lächeln verbargen. Ach, wenn er schöne Worte gehabt hätte. Die hätte er ihr ins Gesicht gemalt, die wären unter seinen Farben sichtbar geworden, die wären von diesem Porträt geblieben. Als er begann, die Farben aufs Blatt aufzutragen, war er sich sicher gewesen: Das wird etwas. Aber dann kamen ihm seine Gefühle in die Quere. Er wußte, daß man über seine Gefühle hinauskommen mußte. Daß man nur wiedergeben durfte, was man sah. Und daß man dabei opfern mußte, was man fühlte. Daß man seine Gefühle töten mußte für ein Bild. Aber ohne Gefühle konnte er nicht malen. Sie waren Anfang und Ende. Das Handwerk, der kalte Blick, die Formulierungen irgendwo dazwischen. Wenn er seiner Erregung folgte, wenn er um ihr Lächeln das unendliche Netz der kleinen blauen und braunen Flecke legte, die ihre Brüste, den Rücken, die Schenkel belebten, dann würde er sie auf dem Bild treffen, wie sie wirklich war. Wenn er sich aber an die Stelle ihres Vaters versetzte, der beifällig und herablassend vom Balkon herunter nickt, dann wäre das Bild schnell gemacht. Er müßte nur den Kommandos der Schatten und Lichter gehorchen und würde so der sogenannten Realität nahekommen. Aber er wollte sie ganz und gar.

Als er zurück an die Front mußte, stellte sie fest, daß sie schwanger war. Weihnachten, wenn er dann Urlaub bekäme, wollten sie heiraten. Aber im zweiten Feldpostbrief, den sie ihm nach Afrika schickte, schrieb sie, sie habe das Kind »verloren«. Er wußte, daß er versucht hatte, in das Bild auch dies Kind hineinzumalen. Er malte nie wieder ein Porträt. Er hielt sich jetzt an die Dinge. Auch Zuckerdosen hatten Gesichter. Die Gläser, die Teller, sie sprachen miteinander, sie tauschten Vertraulichkeiten aus. Blumen malte er auch nicht mehr. Sie verblühten zu schnell. Früchte waren ihm noch erträglich. Sie kamen zu ihm in ihren Gerüchen, erzählten von Feldern, die sie verlassen hatten, vom Regen, von Sonnenaufgängen. Wenn er die Haut eines Pfirsichs mit Farben umschrieb, die Melancholie eines alten Apfels, dann ahnte er in den Reflexen, die sie tauschten, den gleichen langen Schatten des Verzichts, des Abschieds, der Trennung und des Todes. Und auch noch einen Rest Erinnerung an Tau und Frische.

Sie verlobten sich unter dem Weihnachtsbaum. Wie es sich gehörte. Eine Kriegsverlobung, die mit dem Krieg zu

Ende ging. Wie es zu erwarten war. Er malte nichts mehr. Nicht einmal mehr Dinge. Der Krieg hatte auch die Dinge zerschlagen. Und dennoch schien es sich manchmal noch zu regen. Oder wieder. Im Anblick der Schuhe. Im Anblick einer Kerze. Im Schnee sogar. Vielleicht war es nicht tot. Vielleicht war es nur betäubt.

Hat er geschlafen? Geträumt? Hat da nicht jemand gerufen? Die Stimme einer Frau, ängstlich, wie schmerzverkrümmt? Oder sind das die Böen, die den Schnee gegen Dach und Wände peitschen? Diebolds Schnarchen. Das Atmen der Tiere.

19. Dezember

Es war nun schon fast zehn Jahre her und kam mir wie gestern vor, daß eines Tages Lauras leises Wimmern, das schnell in hemmungsloses Schluchzen überging, aus dem Kinderzimmer drang. Entsetzt sprang ich vom Schreibtisch auf und hastete über die Treppe nach oben. Stacy war nicht im Haus, Miriam im Kindergarten, und ich hatte hoch und heilig versprochen, mich um Laura zu kümmern. Sollte ich etwa meine väterliche Fürsorge- und Aufsichtspflicht verletzt haben? Wälzte sich die Vierjährige, nachdem sie gefallen war, sich gestoßen, sich womöglich mit einer Schere oder dergleichen verstümmelt hatte, bereits in ihrem unschuldigen Blut? Sie wälzte sich, in der Tat. Sie wälzte sich auf dem Teppich vor dem überquellenden Kleiderschrank der Kinder und heulte Rotz und Wasser. Eine Verletzung oder gar Blut waren zum Glück nicht auszumachen. Ich nahm sie in die Arme, versuchte sie zu beruhigen, was auch gelang, und fragte schließlich nach dem Grund ihres brüllenden Kummers. Die Antwort, hervorgestoßen unter einem erneuten Heulschwall, brachte mir schlagartig eine unausweichliche Dimension meiner Zukunft als Vater zweier Töchter zu Bewußtsein. Sie lautete nämlich: Ich weiß nicht, was ich anziehen soll!

Diese herzzerreißende Szene mit dem unvergeßlichen, seither vielfach modulierten, diversifizierten, akzentuierten, dem Lauf der Mode also geschmeidig angepaßten Aufschrei erstand in alter Frische vor meinem geistigen Auge, als Laura apodiktisch sagte, die auf dem Wunschzettel relativ unspezifisch als Jogginghose notierte Jogginghose *müsse!* aber *unbedingt!!* von »Adidas«!!! sein. Mit Streifen an der Seite. Sonst tausch ich die nach Weihnachten gleich wieder um.

Läuft man denn schneller mit Streifen?

Mann, Papa! So 'ne Jogginghose ist doch nicht zum Joggen.

Sondern?

Die sind eben cool.

Verstehe.

Was hieß eigentlich cool, als du so alt warst wie ich?

Cool hieß, glaube ich, »das strunzt«.

Das strunzt? Laura kicherte. Ist ja herbe.

Oder »knorke«. Wenn was cool war, fanden wir's knorke.

Knorke? Laura lachte. Komisches Wort ...

Und Jogginghosen gab's noch gar nicht. Trainingshosen gab es, aus Baumwolle, mit eingenähten Gummibändern an den Bünden. Adidas gab's aber schon. Meine Fußballschuhe, die waren von Adidas. Modell Fritz Walter. Und mein erster Sport, das war das Murmelspiel.

Murmeln? Ätz! Babykram. Wie kommst du denn jetzt auf Murmeln?

Wegen deiner Jogginghose wahrscheinlich, sagte ich.

Aber das war nur die halbe Wahrheit. Auf Murmeln kam ich auch, weil der Adventskalender etwas zeigte, das mich an Murmeln erinnerte. Es hätten auch leuchtende Weihnachtsbaumkugeln sein können, ferne Planeten, Sonnen vielleicht – oder etwas ganz anderes.

Die neunzehnte Tür

Licht sickert blaß durch die zerklüftete Landschaft aus Heustapeln und Strohballen, macht die schweren, schwarzen Linien unter den Dachziegeln wieder als Gebälk erkennbar, feine Linien der Maserung, weitet den Raum, gibt den Dingen Fülle und Präsenz. Es kommt von irgendwo an der Stirnseite des Giebels. Vringsen reibt sich die Augen, rappelt sich auf, klettert über Strohballen hinweg zur Außenwand.

Ein tellergroßes, rundes Fenster im Dreieck der Giebelspitze. Wenn er sich auf die Zehenspitzen stellt, kann er vielleicht hinaussehen. Auf dem Glas blühen die bizarren Muster von Eisblumen, ein Orient der Kälte, rötlich durchleuchtet von der eben aufgegangenen Sonne. Er preßt die Nasenspitze gegen das Fenster, atmet tief ein und stößt den Atem dann über das Glas. Einmal. Zweimal. Als Kind hat er das gern getan, an langen Wintermorgen in der Wärme seines Zimmers. Die starren Muster verwaschen zu einer grauen Fläche. Tropfen bilden sich, laufen in dünnen Rinnsalen abwärts. Und in den Tropfen und Schlieren wirbelt rot und golden das Licht. Wie Kugeln an einem Weihnachtsbaum oder wie in den Glasmurmeln, mit denen er als Kind gespielt hat. Ein handtellergroßer Fleck ist jetzt vom Eis befreit. Die Sonne steht blutrot und prall, auch sie eine Kugel und zugleich das Licht an einem imaginären Weihnachtsbaum, über der weißen Welt. Ihr unterer Rand berührt noch den Horizont, pulsiert, rotiert in sich selbst, tanzt einen Tanz unfaßlicher Kraft. Auf den Schneeflächen scheinen Millionen kleiner Spiegel zu liegen, die das Weiß in einen gigantischen Teppich glühender Punkte verwandeln. Und der Sturm ist abgeflaut.

Hallo? Schlafen Sie noch? Eine weibliche Stimme, von unten aus der Diele.

Hat er diese Stimme nicht schon heute nacht gehört, in seinen wirren Träumen? Er stakst durchs Heu bis zur Brüstung und schaut hinunter. Am Fuß der Leiter steht eine Frau, und bei ihrem Anblick wird ihm schlagartig klar, warum der Engländer nicht die drei hergewehten Lumpen, sondern einen Arzt erwartet hat. Denn die Frau ist schwanger. Sie ist sozusagen zum Platzen schwanger. Ihr Bauch wölbt sich unter dem marineblauen Pullover vor wie eine dieser gewaltigen Melonen, die er manchmal auf den Basaren Nordafrikas gesehen hat.

Guten Morgen! ruft er ihr zu. Wir wußten nicht, daß Sie ... also daß noch jemand im Haus ist, außer dem Engländer meine ich ...

Nun kommen Sie erst mal runter, sagt sie lächelnd. In der Küche gibt es was zu frühstücken. Sie spricht hochdeutsch, aber in der Art und Weise, wie sie das R rollt, merkt man, daß ihr der Schnabel sonst auf Platt gewachsen ist.

Werschmann ist von dem Wortwechsel erwacht. Sie rütteln auch Diebold aus dem Schlaf und klettern dann über die Leiter in die Diele hinunter. Die Frau reicht allen die Hand und nennt ihren Namen. Bolthusen. Marie Bolthusen. Sie ist sehr blaß unter schwarzen, schulterlangen Locken. Große, grünblaue Augen. Dunkle Ringe der Müdigkeit darunter. Auch die drei Männer nennen ihre Namen, Nachnamen, Vornamen, brav wie Konfirmanden. Menno Diebold vollführt sogar einen hastigen Diener. Carl Werschmann fährt sich mit den Fingern durchs Haar. Und Bernhard Vringsen zupft verlegen Heu- und Strohhalme von seiner Jacke.

Die junge Frau, die Ende Zwanzig sein mag, zeigt auf ein massiges Steingutbecken an der Wand, aus der ein Wasserhahn ragt. Dort können sie sich waschen. Ein

Stück Kernseife liegt auf dem Beckenrand. Und während Vringsen sich das eiskalte Wasser über die Hände laufen läßt und ins Gesicht spült, sieht er aus den Augenwinkeln, wie Marie Bolthusen leicht schwankend und breitbeinig, als habe sie Mühe, die Balance zu halten, im Flur zur Küche verschwindet.

Diebold holt eine der Würste, die sie gestern nacht aus dem Karren geladen haben. Dann gehen sie gemeinsam in die Küche. Die Frau steht am Herd. Der Engländer sitzt am Tisch und lächelt ihnen zu, immer noch etwas mißtrauisch, aber immerhin lächelt er jetzt.

Das ist Tommie, sagt Marie.

Ein Engländer, der Tommie heißt. Vringsen muß grinsen.

Eigentlich natürlich Thomas. Thomas Mulligan.

Der Engländer nickt und grinst jetzt auch. Sie könn' mick Tommie sagen, sagt er. Deutsch spricht er also auch, jedenfalls etwas Ähnliches.

Diebold legt die Wurst auf den Tisch. Brot ist da. Butter. Ein Stück Käse. Und Tee.

Ick nicks tauschen, sagt Tommie.

Natürlich nicht, sagt Werschmann. Wir sind Ihnen sehr dankbar. Wenn Sie uns nicht aufgenommen hätten, wären wir da draußen verreckt.

Sie essen. Trinken Tee. Die drei Männer berichten, wie sie im Schneesturm den Weg verloren haben und sich schließlich bis zum Haus schleppen konnten. Sie rauchen Zigaretten. Marie raucht nicht. Sie geht in der Küche auf und ab, streicht sich manchmal über den Bauch. Tommie beobachtet sie besorgt.

Wann ist es denn soweit? fragt Vringsen.

Marie lacht leise. Eigentlich schon gestern. Aber als der Arzt da war, hat sich natürlich nichts gerührt. Er wollte später noch einmal nach mir sehen. Aber bei dem Wetter ist doch kein Durchkommen mehr mit einem Motorrad. Da müßte man schon mit einem Trecker kommen.

Sie zeigt zum Fenster. Die Sonne ist verschwunden. Von Westen sind schwere Wolken aufgezogen, und es hat wieder zu schneien begonnen, feine, trockene Flocken.

Oder mit einem Panzer, sagt Werschmann.

You folks won't get through that bloody snow neither, sagt Tommie.

Was hat er gesagt? will Werschmann wissen.

Kein Durchkommen draußen.

Seh ich selbst, knurrt Werschmann. Verdammte Scheiße.

But you can stay.

Danke, sagt Vringsen.

Tommie wirft drei Torfsoden ins Feuerloch des Herds. Funken wirbeln in die Höhe. Marie geht in der Küche auf und ab. Auf und ab. Heute, sagt sie plötzlich leise, ist Heiligabend.

Mit Murmeln? Meine Jogginghose soll was mit Murmeln zu tun haben? Laura mußte sich doch sehr wundern.

Mit Sport jedenfalls, sagte ich. Also, das war nämlich so. Zehn Gipsmurmeln entsprachen dem Gegenwert einer Glasmurmel, die wir Butzerklicker nannten …

Wie nanntet ihr die? Klingt ja megaschrill.

Butzerklicker. Diese im Sonnenlicht märchenhaft funkelnden Wunderkugeln, in denen bunte Schlieren eingeschlossen waren wie Fossilien im Bernstein. Mit dem Absatz bohrte einer von uns ein Loch in die Erde, und dann bugsierten wir mit gekrümmten, über den Sand streifenden Zeigefingern die Murmeln dem Ziel entgegen, wobei es darum ging, die nächstliegenden Murmeln der anderen Mitspieler durch sogenanntes Abklitzen zu vertreiben und die eigenen Murmeln ins Loch zu stoßen. Es handelte sich also um eine Art Boule- oder Boccia-Spiel im Miniaturformat. Und das war gewissermaßen meine erste sportliche Betätigung.

Mit Jogginghose? fragte Laura.

Gab's ja nicht! Mit kurzer, speckiger Lederhose. Weitaus leibesertüchtigender ging es dann aber schon bald in der alten Turnhalle zur sportlichen Sache. Die Halle steht noch, wenn auch entkernt und restauriert, und die Sandsteinbüste des bärtigen Turnvaters Jahn steht auch immer noch davor.

Ich weiß, sagte Laura. Der sieht aus wie der Weihnachtsmann. Wie Kris Kringel.

Mit der hölzernen Balkendecke und der Mischung aus muffigem Sägemehl und Sand, mit der der Boden ausgelegt war, glich das Innere der Halle damals eher dem Reitstall in der Kaserne, wo wir manchmal einem sehr netten Engländer namens Tommie auf die Nerven gehen durften. Und in der Turnhalle roch es auch wie im Stall. Der Turnlehrer hieß Schmidt, und weil er ein kleiner, drahtiger Mann war, wurde er von allen Schmidtchen genannt. Er stand hinter einer Art Empfangstresen und teilte die Eintreffenden mit seiner schnarrenden Stimme und nahezu militärischer Kürze in Riegen ein: Bock, Barren, Ringe, Kasten, Boden, Tisch, Bock, Boden, Tisch, Ringe, Kasten, Barren. Basta. Dann sang er etwas wie »Dajamm-da-dammdamm« vor sich hin, schlug dazu mit einem Staffelstab auf der Kante seines Tresens einen Marschtakt, in dessen Rhythmus sich die Riegen im Gänsemarsch zu den ihnen zugewiesenen Geräten bewegten. Wir hüpften, sprangen, purzelten und fielen eine Stunde vom Barren in den Sand und vom Sand in die Ringe und versammelten uns schließlich vor einem Sprungtisch, auf dessen Lederfläche Schmidtchen nun zum Abschluß vom Vorturner zum Chorleiter mutierte, indem er mit seinem Staffelstock unseren Gesang dirigierte: ›Aus grauer Städte Mauern‹ und ›Auf, du junger Wandersmann‹, ›Wildgänse rauschen durch die Nacht‹ und ›Wem Gott will rechte Gunst erweisen‹.

Ist ja voll schrill, staunte Laura. Schade, daß es so was nicht mehr gibt. Singen im Sportunterricht. Fänd ich prall.

Sei froh, daß die Zeiten vorbei sind, sagte ich. Aber die rechte Gunst schien mir auch erst erwiesen, als ich dem frisch-fromm-fröhlich-freien Haufen den Rücken kehrte und mich der Fußball D-Jugend des »VfB« anschloß. Schließlich waren »wir« seit 1954 Weltmeister und also, wie Ludwig Erhard gesagt hatte, »wieder wer«; und selbst, wenn »wir« 1958 in Schweden verraten worden waren – Fußball war unser Leben, nicht die Turnerei nach Schmidtchens Taktstock.

Verraten? Von wem?

Vom Schiedsrichter natürlich. An jedem zweiten Sonntag ging's dann mit blau-weißer Fahne am Besenstiel, die meine Mutter, Oma also, mir aus Stoffresten genäht hatte, zu den Oberliga-Nord-Heimspielen des »VfB«, wo im Schatten des Wasserturms kernige Typen wie Helli Waldmann als eisenfüßig-kampfstarke Mittelläufer die Grasnarbe pflügten und der Torwart mit Schirmmütze und Pumphosen das heimische Gehäuse hütete.

Das Telefon klingelte und unterbrach meine sporthistorische Nostalgie. Ich geh ran, sagte Laura, verschwand und verpaßte meine Erinnerungen an die Halbzeitpausen. Es gab auch damals schon den unvermeidlichen Werbeblock, indem der knarzende Stadionlautsprecher allerlei heimische Dienstleistungen und Produkte anpries. Unvergeßlich war mir vor allem die in hohem Maße zeittypische, vermutlich vom auftraggebenden Kneipier persönlich gereimte Botschaft: »Hast du keine

Kohlen mehr im Haus, geh mal zu Lütjens Gasthaus raus« – eine Botschaft, in der die merkwürdige Mischung aus Nachkriegs-Mangel und Kneipengemütlichkeit unfreiwillig genau eingefangen ist. Denn so richtig rauchten die Schornsteine jener Jahre ja noch nicht, obwohl Ludwig Erhards Zigarre schon das Wirtschaftswunder als Rauchzeichen in die Luft schrieb und überall wieder kräftig in die Hände gespuckt wurde. Ich meinte mich sogar daran zu erinnern, daß sich auch der Torwart in die behandschuhten Hände zu spucken pflegte, wenn er mit einer seiner sachlich-soliden Paraden den Kasten unseres »VfB« saubergehalten hatte.

20. Dezember

Ein Tannenbaum. Von Schneepolstern geschmückt, aus denen es strahlt und funkelt.

Endlich mal ein Bild, das mit Weihnachten zu tun hat, stellte Miriam befriedigt fest. Kunst ist ja was Schönes, aber ich hab mich manchmal echt gefragt, was sich der komische Opa eigentlich bei seinem Adventskalender gedacht hat.

Ich auch, sagte ich. Und das frage ich mich immer noch. Und immer mehr.

Dann besuch den doch mal und frag ihn, meinte Miriam. Der muß es ja schließlich wissen. Und alte Leute freuen sich immer über Besuch. Oma hat neulich am Telefon auch gejammert, daß wir so selten vorbeikommen.

Aber sie kommt doch Weihnachten zu uns, sagte ich. Und heute nachmittag kaufen wir erst mal einen Weihnachtsbaum.

Die zwanzigste Tür

Gegen Mittag, als der Schneefall nachläßt, macht Werschmann einen Versuch, durch die verwehte Hofzufahrt die Landstraße zu erreichen. Mal die Lage peilen, sagt er. Vielleicht gibt es dort Fahrspuren von Treckern oder Lastwagen, denen man folgen kann, um sich zum Dorf durchzuschlagen.

Marie hat sich wieder in die hinteren Räume zurückgezogen. Eine Stube muß dort sein, ein Schlafzimmer. Sie ist die ganze Zeit ruhig geblieben, scheint keine Angst davor zu haben, das Kind ohne Arzt oder Hebamme zur Welt zu bringen. Tommie ist um so nervöser, zündet sich eine neue Zigarette an, bevor noch die alte zu Ende geraucht ist. Er läuft aus der Küche ins Schlafzimmer, kommt in die Küche zurück, schaut auf die Uhr, gießt neuen Tee auf, trinkt ihn nicht, geht ins Schlafzimmer zurück, erscheint erneut in der Küche, schaut auf die Uhr. Und so weiter.

Vringsen fragt ihn, ob er und Diebold sich nützlich machen können. Irgendwie.

Tommie zuckt mit den Schultern. Nein. Oder doch. Ja. Sie können einen Weg zwischen Haus und Schuppen freischaufeln, weil im Schuppen der Torf liegt.

Schaufeln stehen in der Diele, und froh darüber, überhaupt etwas tun zu können, beginnen die beiden zu schaufeln. Es ist, als schaufelten sie gegen die Unendlichkeit an. Das ist kein Schneien wie sonst, kein Flockenfallen, sondern als würde am Himmel säckeweise Mehl geleert. Der weiße Fall strömt nieder, er scheint aber auch gerade empor zu strömen, er strömt von links nach rechts, von rechts nach links, von allen Seiten gegen alle Seiten, aus allen Himmelsrichtungen in jede Himmelsrichtung. Flimmern und Flirren und Wirbeln. Als sie sich bis zum Schuppen durchgegraben haben, liegt hinter ihnen der Schnee schon wieder fußhoch.

Dann stehen sie im grauen Zwielicht des Schuppens, saugen gierig den trockenen, staubigen Torfduft ein, setzen sich auf die gestapelten Soden, rauchen eine Zigarette und sehen durch die geöffnete Brettertür in das Gemisch aus undurchdringlichem Grau und Weiß.

Plötzlich erscheint Werschmann in der Tür, ein Schneegespenst. In der Hand hält er eine kleine, kaum einen Meter hohe Fichte. An den Zweigen haftet noch batzenweise Schnee. Er lehnt das Bäumchen gegen die Schuppenwand, klopft sich den Schnee vom Mantel, schüttelt die Mütze aus. Es rieselt und flockt in den braunen Torfstaub. Hieroglyphen, die geschmolzen sind, bevor man auch nur den Versuch machen kann, sie zu entziffern.

Bin drüber gestolpert, knurrt Werschmann und zeigt auf den Baum. Stand in einer Gruppe großer Fichten. Sind wahrscheinlich als Windschutz gepflanzt worden. Draußen an der Straße bei einer Viehtränke. Hab da 'ne Zigarettenpause gemacht und bin direkt reingetreten. War dann schon am Stamm gebrochen. Und dann hab ich ihn eben mitgenommen, weil ich dachte, weil, na ja, Scheiß drauf.

Gute Idee, sagt Vringsen.

Diebold nickt grinsend vor sich hin. Du wirst ja noch zum Weihnachtsmann, sagt er. Und wie sieht's an der Straße aus?

Hoffnungslos, sagt Werschmann. Da kommt der Arzt nicht durch. Man bräuchte 'nen LKW mit Schneepflug. Oder 'nen Panzer.

Panzer bleiben auch stecken, sagt Diebold. Hab ich vor Leningrad erlebt. Die Besatzungen sind erfroren. Wie in Konservendosen. Gefrierfleisch.

Ich hab' mal Weihnachten in Nordafrika verbracht,

sagt Vringsen. 25 Grad im Schatten. Wir haben eine kleine Palme mit Patronenhülsen behängt. Es gab sogar Apfelsinen, pro Mann eine. Und dann ›Stille Nacht‹ gesungen, mitten in der Wüste.

Immer noch besser als dieser gottverdammte Schnee, sagt Diebold.

Sei froh, daß wir hier sind. Sonst wären wir auch Gefrierfleisch, sagt Vringsen.

Ich hab mal 'ne Geburt miterlebt, sagt Diebold, in 'nem russischen Dorf. Häuserkampf. Wir haben eine dieser erbärmlichen Hütten gestürmt. Handgranate durchs Fenster und dann rein. Drei tote Russen. Und im hinteren Zimmer noch ein Russe. Der kniete vor einem Bett. Und auf dem Bett diese Frau. Sie hat geschrien. Und dann hab ich gesehen, daß der Kopf von dem Kind schon draußen war.

Diebold nimmt einen letzten Zug aus der Zigarette, stößt den Rauch in die Luft und zertritt die Kippe auf dem Boden.

Und? Wie weiter? fragt Vringsen.

Nichts. Wir sind aus dem Haus rausgegangen. Im Dorf wurde noch gekämpft. Den Kopf des Kindes hab ich nie vergessen. Eine rote, blutverschmierte Kugel.

Sie packen den großen Weidenkorb voll Torfsoden und tragen ihn zum Haus zurück. Werschmann folgt ihnen, in der Hand die abgebrochene Fichte.

Zum Beispiel die robuste Nordmannstanne, Originalimport aus Skandinavien. Die halte garantiert bis Drei-Könige durch. Wenn nicht bis Ostern. Oder eine Edelfichte aus den neuen Bundesländern? Etwas konventionell in der Zweigstruktur, aber ein grundsolides Stück. Spitze markant ausgeprägt. Auch die Blautanne mit dezenter Farbeinzüchtung im Nadelansatz werde heutzutage immer wieder gern genommen.

Seitenblick auf die Mädchen, die das monologisierende Verkaufsgespräch mit stoisch-demonstrativem Desinteresse über sich ergehen ließen.

Fast ja schon Jeanslook ... Hier übrigens ein Teil aus garantiert bio-dynamischem Anbau. Erinnere in der äußeren Anmutung zwar an die ordinäre Zuchtfichte, dazu noch naturgewachsen und -belassen, also krumm, schief und spiddelig, sei aber pestizid- und düngerfrei. Also auch entsorgungsmäßig Null Problemo. Wenn der Baum ein Ei wäre, würde er sagen: Bodenhaltung, freilaufend. Ansonsten die gute, alte Edeltanne, Schwarzwald. Durchaus ein deutscher Klassiker, passend besonders zu rustikalen Schrankwänden. Mit Zertifikat der baden-würtembergischen Landwirtschaftskammer. Oder etwas unbedingt Ungewöhnliches? Dann hätten wir hier die Alpentanne mit eingekreuzter Latschenkiefer, aber keine Bange, nix mit Gentechnik. Wunderbar geschmeidiges Nadelkleid, samtiger Ausdruck. Und für den Singlehaushalt, na, was meinen Sie wohl? Der Weihnachtsbonsai aus den Hochlagen Hokkaidos. Nippon. Allerdings und mal ganz unter uns, wenn wir ihn, den Weihnachtsbaumfachhändler fragen täten, doch schon arg verspielt. Und für einen Haushalt mit Kindern, wieder die Kids im Visier, ja nachgerade eher unpassend.

Laura und Miriam zogen die Augenbrauen hoch beziehungsweise runzelten die Stirn. Kinder?

Teens natürlich, eilfertigte der Fachmann. Wie, wenn man, also er, mal fragen dürfte, wie erleuchten Sie denn eigentlich?

Wie wir was?

Elektrisch oder konservativ?

Ach so, verstehe, sagte ich. Mit Kerzen natürlich.

Natürlich. Versteht sich ja von selbst. Keine Experimente. Dann kommt in erster Linie wohl die kanadische Felsentanne mit kerzenfreundlich grobgliedriger Grünstruktur in Frage. Hab da noch ein besonders schönes Stück, hier. Für 250 Mark so gut wie geschenkt.

Wir wollen einen stinknormalen Tannenbaum, sagte ich. Etwa zwei Meter groß. Muß auch nicht teuer sein. Meinetwegen aus der Baumschule von nebenan.

Der Fachmann nahm die rot-schwarz karierte Mütze mit den holzfällerartig hochgebundenen Ohrenklappen ab, zog sich die lederbewehrten Arbeitshandschuhe aus, kratzte sich am Hinterkopf und sah mich entgeistert bis beleidigt an. Wenn Sie 'ne dumpfe Fichte aus 'ner Baumschule wollen, sagte er angeekelt, dann müssen Sie eben in 'ne Baumschule fahren und sich da Ihren primitiven Tannenbaum holen. Ich verkauf doch keinen Ramsch! Hier herrscht Fachhandel! Hier ist schließlich Weihnachtsmarkt! Sprach's, machte auf dem Absatz kehrt und wandte sich einem älteren Ehepaar zu, das eine Schwarzwälder Edeltanne in Augenschein nahm.

Der Typ ist ja echt behindert, urteilte Miriam, und ich pflichtete ihr bei: Aber voll!

Wir bummelten noch eine Weile über den Weihnachtsmarkt, der zur Hälfte aus Getränke- und Freßbuden bestand, von der Thüringer Bratwurst über die Original Französischen Crepes bis zum Edelimbiß mit Austern und Champagner, zu schweigen von den Ständen mit gebrannten Mandeln, Süßwaren und Weihnachtsgebäck. Die andere Hälfte war von Kitsch- und Kunsthandwerk belegt, Modeschmuck und Miederwaren, handgedrehte Kerzen, Krawatten und Kuckucksuhren, Räucherkerzen und Rauschgoldengel, Blechspielzeug und Bleiverglastes.

Im Tiroler Bauernstüble, einem Verkaufswagen mit

vorgebautem Zeltdach und alpenländischen Dekorationen, machten wir wohlverdiente Rast. Die Mädchen genehmigten sich Pommes frites »rotweiß«, dazu Cola, während ich »eine Brat« plus ein Pils zu mir nahm.

Wo habt ihr denn früher den Tannenbaum geholt? erkundigte sich Laura. Oder hat den etwa auch das Christkind gebracht?

Nee, sagte ich, den haben wir selbst geholt. Den konnte das Christkind angeblich nicht schleppen.

Logisch, sagte Miriam, ist ja auch noch 'n Säugling, wenn man's genau nimmt.

Weihnachtsmarkt gab's damals noch gar nicht, sagte ich und nahm einen Schluck Bier. Mein Vater ist mit uns zum Roßplatz gegangen, wo sonst der Wochenmarkt stattfindet. Da gab es Tannenbäume zu kaufen. Angeboten wurden die fast alle von Bauern aus der Umgebung, die nebenbei Fichten zogen, um Weihnachten ein Zubrot zu haben. Wenn man bis Heiligabend wartete, gab's die Restexemplare angeblich für eine Mark. Aber darauf hat mein Vater es natürlich nie ankommen lassen. Zu riskant! Ein großer Baum kostete fünf Mark, und das fanden wir schon wahnsinnig teuer. Aber Weihnachten saß das Geld eben etwas lockerer. Und für einen schönen Baum sowieso. Dann haben wir also unseren Baum nach Haus getragen, und er wurde auf dem Balkon abgestellt. Und zwei Tage vor Heiligabend war er von dort verschwunden. Das Christkind hatte ihn ins Weihnachtszimmer geholt, das ab sofort abgeschlossen war. An der Klinke hing ein Tannenzweig mit goldener Schleife. Und durchs Schlüsselloch konnte man ein paar Zweige des Baums sehen.

Und das habt ihr geglaubt? amüsierte sich Miriam. Daß dieser Baby-Jesus keinen Baum tragen kann? Ist ja schrill.

Natürlich. Wieso nicht? Ihr habt doch bis vor kurzem auch noch geglaubt, daß Santa Claus durch den Schornstein kriecht.

Wenn das Christkind den stacheligen Baum in diesen kranken Ständer kriegt, daß er hinterher steht und nicht wackelt, dann kann es ihn auch tragen. Unser Weihnachtsbaum wackelt jedes Jahr. Und jedes Jahr hast du ihn eingestielt.

In der Baumschule Brunken am Stadtrand bekamen wir nach hartem Handel eine schöne Fichte aus eigener Produktion für 50 (statt der ursprünglich geforderten) 60 Mark, dazu ein Glas Glühwein, die Mädchen »Kinderpunsch«, den sie trotz der beleidigenden Bezeichnung brav wegschlürften. Wir banden den Baum auf dem Dachgepäckträger fest, kutschierten ihn nach Hause und stellten ihn nach alter Väter Sitte vorerst auf dem Balkon ab. Stacy fand den Baum beautiful, was ich als persönliches Kompliment nahm.

Die Sache mit dem Ständer stand mir allerdings noch bevor.

21. Dezember

Die Volksschule war ein düsterer Klinkerbau des wilhelminischen Klassizismus, Türen- und Fensterstürze mit schmutzigem Sandstein verbrämt, ein drohender Steinklotz mit einem Luftschutzbunker am Rand des mit mächtigen Kastanienbäumen bestandenen Schulhofs. Es war damals eine streng katholische Konfessionsschule, in der die Kinder der Diaspora vorm sie umzingelnden Heidentum geschützt werden sollten. Entsprechend anachronistisch war diese Anstalt – ein Fossil, innerlich wie äußerlich. Und eines lauen Frühlingstags im Jahre 1957 stand ich also vor dem gußeisernen Tor, eine bunte, spitze Tüte in der Hand, die, gefüllt mit Süßigkeiten und Schulutensilien, wie der umgedrehte Hut eines Zauberers aussah und doch nur darüber hinwegtrösten sollte, daß der Zauber der Freiheit ein Ende hatte.

»Tut tut ein Auto«, das waren die ersten Worte, die ich in dem Klassenzimmer, in dem der erste und zweite Jahrgang gleichzeitig unterrichtet wurden, auf meine Schiefertafel kratzte, während von draußen Sonnenlicht, gebrochen vom Laub der Kastanienbäume, durch den Geruch nasser Kreide strich. Hier waren nicht nur frommer Religionsunterricht an der Tagesordnung, sondern auch rustikale Prügelstrafen. In schweren Fällen wurde der Delinquent von zwei starken Schülern über einer

Bank festgehalten, damit der Lehrer freie Bahn und Hand für den biegsamen Rohrstock hatte. Eine gnädigere »Züchtigung« bestand im Ausstrecken der geöffneten Handflächen, in die der rechtgläubige rabiate Pädagoge, je nach Schwere des Vergehens, ein bis drei Schläge hieb. Schwatzen verlangte einen Hieb, nicht erledigte Hausaufgaben zwei, Schwänzen des Unterrichts drei. Wenn schulische Vergehen mit solchen gegen Glauben und Katechismus zusammenfielen, Lüge etwa und Täuschung, wurden die starken Schüler zu ihrem Henkershilfsdienst gerufen.

Fünf Zeilen A, fünf Zeilen u, fünf Zeilen t, fünf Zeilen Auto, und so fort, Aufschwung, Abschwung, Häkchen, Anstrich, Zeilen halten, locker die Hand, locker, verdammt noch mal! locker! Fünf Zeilen tut, fünf Zeilen ein, tut tut ein Auto. Schönschreiben war ein eigenes Unterrichtsfach, in dem noch altdeutsche Schreibschrift, Sütterlin, geübt wurde. Warum? Weil es immer so gewesen war und weil nichts so gefürchtet wurde wie Veränderungen. Keine Experimente! Die Generation meiner Eltern begriff sich als »noch einmal davongekommen«, und nach dem schamhaft verdrängten und schwitzend verschwiegenen, braunen Jahrhundertexzeß war Ruhe überall die erste Bürgerpflicht. In unserer ruhigen Stadt sowieso. Rohrstock und Schweigen, Rosenkranz und kleines Einmaleins. So lernten wir lesen und schreiben.

Lange her. Dunkelstes Mittelalter. Meine Nostalgie war hinsichtlich solch eher unschöner Erfahrungen durchaus unter Kontrolle zu halten. Das mit den Prügelstrafen wollten mir die Mädchen sowieso nicht glauben.

Dann wär der Pauker doch weg vom Fenster, meinte Miriam. Mißbrauch. Körperverletzung. Voll im Knast.

Besonders schön ist das Gymnasium, das Miriam und Laura besuchen, allerdings auch nicht: Sterile Zweckarchitektur der sechziger Jahre, Glas, Waschbeton, Klinker, Flachdächer, durch die es gelegentlich hereinregnet. Aber konnten Schulen überhaupt »schön« sein? Von innen, für die Einsitzenden, vermutlich nie. Und mit der Lehrerschaft trug die heutige Generation gleichfalls ihre Fehden aus, wenn auch nicht mehr so handgreiflich wie zu meiner Zeit.

Heute herrschte allerdings doppelter Frieden: Letzter Schultag und oh-du-se-li-ge-he-Weihnachtszeit. Die Theateraufführung galt noch als »reguläre Unterrichtsstunde«, weshalb sich neben Eltern und Lehrern auch die Schülerschaft nahezu komplett in der Aula einfand. Immer noch besser als Mathe... Man saß freilich in mehr oder minder feindlichen Blöcken. Die Schüler drängten sich in den letzten Reihen zusammen, die Lehrer hockten sich in die ersten, so daß den Eltern die neutrale Pufferzone blieb. Auf den Stühlen lagen Programmzettel.

Die Heiligen Drei Könige
Krippenspiel nach Felix Timmermans
Einstudiert und aufgeführt
von der Theater AG
der Freien Waldorfschule
Bearbeitung und Spielleitung:
Angelika Junge-Ackermann

Wieso denn Freie Waldorfschule? flüsterte ich Stacy zu. Haben wir, ich meine diese Schule, haben die denn keine eigene Theatergruppe? Wir haben damals die tollsten Sachen gemacht, Ionesco, Dürrenmatt, Calderon...

Auf Weihnachten haben die Waldis einen Alleinvertretungsanspruch, tuschelte Stacy zurück. Woher ihr der

Ausdruck Alleinvertretungsanspruch, den sie auch einigermaßen akzentfrei über ihre amerikanischen Lippen brachte, vertraut war, blieb mir ein Rätsel.

Also bitte, zischelte es hinter uns, es geht jetzt los.

Vor den Bühnenvorhang trat eine matronen-, ja walkürenhaft ausladende Dame, die ihre Formstärke durch ein wallendes, mit allerlei streng ungeometrischen Mustern besticktes Gewand eher betonte denn verbarg, machte eine Schweigen erheischende Handbewegung und erklärte mit salbungsvollem Tremolo in der Stimme etwa folgendes: Es gebe kein Fest, weder im weltlichen noch im christlichen Bereich, vom dem ein solcher Zauber ausgehe wie von Weihnachten, dem Fest der Feste, konzentriere sich doch in ihm wie in einem Brennspiegel der lange Lauf der kulturellen Entwicklung des Abendlandes.

Mein Gott, flüsterte ich, hoffentlich macht sie es etwas kürzer.

Ich muß doch sehr bitten, zischte es hinter mir.

Weihnachten habe, so Frau Junge-Ackermann weiter, seinen Ursprung schon im Einströmen von orientalischen Ideen in die griechisch-römische Welt, sein prägender Charakter sei christlich, und darüber hinaus zeuge dies Fest auch von der Verschmelzung christlichen Gedankenguts mit den heidnischen Kulten und Bräuchen des germanischen Nordens. Der Zauber des Weihnachtsfestes liege darin begründet, daß die Menschen tief in ihrem Innersten, in Seele und Sakralleib, die vielfältigen Schwingungen der vergangenen Zeiten verspürten, ja eine gewisse Sehnsucht danach empfänden. Nicht von ungefähr sei Weihnachten das Fest der Kinder, und wir Erwachsenen dächten wehmutsvoll zurück an jene heile Welt der Kindheit, in der der Lauf der Geschichte gewissermaßen stillstehe.

Ich hätte es durchaus anders formuliert, aber ganz von der Hand zu weisen war jedenfalls der letzte Satz nicht. Wenn ich daran dachte, mit welcher Erregung mich zum Beispiel der merkwürdige Adventskalender erfüllte und in meine Kinderzeit zurückversetzte …

Die Zeit also halte inne und strebe einer neuen Zeit entgegen, einer Zeit, die von Frieden und Freude erfüllt sei, die nach Erlösung dränge aus einer bedrückenden Gegenwart heraus, welche der Mensch an sich und als solcher von jeher zu überwinden suche. Vom Apostel Paulus bis hin zu »unserem« Rudolf Steiner …

Scharlatan, zischelte ich Stacy zu. Da sieht man mal wieder, was für Katastrophen ein Germanistikstudium anrichten kann.

Unerhört! kam es von hinten.

Die Junge-Ackermann schwafelte nun über den flämischen Autor Felix Timmermans, dessen Erzählung dem Krippenspiel zugrunde liege. Timmermans habe den Bericht des Matthäus-Evangeliums über Magier oder Gelehrte oder Weise, die den neugeborenen König suchten, »auf die allerentzückendste Weise« in seine flämische Heimat verlegt. Die Bibel selbst mache keine Andeutungen über die Zahl der Weisen, nenne auch keine Namen. Die Dreizahl mit den Namen Caspar, Melchior und Balthasar sei, wie die Bezeichnung Könige, legendenhafte Zutat. Ob der Stern, den die drei Sterndeuter aus dem Osten gesehen hätten, der Halleysche Komet gewesen sei, wie Giotto es gemalt habe, oder ob es sich nur um eine ungewöhnliche Konstellation von Jupiter, Saturn und Fischen gehandelt habe, sei eine müßige Frage. Wichtig seien nur die Bilder in unserer Seele, die Inbilder. Und damit, so die üppige Dame, überlasse sie ihrer »Spielschar« die Bühne, was mit beifälligem, erleichtertem Applaus quittiert wurde.

Der Vorhang öffnete sich: Pappkulissen, von emsigen Schülerhänden in der anthroposophisch-korrekten Manier einschlägig vollgepinselt, also reichlich wässrig und allemal schön schräg und streng asymmetrisch. Immerhin war mit einiger Phantasie Landschaft zu erkennen, davor eine Bauernkate mit gelbem Strohdach, davor wiederum, nicht gepinselt, sondern als Requisite, eine Gartenbank, darauf, nicht als Requisite, sondern als Maria, eine blaugewandete Schülerin mit rauschgoldigen Locken, im Arm, als Jesusdarsteller, eine Puppe. Neben der Bank, in echten Gummistiefeln und grünem Arbeitskittel auf einen echten Spaten gestützt, Joseph mit angeklebtem, weihnachtsmannhaftem Rauschebart, und auf einem Holzgestell, das den Pappelbaum spielen mußte, hockte in unschön verklemmter Haltung der Holzkapper, der in dem Stück als tumber, aber notwendiger Stichwortzulieferer diente. Nachdem sich das Trio durch einige Dialoge über das schöne Wetter geholzt hatte, kam's gleich knüppeldick zur Sache, indem der Holzkapper rief, Mond und Wetter seien heutzutage nicht mehr im rechten Lot. Es gehe alles außer Rand und Band. Es komme, glaube er, alles von jenen Vorzeichen. Gestern abend sei, wie es scheine, der Stern mit dem Schweif wieder gesehen worden. Und ob Joseph schon von diesen ekligen Kerlen gehört habe, die ins Land gekommen seien? Nein, hatte der gute Joseph nicht, so daß der Holzkapper ausführlich von Mohren und Chinesen schwadronieren mußte, was bei mir schon gar nicht mehr so richtig korrekt rüberkommen wollte. Bald kreuzte auch der Kreuzdeut auf, ein Hausierer in einem grünen Schniepel, einen Korb auf dem Rücken. Maria fragte ihn, ob diese fremden Gestalten tatsächlich Kinder fräßen, aber der Kreuzdeut lachte wie ein rostiger Blecheimer und beruhigte sie. Nein, Kinder fräßen die nicht. Aber sie würfen die Groschen nur so zum Grapschen hin, das Bier flösse nur so in den Gossen! Doch unter ihren fiesen Visagen säßen gute Seelen. Und dann näherte sich auch schon unter wüstem Geschepper und tosendem Schrammeln der Heerzug der Drei Könige. Offenbar hatte Frau Junge-Ackermann in Inszenierungen des Raubs der Sabinerinnen gut aufgepaßt, wie man mangels Masse Masse gleichwohl bühnentauglich macht, denn die acht oder neun Kinder, die da mit Pauken und Trompeten, Spießen und Speeren das Gefolge gaben, marschierten gemessenen Schritts von links nach rechts über die Bühne, liefen laut klöternd und kichernd hinter die Kulisse zurück und erschienen dann aufs neue, so daß die Illusion zwar perfekt mißriet, daß aber, wer zählen konnte oder mochte, auf einen Heerzug von fünfzig Gefolgsleuten kam. Nachdem das Gerenne und Gehaste ein Ende hatte, baute sich die Spielschar vor Marias Gartenbank auf. Auftritt Caspar im apfelroten Bademantel, goldene Pappkrone auf dem Haupte. Mit weißbehandschuhten Händen hielt er der Jesuspuppe einen mit Krepp-Papier verblendeten Schuhkarton hin, in dem allerlei Modeschmuck und Talmi glimmerte. Er schwang unter lautstarkem Einsatz der Souffleuse eine umständliche Rede, in der er sogar behauptete, ein Buch über das Kommen des Kindes geschrieben zu haben, daß die Sterne ihm heimlich offenbart hätten. Den Seinen gab's der Herr also im Schlaf respektive beim Sternegucken. Alsdann Auftritt Melchior, mohrenschwarz geschminkt, auf dem Kopf einen wollenen Kaffeewärmer, der offenbar eine Art Tiara darstellen mußte, gehüllt in ein Brokatkleid, das vormals der Spielleiterin beim Abtanzball ihrer Tanzstunde gedient haben mochte. Er schwenkte vor Maria und der Jesuspuppe ein Weihrauchfäßchen hin und her, aus dem echter Weihrauch waberte und in mir einen heftigen Flashback an meine selige Meßdienerzeit auslöste. Bekannt, behauptete er, sei er als Dichter, der auch geschickt die Harfe zu schlagen wisse – Liedermacher also, üble Sache. Schließlich Auftritt Balthasar in krachender, kermitgrüner Baumwolle, ebenfalls pappgekrönt. Er kredenzte der Heiligen Familie eine Blumenvase, die er aber als Kelch ausgab, in dem sich laut Souffleuse Öle und kostbare Essenzen befänden. Optisch zu verifizieren war diese Behauptung von meinem Platz aus aber nicht.

Auch Stacy hatte interessiert den Hals gereckt, um einen Blick auf die Parfümerieartikel zu erhaschen. Sie stieß mich mit dem Ellbogen in die Rippen und wisperte: Da vorn sitzt Vringsen.

Wer?

Dieser alte Herr, der uns den Adventskalender geschenkt …

Rücksichtslos! zischte es von hinten.

Wo? Wo denn!?

Dritte Reihe, zwischen den Lehrern, vierter, nein fünfter von links.

Und während auf der Bühne ein güldener Stern auf einem Besenstiel triumphal und schwankend herumgetragen wurde, verrenkte ich mir zum zischenden Protest meines Hintermanns den Hals, um einen Blick auf Vringsen frei zu bekommen, sah aber nur seinen Hinterkopf mit vollem, grauem Haar.

Seht den Kometen milchblaß im samtenen Blau des wachsenden Abends! krakeelte es von der Bühne, während in mir noch einmal der Stern aufging, der sich heute morgen im Adventskalender gezeigt hatte.

Die einundzwanzigste Tür

Aus dem Küchenfenster starrt er ins Verfließen von Licht und Dämmerung, von Tag und Nacht, das sich unaufhörlich regt und durcheinandertobt, alles verschlingt und zugleich weiße, fliegende Streifen gebiert, ganze Flächen aus Weiß, Zusammenballungen, Gebilde der Phantasie, Gespinste, und selbst in nächster Nähe ist nicht die geringste Linie oder Grenze eines festen Körpers auszumachen. Selbst die Oberflächen des Schnees sind nicht mehr zu erkennen. Es ist furchtbar und großartig. Vringsen kann sich nicht losreißen von diesem Anblick, obwohl oder weil es der Anblick des Nichts ist, der Auflösung. Als ob er sich selbst sieht. Sein Innerstes nach außen gekehrt. Und alles nur Schnee. Schneegespinste.

Diebold wirft Torf durch die Feuerklappe des Herds. Eine der Soden ist zu lang. Er beugt das Knie und bricht das Torfstück. Ein seufzendes Geräusch. Dann riecht es mürbe und süß in der Küche. Er hält sich ein Stückchen Torf unter die Nase. Riecht beinahe wie Kuchen, lacht er halblaut, wie Weihnachtskuchen.

Werschmann klaubt ein großes, glattes Torfstück aus dem Korb, schneidet mit dem Stilett, das er immer bei sich trägt, ein rundes Loch, und drückt den dünnen Stamm der Fichte hinein. Dann stellt er das Bäumchen auf die Anrichte.

Schmuck fehlt, sagt Diebold.

Scheißdreck, sagt Werschmann. Geht auch ohne.

Tommie kommt mit einem großen Emailletopf in die Küche, zündet sich eine Zigarette an. Seine Hände zittern.

Geht es schon los? fragt Diebold.

Der Engländer schüttelt den Kopf. She says, sagt er und zeigt auf den Topf, that you folks should heat up some water. And keep it warm on the oven. Towels and sheets are already in there.

Was sagt er?

Warmes Wasser vorhalten, sagt Vringsen, läßt Wasser in den Topf laufen und setzt ihn auf die Herdplatte.

Tommie drückt die nur halb gerauchte Zigarette aus und verschwindet wieder im Flur zum Schlafzimmer. Draußen wirft die Nacht ihr schwarzes Tuch über die weiße Welt. Sie warten. Das Wasser beginnt glucksend zu sprudeln. Diebold schiebt den Topf an den Herdrand.

Einmal glaubt Vringsen, ein Stöhnen zu hören, aber es ist doch nur Wind am Fenster. Er schirmt die Augen mit den Händen ab und drückt das Gesicht an die Scheibe. Es schneit nicht mehr, sagt er. Man kann schon Sterne sehen.

Gegen Mitternacht erscheint Tommie wieder in der Küche. Zigarette. Nichts regt sich. Go to sleep, sagt er und stößt Rauch gegen die niedrige Decke. If we need help, I'll wake you up.

Sie nicken, stehen schwerfällig auf, trotten durch die Diele, steigen die Leiter hinauf und strecken sich im Heu aus. Werschmann hat eine der Flaschen mit Korn dabei, läßt sie in die Runde gehen. Es brennt tief in den Eingeweiden. Diebold beginnt zu schnarchen. Auch Werschmann dreht sich zur Seite und schläft ein. Wind geht ums Haus, rüttelt an den Ziegeln. Vringsen döst vor sich hin, zwischen Traum und Wachen. Mäuse huschen durchs Heu. Der Atemdunst der Tiere aus dem Stall. Aus dem Flur fällt ein schmaler Lichtstreifen wie ein Finger über den Dielenboden. Die Zeit vergeht und scheint zugleich stillzustehen. Lauter Stunden Null. Wieder dies Stöhnen, und wieder ist es nur der Wind in den Dachsparren, so daß die Worte, die sich lautlos auf seinen Lippen formen, wie Falten sind, die ein träges Segel plötzlich vor einer unerwarteten Böe wirft: »Alle Jahre wieder, kommt das Christuskind, auf die Erde nieder, wo wir Menschen sind«. Aber mit diesen Worten verflüchtigt sich der Flügelschlag, der ihn da wie ein Hauch berührt, auch gleich wieder zu Nacht und Schweigen.

Er steht leise auf, steigt hinunter, geht nach draußen vor die Dielentür. Der Himmel klar und schwarz, Sterne zum Greifen. Er sucht nach Schnuppen, nach Kometen, bei deren Anblick man sich etwas wünschen kann, und das geht dann in Erfüllung. Was er sich wünschen könnte, weiß er nicht. Es gibt auch keine Schnuppen, keinen Kometen. Nur das Gewirbel der Sterne. Ihr Glänzen durch Abwesenheit. Sie rasen von ihm weg mit unvorstellbarer Geschwindigkeit. Nur das Licht bleibt. Der Anblick der Vergangenheit.

Er liest in der Diele eine Handvoll Strohhalme auf, geht in die Küche, setzt sich an den Tisch. Das warme Wasser dampft auf dem Herd. Er schlitzt die Strohhalme mit dem Fingernagel auf, glättet sie, indem er sie über die Tischkante zieht. Er legt sie zu einem Stern zusammen und verknotet sie im Zentrum mit einer dünnen Strohfaser. Er steckt den Stern an die Spitze der Fichte.

Unter Hallelujagejauchze, Fahnenschwenken und blechernem Trommeltammtamm trat die Truppe erhobenen Sterns von der Bühne ab. Beifall knatterte auf. Man fühlte sich rundum erlöst. Schülermassen quollen dem Ausgang und damit den Ferien entgegen. Auch wir beeilten uns, ins Foyer zu kommen, um Vringsen nicht zu verpassen.

Erst stören, dann drängeln, hetzte es hinter mir.

Schließlich sah ich ihn im Gespräch mit einem pensionierten Lehrer vor der Glaswand stehen, die auf den Pausenhof hinausweist. Im Spiegelbild des Glases konnte ich sein Gesicht erkennen. Wie Kris Kringel aus dem Film sah Vringsen nun aber gar nicht aus – abgesehen von den grauen Haaren. Da hatte uns Stacy eine ihrer Weihnachtsmogeleien aufgetischt.

Ich wartete, bis sich die beiden alten Herren die Hand gaben und auseinandergingen, grüßte und nannte meinen Namen. Meine Frau, sagte ich, kennen Sie ja bereits.

Er musterte uns freundlich mit wässrig blauen Augen, schien einen Moment nachzudenken und nickte dann lächelnd. Gefällt Ihren Kindern der Adventskalender?

Meinen Kindern? Ach so, natürlich. Gefallen ist aber vielleicht nicht das richtige Wort. Er löst etwas in mir aus. Erinnerungen. Und Vorstellungen. Als ob er eine Geschichte erzählt, die irgendwie auch meine eigene Geschichte ist.

Das tut er auch, sagte Vringsen.

Aber ich begreife die Geschichte nicht.

Natürlich nicht, sagte er, es ist ja meine. Ich habe sie übrigens auch einmal aufgeschrieben.

Ja, das hat meine Frau mir erzählt. Wäre es vielleicht möglich, daß ich, daß wir ... daß Sie uns die Geschichte lesen lassen?

Warum nicht? Sie gehört ja zum Kalender.

Dürfte ich Ihnen meine Adresse geben? Und Sie schicken uns dann ...

Sie können sich die Geschichte bei mir abholen, sagte er. Morgen geht es nicht, aber übermorgen. Abends werde ich zu Hause sein. Wo ich wohne, weiß Ihre Frau ja schon. Sie müssen mich jetzt bitte entschuldigen. Ich habe noch allerlei Besorgungen zu machen. Weihnachten. Sie verstehen ... Er lächelte, deutete eine Verbeugung an und verschwand im Schülergewühl des Foyers.

22. Dezember

Ich erwachte früh, noch vor Morgengrauen, weil ich deutlich gehört hatte, daß mein Name gerufen wurde, dringlich und fragend. Stacy schlief. Ich horchte. Alles still. Auch die Mädchen schliefen noch fest. Ich ging in die Küche und brühte mir einen Tee auf, rauchte eine Zigarette. Der Kühlschrank summte. Indem Traumfetzen von mir abfielen wie Schuppen, dämmerte mir, daß mein Name im Traum gerufen worden war. Warum? Und wer hatte gerufen? Das war schon dahin wie der Dampf über der Teetasse, wie der Zigarettenrauch, der um die Küchenlampe wirbelte, wie das Summen des Kühlschranks, der jetzt stumm war. Ich ging ins Wohnzimmer und versuchte, die zweiundzwanzigste Tür des Adventskalenders aufzufingern. Sie war stärker verklemmt als die anderen, so daß ich ein Küchenmesser zu Hilfe nehmen mußte und – ein Auge erblickte, Augenbrauen. Mein Auge. Ich trat einen Schritt zurück, sah mein verschlafenes, unrasiertes Gesicht. Hinter dieser Tür steckte also, wie schon hinter der ersten, ein Spiegel. Ich hatte mich manchmal gefragt, was wohl hinter der vierundzwanzigsten und letzten Tür zum Vorschein käme, und hätte mich nicht gewundert, wenn es ein Spiegel sein würde, weil dann alles durch die zwei Spiegel wie eingerahmt wäre. Warum der Spiegel heute? Warum schon jetzt?

Die zweiundzwanzigste Tür

Er schreckt hoch, als sein Name gerufen wird. Am Küchentisch sitzend ist er eingeschlafen, den Kopf auf der Tischplatte zwischen den ausgestreckten Armen. Nein, es ist nicht sein Name. Das ist der Schrei eines neugeborenen Kindes. Solches Brüllen hat er noch nie gehört. Abgrundtiefes Erschrecken schwingt darin mit, Erschrecken vor der Kälte und der Helligkeit, aber auch ein gewaltiges Ausatmen, ein Jubelruf nach langer Dunkelheit, Begeisterung über das Licht. Dann wieder Stille. Die Schüssel mit warmem Wasser ist vom Herd verschwunden. Tommie muß sie geholt haben, als Vringsen schlief. Man hat seine Hilfe nicht gebraucht. Durchs Fenster sickert graues Morgenlicht. Kein Schnee mehr.

Werschmann und Diebold kommen in die Küche. Der Schrei hat auch sie geweckt.

Alles gut gegangen? fragt Diebold.

Vringsen zuckt mit den Schultern. Ich war nicht dabei, sagt er, geht zum Herd, wirft Torf nach und füllt Wasser in den Teekessel. Sie trinken Tee, warten und rauchen Zigaretten. Die Sonne ist noch nicht aufgegangen, aber als Tommie die Küche betritt, ist es schon hell. Der Schnee verdoppelt das müde Licht. Er strahlt übers ganze Gesicht, läßt sich auf einen Stuhl fallen, zündet sich eine Zigarette an, inhaliert tief, stößt den Rauch wie seufzend aus. Vringsen schiebt ihm eine Tasse Tee hin.

Und? sagt Werschmann.

A boy!

Glückwunsch, sagt Diebold.

Tommie nickt.

Alles gut gegangen? fragt Vringsen.

Yes. Everything's all right. Everybody's fine. You can go and look at him.

Was sagt er?

Daß wir uns das Kind ansehen dürfen, übersetzt Vringsen, aber er zögert, weil ein schwankendes Gefühl in ihm Raum greift, ein Schwindel, eine Angst, etwas Verbotenes zu tun, etwas, das sich nie wieder gutmachen läßt. In diese merkwürdige Hemmung mischt sich eine wilde Neugier, und zugleich spürt er die Freude und Erleichterung des Engländers, dessen Vaterstolz, und er weiß, daß es eine Beleidigung wäre, sich dem Anblick des Kindes zu entziehen. Auch Werschmann und Diebold rutschen unbehaglich auf ihren Stühlen hin und her, werfen sich fragende, bedenkliche Blicke zu, und Vringsen weiß, daß ähnliches in ihnen rumort wie in ihm.

Nach einigen endlosen Sekunden gibt sich Werschmann plötzlich einen Ruck, steht auf, nimmt die Fichte mit dem Strohstern und sagt heiser: Also dann ...

Sie folgen Tommie durch den Flur. Er drückt die angelehnte Tür zum Schlafzimmer auf. Erste Sonnenstrahlen fingern durchs Fenster. Auf den dunklen Fußbodendielen neben der Tür ein Haufen blutiger Tücher und Laken. Die Emailleschüssel. Marie Bolthusen sitzt im Bett, lehnt, mehrere Kissen im Rücken, an der gekalkten Wand. Eine Handvoll Sonnenlicht ergießt sich über ihr bleiches Gesicht. Die Augen lächeln groß und dunkel. Im Arm hält sie ein Bündel. Weißes Leinentuch. Tommie beugt sich über sie, küßt ihr die Stirn, auf der Schweißtropfen stehen.

Vringsen fehlen alle Worte. Das Schwindelgefühl wird stärker, als ob die Dielen unter seinen Füßen schwanken. Werschmann nimmt den Baum aus der rechten in die linke Hand, dann wieder in die rechte, als ob er sein Gleichgewicht halten muß. Diebold räuspert sich und sagt matt: Fröhliche Weihnachten.

Marie schiebt eine Stoffbahn des Bündels beiseite und

hält es den Männern entgegen. Vringsens Füße sind jetzt mit den Dielen verwachsen. Mit einer schmerzlichen Anstrengung, als reiße er sich seine eigenen Wurzeln aus, gelingen ihm zwei Schritte auf das Kind zu. Und dann sieht er das Gesicht. Zerknittert, verschrumpelt, gerötet, feuchte Haarsträhnen. Die Augen zusammengepreßt. Es gibt keinen Fußboden mehr, keinen Raum. Es ist wie ein Schweben im Irgendwo. Das Kind schlägt die Augen auf. Dunkle Sterne, die alles zu sich hinziehen. Und nun endlich sieht Vringsen es. Sieht es genau. Er sieht sich selbst. Es sind seine Augen, seine Wangen, seine Lippen. Er ist eben geboren worden. Er folgt den Konturen dieses Gesichts, über das Sonne und Schatten fächeln und es altern lassen. Ein Spiegel, der ein Leben, alles Leben gespeichert hat. Aus den Falten dieses Gesichts brechen die Linien seines eigenen Lebens hervor, Strahlenbündel im dunklen Raum. Er sieht sich als Schulkind mit blutender Lippe nach einer Prügelei. Als Sechzehnjähriger, der mißtrauisch und unzufrieden das Gesicht mustert, mit dem er vor Mädchen treten muß. Er sieht das Entsetzen auf seinem Gesicht, als die britischen Tanks auf seine Stellung zuhalten. Er sieht sein Lachen, Verliebtheit und Lust. Enttäuschungen. Er sieht den Mangel, er sieht die Leere in seinem Blick. Er sieht die Bilder, die er von sich sehen könnte, wiche er nicht mehr aus. Er sieht sich lächeln. Wie lange hat er nicht mehr gelächelt? Das Kind lächelt ihm zu, das Kind, das auch er einmal war. Das Kind in den Armen dieser Frau. Es lächelt ihm zu. Er sieht es genau. Er fährt sich mit der Hand über die Augen, macht einen unsicheren Schritt zurück.

Es ist sehr schön, sagt er leise.

Der Boden unter seinen Füßen schwankt nicht mehr. Er findet sich wieder.

Abends um sechs hatte Miriam sich ins Bad verzogen. Gegen halb sieben klopfte ich zaghaft an, ob ich vielleicht auch einmal ...

Bin gleich fertig, rief sie zurück.

»Gleich« entsprach in der Kosmetik-Arithmetik meiner Tochter einer weiteren halben Stunde. Um kurz nach sieben erschien sie wieder auf der allgemein zugänglichen Bildfläche des Wohnzimmers – und zwar durch drastischen Einsatz von Lidschatten, Lippenstift, Nagellack und anderen, mir nicht geläufigen, Werkzeugen weiblicher Wandlungsfähigkeit sozusagen um Jahre gealtert.

Ist das nicht vielleicht etwas zu ... kühl, fragte ich mit stirnrunzelndem Blick auf ihren freien Bauchnabel, über dem sich im weiteren Verlauf ein knallenges, sogenanntes Top spannte. Und vielleicht solltest du einen BH tragen, wollte ich anfügen, wurde aber von Stacy ausgebremst, die Miriam attestierte, really great auszusehen. Unrecht hatte sie damit nicht. Gleichwohl ... in ihrem Alter ... ging das nicht doch etwas weit?

Es klingelte an der Haustür. Auftritt Stefanie, Miriams beste, um nicht zu sagen: Busenfreundin. Da sie ihren Mantel nicht ablegte, war nicht abzusehen, wie weit sie gegangen war. Wenn allerdings der Tuschkasten, den sie sich ins Gesicht geknallt hatte, im gleichen Verhältnis zur Kürze beziehungsweise Enge ihres Outfits stand, dann mußte sie unter dem Mantel eigentlich ziemlich nackt sein.

Also, wir drehen dann ab, sagte Miriam und warf sich ebenfalls einen Mantel über.

Viel Spaß, sagte Stacy.

Moment, sagte ich, wann bist du wieder zu Hause?

Och ... Ist doch egal.

Wann mußt du denn zu Hause sein? fragte ich Stefanie.

Wann ich will, log sie, ohne unter ihrem Make-up rot zu werden.

Also um elf, sagte ich.

Echt, Papa, das ätzt aber. Um elf geht's überhaupt erst richtig ab da.

Um zwölf, schlug Stacy vor.

Eins, bot Miriam.

Halb eins, machte Stacy dem Geschacher ein Ende.

Okay, cool ...

Die Haustür fiel hinter den beiden Hübschen zu. Eine halbtrockene Parfümwolke hing noch lange in der Diele, während Laura in ihrem Zimmer auf dem Fußboden lag und vor Wut heulte, daß sie erst dreizehn war, und sich tödlich beleidigt dann den ganzen Abend nicht blicken ließ. Ungerecht war sie, die Welt in diesem Alter.

Daß Miriam um halb eins nicht zu Hause war, fand Stacy nicht sonderlich beunruhigend. Als sie auch um eins noch nicht erschien, entschloß ich mich, sie abzuholen und fuhr zur Schule. Es war klirrend kalt, aber vor der Turnhalle lümmelten sich die Kids so leichtbekleidet herum, als herrschte die heißeste Sommernacht. Mein Erscheinen rief unterschiedliche Reaktionen hervor. Ein paar rauchende Jungs grinsten breit und hießen mich mit einem »Hallo Opa« willkommen. Zwei Mädchen flüchteten zurück in die Turnhalle – sei es, daß sie Miriam warnen wollten, sei es, daß sie erfahrungsgemäß, wenn auch irrtümlich annahmen, die elterliche Razzia gelte ihnen.

Ich weiß nicht, ob es sich um Hip-Hop, Techno oder House handelte; jedenfalls war die Musik brüllend laut. Der Parkettboden der Halle schwang und bebte im Rhythmus der Bässe, bog sich unter den Füßen der Tanzenden. Ein Stroboskop zerhackte Scheinwerferlicht, so daß alle Bewegungen zerstückelt bis entrückt und verzückt wirkten. Von der Decke hing eine rotierende Kugel aus facettenartig montierten Spiegeln, in denen das Licht reflektierte und wellenartig gleitend über die Hallendecke wogte. Weihnachtsdisco? Was für ein Blödsinn! Wie hatten wir denn Weihnachten verbracht? Daß die Schule so etwas erlaubte … Gab es hier eigentlich einen Lehrer? Aufsichtspflicht und dergleichen? Und wo steckte Miriam in diesem wüsten Gewusel?

Ich stieg die treppenartigen Zuschauerränge auf der Hallenseite empor, um einen besseren Überblick zu bekommen. Im Halbdunkel, das hier herrschte, überall knutschende, fummelnde Pärchen. Über Miriam, genauer gesagt: über die Beine des jugendlichen Draufgängers, der sich da an meiner Tochter zu schaffen machte, stolperte ich, und erst als ich »tschuldigung« murmelte und das in innigste Zweisamkeit ineinander verknäulte Paar ge- und verstört aufblickte, erkannte ich sie.

Was machst du denn hier? sagte sie so überrascht, als wäre mein Erscheinen ein Ding der Undenkbarkeit.

Dich abholen. Weißt du, wie spät es ist?

Nö, sagte sie, rappelte sich hoch, strich ihr schwarzes Top glatt und so weit wie möglich nach unten, was nicht so furchtbar weit war, sagte: »Tja dann« zu ihrem Fummelgefährten, der sich ebenfalls erhoben hatte und mich, da er einen Kopf größer als ich war, von oben giftig bis verächtlich musterte. Sorry, Tom. Mein Alter.

Abgang, fauchte ich, marschierte zum Ausgang und sah aus den Augenwinkeln, wie der Vertreter der Generation XXL seine schlabbrige Hose annähernd auf Hüfthöhe brachte und sich den Schirm der Baseball-Mütze, den er in den Nacken gedreht hatte, tief ins grinsende Gesicht zog.

Bist du jetzt etwa sauer oder was? maulte Miriam mich ungnädig an, als sie neben mir im Auto saß.

Was heißt sauer? knurrte ich. Ich meine, du mußt doch verstehen, daß wir uns sorgen, beziehungsweise das ist doch ganz klar, wenn du, also wenn du nicht, ach vergiß es.

Wir schwiegen uns an, und in den blinkenden Punkten der Brems- und Rücklichter glommen Erinnerungen an meine eigene Pubertät auf. Ein von wüsten Stürmen durchschüttelter, schwüler Frühling, in dem alles um mich her tief bedeutsam, aber auch höchst albern zweideutig zu werden schien. Es mußten im Schulunterricht nur Worte wie Sack oder Spalte fallen, vom Jadebusen zu schweigen, und die ganze Klasse begann zu grinsen und verklemmt zu kichern. Die ganze Klasse mit einer Ausnahme. Die Ausnahme war Christiane, das einzige Mädchen, das das Pech hatte, einer Klasse anzugehören, in der sonst nur noch 25 verpickelt-pubertierende Jungs saßen. Unsere Schule war nämlich eine Jungen-Schule, zugleich aber das einzige humanistisch-altsprachliche Gymnasium der Stadt, so daß die wenigen Mädchen, deren Eltern darauf bestanden, daß ihre Töchter ohne Großes Latinum und Graecum dem Ernst des Lebens nicht gewachsen sein würden, in dies peinliche Chaos erwachender Manneskräfte gerieten. Christiane ignorierte unsere hormonellen Verwirrtheiten mit Anmut, Würde und überlegenem Achselzucken, ließ sich zu einem Zeitpunkt, da wir noch ängstlich verglichen, ob uns nicht endlich Scham- und Achselhaare sprossen, aus vielbefeixter Unpäßlichkeit regelmäßig vom Sportunterricht befreien und erschien eines Tages mit deutlich erweitertem Brustumfang zum Unterricht. Was sich bislang nur als kaum wahrnehmbare Schwellung unter ihren Pullovern und Blusen abgezeichnet hatte, war plötzlich mittels eines BHs zu einer ausdrucksstarken Büste erwachsen. Spätestens jetzt war ich ihr verfallen – aussichtslos freilich diese Liebe, da man als Mann, soviel ich wußte, zirka ein Jahr älter zu sein hatte als die Frau, der man an die Brust fassen wollte oder mit der man sich, unerhörter Gedanke, sogar, nun ja, geschlechtlich zu vereinigen trachtete. Christiane war aber zwei Monate älter als ich, und nachdem ich in der zehnten Klasse sitzenblieb, stand sie auch in der Klassenhierarchie über mir und entrückte vollends ins Ungreifbare. Die Phantasien meiner Onanieorgien beherrschte sie freilich noch lange, bekam jedoch schon bald auf diesem feuchten Feld Konkurrenz, führte mein Schulweg mich doch an zwei Stellen vorbei, die als Augenweide und schwellende Quellen meine Vorstellungen wässerten und zugleich verhärten ließen: Ein Kino-Schaukasten nämlich, in dem gelegentlich Plakate und Standfotos (»Stand«fotos, hihihi) tiefdekolletierte oder bikiniknapp bekleidete Damen zeigten, deren bewegter Anblick leider nur »Freigegeben ab 18 Jahren« war, sowie ein Zeitungskiosk, an dessen Seite verschämt Magazine für männliche Erwachsene aushingen – ihre Titelbilder waren, gemessen an heutigen Direktheiten, geradezu züchtig, aber als Vorlagen meiner inneren Wunsch- und Traumbilder reichten sie allemal. Mein Klassenkamerad Willy, Sohn eines Staatsanwalts, verfügte freilich über einen Fundus gedruckter Stimulantien, der Kiosk und Schaukasten weit in den Schatten stellte. In der umfangreichen Bibliothek seines Vaters war er, in zweiter Reihe hinter Gesetzeskommentaren verborgen, auf den Giftschrank gestoßen: Eine Sammlung erotischer Literatur. Willy selbst verlustierte sich regelmäßig an den Abenteuern der Fanny Hill oder den Bekenntnissen der Mutzenbacher, ließ sich aber nicht dazu überreden, mir eins dieser Einhand-Standardwerke zur Selbstbedienung zu überlassen. Erst als ich ihm im Ge-

genzug leihweise eins meiner kostbarsten Heiligtümer überließ, die Beatles-LP ›A Hard Day's Night‹, händigte er mir den Roman ›Frauen und Mönche‹ aus – »aber nur bis morgen«. »Die Stellen« waren schnell gefunden, weil der Seitenschnitt an ihnen besonders dunkel abgegriffen war. Die Geschichte spielte in Rußland, handelte von Frauen, die ein besonderes Faible für geile Mönche hatten und beeindruckte mich, wenn ich mich recht entsinne, nur matt; gleichwohl fiel auch diese Lektüre unter die Sündenrubrik »Schamhaftigkeit und Keuschheit« und mußte als solche gebeichtet werden. Der schwerhörige Dechant stellte keine Fragen und ließ es zur Buße mit zwei ›Vaterunsern‹ oder drei ›Ave-Marias‹ bewenden. Manchmal ließ sich jedoch der Vikar nicht vermeiden, Vertreter eines forsch jungdynamischen Katholizismus, der uns Jesus gewissermaßen als Duzfreund andiente, sich jedoch mit Allgemeinformeln wie »Ich war unkeusch« nicht abspeisen ließ, sondern bei der Ahndung dieser Vergehen investigative Hartnäckigkeit an den Tag legte. Zur großen Erleichterung aller Unkeuschen der Gemeinde wurde der Vikar eines Tages versetzt. Als ich dreißig Jahre später den Grund seines abrupten Abgangs erfuhr, fiel mir übrigens der Titel jenes Buchs wieder ein, das Willy mir einst geliehen hatte – ›Frauen und Mönche‹: Der Herr Vikar war nämlich Vater geworden.

Ich schaute in den Rückspiegel, als hinter mir nervös eine Lichthupe blendete, aber das Signal galt wohl etwas anderem.

Du bist ja doch sauer, sagte Miriam.

Wieso?

Weil du nix sagst.

Ach was, ich denk nur gerade über etwas nach.

Ach so.

Rückspiegel … Mein Vater und ich standen vor dem Garderobenspiegel im Flur; er hinter mir, die Arme über meine Schultern gelegt, und seine Hände führten meine Hände, um die kuriose Verschlingung zustande zu bringen, die da vor meinem Hals entstehen sollte. Und während er mich ins harmloseste Geheimnis der Männerwelt einwies, erzählte er, daß sein Vater, mein Großvater, den ich nie erlebt habe, sondern nur aus Erzählungen kenne, ihm seinerseits und seinerzeit auf diese Weise beigebracht hätte, wie aus zwei schlaff hängenden Stoffenden ein fester Knoten zu binden war. Und auch zur Tanzschule, zu der ich mich gleich auf den Weg machen würde, war mein Vater in den 30er Jahren schon gegangen. Auf einer Seite des Saals saßen die Mädchen in ihren »kleinen Schwarzen« und Konfirmationskostümen, verlegen kichernd oder demonstrativ desinteressiert ihre Schuhspitzen musternd, auf der anderen Seite wir in schlecht sitzenden Anzügen, weißen Hemden und den halsabschnürend korrekt geknoteten Krawatten, die Hände schweißnaß und die Blicke unstet über die Auswahl junger Mädchenblüte flackernd. Meine Herren, rief munter der schneidig-elegante Tanzlehrer, bitte fordern Sie auf! Wir glitschten stolpernd übers glatte Parkett und schnitten uns gegenseitig die Wege ab, um ja nicht die kleine Pummelige oder die Dürre mit der Brille zu erwischen, sondern die schlanke Blonde, von der behauptet wurde, daß sie sich schon öfter habe küssen lassen, aber als ich sie fast erreicht hatte, verbeugte sich bereits einer meiner Nebenbuhler vor ihr, so daß mir nichts anderes übrig blieb, als der drahtigen Dunklen mein »Darf ich bitten?« anzutragen, was sie mit einem schüchternen Lächeln aus grünen Augen huldvoll annahm. Ausgangsposition bitte, erklang das Kommando des Maestros, und, dajammdamdamm, dajammdamdamm, jawohl, und fließend bitte und links, rechts, vorbei-Seit-Schluß und Wie-ge-schritt! Meine linke Hand in ihrer rechten, ihre linke auf meinem rechten Oberarm, meine rechte Hand auf ihrem Rücken, wo ich die Wärme ihrer Haut durch den glatten Synthetikstoff des Kleides spürte. Beim Wie-ge-schritt berührten sich unsere Schenkel, dajammdamdamm, mein Unterkörper stieß gegen ihren Bauch, meine Dame zuckte nicht zurück, mir fiel eine Stelle aus ›Frauen und Mönche‹ ein, und gleich noch einmal, meine Herrschaften, und flie-ßend: Wie-ge-schritt, die Damen graziler bitte, die Herren nicht so steif, dajammdamdamm und Wie-ge-schritt! Ihr kleiner Busen drückte gegen mein Zwerchfell. So zog ich hüft- und gelegentlich gliedsteif mit wechselnden Damen meine Kreise, tanzte Tango mit Doris, Walzer mit Renate, Foxtrott mit Sabine und Cha-cha-cha mit Gisela. Und Gisela, vielleicht war's auch Doris oder Sabine, begleitete ich nach den Tanzstunden zwei- oder dreimal händchenhaltend zur heimischen Haustür, mußte mich aber stets ungeküßt und unbefriedigt wieder trollen. Den Abtanzball im Ballsaal der Stadthalle absolvierte ich mit Isabelle; schöner Name, sie selbst auch sehr hübsch, aber hölzern und so unterkühlt, daß sie mir sogar den trockenen Wangenkuß verweigerte, den ich ihr aufhauchen wollte, als wir in der Walzerwertung den dritten Platz belegten. Solche Gesellschaftstänze waren, kein Zweifel, wie Krawatten, Anzüge und trockene Wangenküsse, eine saftlos unsinnliche und antiquierte Sache – die Sache, das Eine, war etwas ganz anderes, zeitlos zeitgemäß sozusagen, bis auf Weiteres aber nur ein heißer Wunsch, dessen Erfüllung trotz üppiger Phantasie- und Lendenleistung einstweilen ein Ding der Unvorstellbarkeit blieb.

Zu Hause murmelte Miriam ein tonloses »Gute Nacht«

und verzog sich sogleich auf ihr Zimmer. Gutenachtküsse gab sie mir schon seit geraumer Zeit nicht mehr. Heute schmerzte mich das.

Alles in Ordnung? fragte Stacy halbschlafend, als ich neben ihr ins Bett fiel.

Mhmh, machte ich und versuchte, mich an meine allererste Liebe zu erinnern. Unmittelbar nach dem Krieg war die untere Etage meines Elternhauses von der Militärverwaltung konfisziert worden, um dort britische Offiziere einzuquartieren. Als ich 1951 auf der Bildfläche erschien, wohnten die Offiziere bereits anderswo, aber unser Haus war dennoch voll. Es war mit Flüchtlingen und Ausgebombten so überfüllt, wie ein Hausboot in Hongkong. In der oberen Etage drängten sich auf 100 Quadratmetern vier Mietparteien; meine Eltern, mein Bruder und ich verfügten über drei kleine Zimmer, in den drei großen Zimmern hausten noch vier weitere Personen – und alle belagerten das einzige Bad, die einzige Toilette, den einzigen Herd. Mitte der fünfziger Jahre entzerrte sich diese Situation, als die Sonne des Wirtschaftswunders ihre ersten Strahlen auch über unsere Stadt aussandte. Unter dem Wort konnte ich mir wenig vorstellen; mehr unter Wunderkerze und Wundertüte, für zehn Pfennig am Kiosk. Und auch unter Fräuleinwunder hätte ich mir nie etwas vorstellen können, wenn es nicht Ende der 50er Jahre in Form einer Untermieterin namens Annelie höchstpersönlich bei uns Einzug gehalten hätte. Denn ohne Untervermietung, Kost und Logis 50 Mark im Monat, ging es noch lange nicht. Fräuleinwunder Annelie kam vom Lande, aus einem Moordorf. Ihr Vater hatte sich in der Aufbaueuphorie dieser Jahre als Bauunternehmer die sprichwörtlich goldene Nase verdient, fuhr als sichtbares Zeichen seiner Geschäftstüchtigkeit einen schneeweißen Mercedes und bestand natürlich darauf, daß seine Tochter es einmal besser haben sollte als er – rein bildungsmäßig jedenfalls. Und so besuchte Annelie also zuerst eine Mittelschule, später das Hauswirtschaftsgymnasium unserer Stadt, um dort ein sogenanntes »Pudding-Abitur« abzulegen, wohnte bei uns und fuhr nur übers Wochenende in ihr Moordorf zurück. Dorthin durfte ich sie einige Male begleiten. Zu dem riesigen Wohnhaus gehörte eine Gastwirtschaft, die Annelies Mutter betrieb. Hier bekam ich, ohne darum betteln, ohne es mir vom kargen Taschengeld absparen zu müssen, »Bluna«- und »Sinalco«-Limonade, »Turm«-Sahnebonbons, »Haribo«-Gummibärchen, »Prickelpit« und Salmiakpastillen im Überfluß. Annelies Familie verfügte sogar über ein Fernsehgerät, und wenn ich abends, neben Annelie auf dem Sofa hockend, staunend in den schwarzweißen Wirbel der Perry Como-Show starrte, verschmolzen mir Schein und Sein zu einer wunschlosen Glückseligkeit. Der Höhepunkt eines Wochenendes an diesem Zauberort war jedoch der Sonntagmorgen: Zu einer Zeit, da ich sonst auf den harten Bänken unserer Kirche die Messe über mich hätte ergehen lassen müssen, durfte ich zu Annelie ins Bett kommen und dort mit ihr frühstücken. Frühstück im Bett! Es war unerhört. Im Bett mit der Prinzessin dieses Schlaraffenlands. Und natürlich liebte ich sie und würde sie, nur sie, später heiraten, obwohl mir leise und schmerzhaft bewußt gewesen sein muß, daß diese Verbindung nie würde zustande kommen können. Sie trug Pferdeschwanz und Petticoats, nylonstarre Unterröcke, deren Funktion mir nie recht klar wurde, da sie, anders als Püppi von nebenan, keine Handstände machte, sondern sich mit Hilfe eines sogenannten Hula-Hoop-Reifens schlank hielt und mit diesen Attributen sozusagen den Übergang von der Swing- zur Rock ’n’ Roll-Ära markierte – was mir damals aber ebenso gleichgültig wie unbekannt war. Einmal hatte sie mich in die Eisdiele »Arnoldo« in der Innenstadt mitgenommen, wo sie ihre sogenannten Boyfriends traf. Die Musikbox stand, einem Altar gleich, im Mittelpunkt, spielte wimmernd Lieder Ted Herolds und Peter Kraus' und flackerte und flimmerte geheimnisvoll. Hier gab es Nierentischchen, Tütenlampen an den Wänden und mehretagige, wie Treppen verdrehte Blumenhocker, auf denen sich immergrüne Pflanzen ringelten. Die Wände waren mit Deko-Fix beklebt, und wo die Klebebahnen ungenau aneinanderstießen, fuhren abgeschnittene Gondeln gegen das Kolosseum oder aus dem Ausschnitt einer feurigen Italienerin ragte eine Mandoline. Annelies Boyfriends hatten Entenschwanzfrisuren und fuhren nicht mehr Fahrrad mit Hilfsmotor, sondern »Kreidler Floretts«, mit denen sie, vorbei an den lindgrünen Trolley-Bussen, durch die Innenstadt knatterten, die damals noch nicht zur Fußgängerzone geadelt war, und vor der Eisdiele ließen sie die Mopeds mächtig heulen. Halbstarke mit Knatterprotz, hieß das Verdammungsurteil des alten Dechanten – im Fegefeuer würde diese abgrundtief verderbte, Recht, Ordnung und Ruhe bedrohende Jugend büßen müssen. Ich war durchaus geneigt, dem Dechanten recht zu geben, raubten mir diese Märchenprinzen des Rock 'n' Roll doch meine Prinzessin.

Ich konnte nicht einschlafen, ging nach unten, trank ein Glas Wasser, schlich mich, einem plötzlichen Impuls folgend, in Miriams Zimmer. Weißes Mondlicht auf ihrem Gesicht. Die Lippen leicht geöffnet, eine Faust leicht zusammengeballt an der linken Wange. Die personifizierte Unschuld.

Ich gab ihr einen trockenen Kuß auf die Stirn und legte mich wieder ins Bett.

Einen BH hätte sie immerhin tragen sollen, dachte ich.

Meine erste Ehefrau hatte allerdings auch keinen BH getragen, selbst auf unserer Hochzeitsfeier nicht. Doch niemand unter den zahlreichen Gästen empfand das als frivol oder skandalös, nicht einmal unsere Mütter. Selbst das sehr kurze, strahlend weiße Brautleid, dessen Saum eine Handbreit über dem Knie endete, erregte keinerlei Anstoß. Dazu trug sie – welche Mixtur aus naiver Züchtigkeit und Raffinesse! – weiße Kniestrümpfe. Über ihrem zurückgesteckten Haar war der Schleier mit einem Blumenkranz befestigt. Zwei Brautjungfern trugen die Schleppe. Ihr linker Arm lag locker eingehakt unter meinem rechten. Ich selbst trug zum klassischen Zylinder eine modische Trachtenjacke, die mir an den Ärmeln zu lang war, und eine äußerst weit geschnittene Cordhose. An das Zustandekommen dieser ebenso frühen wie kurzfristigen Ehe konnte ich mich nur schemenhaft erinnern, und gäbe es nicht das Hochzeitsfoto, das leicht verstaubt, angegilbt und unsentimental schwarzweiß in einem alten Fotoalbum klebt, hätte ich wahrscheinlich gar nicht mehr gewußt, wie wir uns fanden, verbanden und bald wieder aus Augen und Sinn verloren – ganz davon zu schweigen, wie wir gekleidet waren an jenem festlichen Nachmittag. Meine Braut war fünf, ich selbst knapp sechs Jahre alt, und der Kindergarten feierte sein jährliches Sommerfest. Wir hatten das Lied von der Vogelhochzeit als Singspiel eingeübt und führten es nun auf der von Büschen gesäumten Wiese den Eltern, Verwandten und anderen Besuchern vor. »Ein Vogel wollte Hochzeit machen in dem grünen Wa-hal-de, fidirallala, fidirallala, fidirallalala-la. Die Drossel war der Bräutigam, die Amsel war die Bra-ha-haut, fidirallala...« Als ich einige Tage vor dem großen Ereignis meine Braut mit nach Hause gebracht hatte, um sie meinen Eltern vorzustellen, erkundigte meine Mutter sich nach ihrem Namen. Gabi, sagte sie. Oh, sagte meine Mutter, das ist aber ein hübscher Name. Und wie heißt du weiter? Ele, sagte sie, und so habe ich Drossel noch lange geglaubt, daß die Amsel Gabriele mit Vornamen Gabi und mit Nachnamen Ele hieß. Der Kindergarten lag nur ein paar Schritte von unserem Haus entfernt, und kurz nach meinem vierten Geburtstag war ich auf eigene Faust dort hinmarschiert, um mich anzumelden. Zu der Zeit war ich in meiner Sprachentwicklung weit zurück, vielleicht eine Spätfolge meiner Alkoholexzesse im Säuglingsalter. Meine Großmutter behauptete streng: Der lernt's Sprechen nie. Und auch die Diakonissen in ihren grauweißen, stets perfekt gebügelten Trachten und brettharten Hauben, die den Kindergarten führten, wurden aus meinem unartikulierten Gelalle nicht klug, so daß eine der Schwestern mich nach Hause begleitete, um sich von meiner Mutter dolmetschen zu lassen, daß ich dem Kindergarten beizutreten wünschte, was dann auch geschah. Dort mußten sich wohl meine Sprachschwierigkeiten gründlich verloren haben, denn eine Bemerkung Schwester Hertas, der Leiterin des Kindergartens, wurde bis auf den heutigen Tag von meiner Mutter kolportiert, wenn sie mir wieder einmal versichern wollte, daß schon allgemein früh erkannt worden sei, daß meine Zukunft dereinst auf dem weiten Feld der Sprache liegen würde: Der wird mal Volksredner, soll Schwester Herta nämlich behauptet haben, womit sie, zum Glück, unrecht behielt. Daß allerdings Gabi Ele mir zugetan war, kann, eingedenk unseres zarten Alters, an sexuellen Bedürfnissen ihrerseits und sexueller Ausstrahlung meinerseits (oder umgekehrt und/oder beiderseits) wohl kaum gelegen haben. Aber vielleicht hatte ja jene offenbare Eloquenz, die meine Großmutter mir absprach, Schwester Herta jedoch entdeckte, sie mir gewogen gemacht. Mir waren jedenfalls auch in späteren Jahren manche Frauen nicht meines Gesichts wegen untergekommen, sondern weil ihnen mein Reden, noch später: mein Schreiben gefiel. Es gehörte aber wohl schon zu den Alterserscheinungen, für seine literarischen Anstrengungen geliebt zu werden - und damit eigentlich nicht mehr zum Thema.

23. Dezember

Der formschöne Christbaumständer des Modells »Schneekönig«, mittelschwere Ausführung, sei eine millionenfach bewährte, TÜV-geprüfte Unentbehrlichkeit weihnachtlichen Wohlbehagens, kinderleicht in der Anwendung, lieferbar in den vier Farbnuancen tannengrün, weihnachtsrot, engelsgelb und himmelblau. Man drehe die vier Befestigungsschrauben (A) bis zum Anschlag (B) der Kontermuttern (C) zurück, führe das Stammende (D) durch den Haltering (E), justiere ihn mit der beigefügten Führungsschiene (F) auf mittigen Sitz, drehe die vier Befestigungsschrauben (A) mit dem beigefügten Inbusschlüssel (G) im Uhrzeigersinn, bis die abgeflachten Schraubenspitzen (A a) gegen das Stammende pressen. Man entferne die Führungsschiene (F) und schiebe alsdann den Keramikumtopf (H) bis zum Parallelanschlag der Höhenkerbe (I) über das nunmehr im Haltering (E) gesicherte Stammende (D), fasse mit dem beigefügten Spreizdorn (K) in die dafür vorgesehene Spreizklemmführung (L) und drehe den Spreizdorn (K) im umgekehrten Uhrzeigersinn bis zum Anschlag. Achtung! Nicht überdrehen! Den Keramikumtopf (H) nun mit fünf Litern Wasser auffüllen, wodurch die Standfestigkeit erhöht werde und sich zudem ein Frischhalteeffekt für den Baum ergebe. Den Wasserstand täglich mit dem beigefügten Wasserstandsstäbchen (M) messen und bei Bedarf bis zur Höhenmarkierung (N) nachfüllen.

Soweit die kleingedruckte Theorie, die als Beipackzettel wiederum dem Karton (der Fachmann spricht von Gebinde) beilag, der in einem Bett aus Styroporkugeln den Christbaumständer »Schneekönig« geborgen hatte. Da wir vor drei Jahren vom doppelgelenkigen Weihnachtsbaumfuß »Tannenstolz« Abschied nehmen mußten, weil die Mechanik versagt hatte (überdreht?), waren wir auf den »Schneekönig« umgestiegen. Es versteht sich von selbst, daß mit der Gebrauchsanweisung nicht mal ein Blumentopf einzustielen war, und so hatte ich mir, aus Erfahrung klug geworden, unter souveräner Mißachtung der TÜV-Vorschriften ein eigenes System ertüftelt, zu dessen alljährlicher, praktischer Umsetzung aus dem vollen Lieferumfang des »Schneekönig«-Gebindes lediglich noch der (tannengrüne) Keramikumtopf benötigt wurde. Den stellte ich nämlich in der vorgesehenen Zimmerecke auf den Fußboden, füllte ihn mit Sand, schob das Stammende hinein und sicherte den Baum dann mittels durchsichtiger Nylonfäden, die ich einerseits am Stamm, andererseits an dafür eigens eingedübelten Wandhaken verknotete. Paßte immer, wackelte stets ein bißchen und hatte jede Menge Luft. Auch in diesem Jahr!

Über die Routine, mit der ich den Baum in lotrechte Standfestigkeit brachte, staunten meine drei Damen fast schon. Das Schmücken überließ ich ihnen. Als die Mädchen noch klein waren, gestaltete sich die Wahl des Weihnachtsbaumschmucks eher unproblematisch. Wir hatten einen Karton mit einem kunterbunten Sammelsurium gekaufter, geschenkter, geerbter oder sonstwie an uns gekommener Weihnachtsdekorationen, die sich vermehrten und alle Jahre wieder zum Einsatz kamen, weshalb unser Baum zum Glück nie den innenarchitektonisch strengen Kriterien entsprach, die andere Kulturmenschen an die ästhetische Durchgestaltung ihres Tannenbaums anlegten. Bei uns hing alles dran, was im Karton lag: Kleine Holzfiguren, Weihnachtsmänner & Christkinder in ökumenischer Mischung, Zwerge, Engel, Wintersportler, auch Modellautos, dazu Lametta und Kugeln und Sterne und Kerzen in allen möglichen Dicken, Längen und Farben. Einmal hatte Miriam sogar darauf bestanden, daß einige Teile ihres Puppengeschirrs aufgehängt werden müßten, und zwischen einem Schokoladenkringel und einer Eichelhäherfeder, die Laura im Sommer gefunden hatte, hing sogar einmal ein giftgrünes Gummikrokodil. Trat man einige Schritte zurück, dann verschwammen all diese Details zu einem munteren Ganzen, zu einem funkelnden Mosaik, dessen Kombination im Helldunkel des Kerzenscheins nicht mehr rekonstruierbar war.

Doch hatten sich die Mädchen von solcher kindlichen Beliebigkeit längst verabschiedet und bestanden in diesem Jahr auf der durch und durch obercoolen Ton-in-Ton-Variante: Silberne Kugeln, Lametta, weiße Kerzen. Schluß. Ich konnte noch von Glück sagen, daß sie echte Kerzen durchgehen ließen und noch nicht auf elektrische oder gar digitale Illumination setzten. Aber der nächste Schritt wäre wohl schon ein Tannenbaum aus dem Internet.

Am Aventskalender war nur noch die letzte Tür verschlossen. Da ich heute abend Herrn Vringsen aufsuchen wollte, geriet ich stark in Versuchung, auch schon hinter die Nummer 24 zu linsen, fühlte mich aber von den Mädchen in dieser Hinsicht mißtrauisch kontrolliert und übte mich in vorweihnachtlicher Geduld. Ich würde ja alles erfahren, die ganze Geschichte; also auch, warum heute nur ein schwarzer, länglicher Block oder Keil zu sehen war.

Das ist Zeichenkreide, sagte Miriam.

Schon möglich, sagte ich.

Es hätte aber auch etwas ganz anderes sein können.

Die dreiundzwanzigste Tür

In der klaren Kälte steht er auf dem schneebedeckten Hof und folgt mit den Blicken den Wölkchen seines Atems. Alles liegt still und schweigsam. Alles hat einen fremden und fragenden Blick. Er sieht, daß jede Hausecke, jedes Fenster, jeder Türsturz eine Seele hat. Wenn das Rätsel der Dinge Seele zu nennen ist. Er sieht jeden einzelnen Stein in der Hauswand, unbewegt unter den kalten Strahlen der Wintersonne. Der Westwind weht fernes Geläute an, das an den Steinen leise Echos zu werfen scheint. Die Kirche im Dorf. Die Bewegungen der Krähen im Blau, das Glitzern des Schnees und diese Echos sind miteinander verwandt. Die Steine, aus denen dies Haus gefügt ist, und sein eigenes Gesicht sind Zwillinge. Die Welt hat sich zusammengezogen.

Dumpfes Nageln eines schweren Dieselmotors nähert sich, überdröhnt das Läuten. Durch die Schneeverwehungen des Zufahrtswegs, zwischen den Birkenstämmen, stampft ein Traktor auf das Gehöft zu. Schon riecht man den Dieselsud der Auspuffgase, die in einer schwarzen Wolke verpuffen. Vor dem freigeschaufelten Weg zum Schuppen hält die Maschine an. Der Motor wird ausgestellt, erstirbt unter Zucken und Beben zu Lautlosigkeit.

Der Mann, der vom Fahrersitz herunterklettert und auf Vringsen zugeht, trägt eine Ledertasche mit Messingbügeln. An seinem fragenden Gesichtsausdruck ist abzulesen, daß er sich über Vringsens Anwesenheit wundert. Fröhliche Weihnachten, sagt er. Ich bin der Arzt.

Fröhliche Weihnachten, sagt Vringsen. Es ist alles gut.

Nachdem der Arzt Marie Bolthusen und das Kind versorgt hat, erklärt er sich bereit, die drei Männer auf der kleinen, vorderen Ladefläche des Traktors mit ins Dorf zu nehmen. Von dort soll ein britischer Militär-LKW zur Stadt fahren. Vielleicht können sie mitfahren.

Vringsen will sich von der Frau verabschieden, aber sie schläft. Diebold und Werschmann raffen die Lebensmittel zusammen, die in der Diele liegen. Der Anhänger muß zurückbleiben.

Ich lasse meinen Anteil hier, sagt Vringsen.

Wieso? Diebold sieht ihn entgeistert an.

Für das Kind, sagt Vringsen. Und die Frau. Und den Engländer.

Denen geht's doch gar nicht so schlecht, sagt Werschmann.

Vringsen gibt keine Antwort, sondern schüttelt Tommie die Hand und klettert auf die Ladefläche.

Werschmann zuckt resignierend mit den Schultern, legt die Sachen wortlos wieder ab, stapelt aber die zehn Stangen Zigaretten zusammen und reicht sie Vringsen nach oben. Hier, sagt er, Rauchen tut das Kind ja noch nicht. Dann klettert er ebenfalls nach oben.

Der Arzt lacht.

Scheißdreck, sagt Diebold und klettert mit leeren Händen auf die Ladefläche.

Der Motor springt bebend an, unter Fehlzündungen und heftiger Rauchentwicklung. Tommie winkt ihnen nach. Merry Christmas!

Der Arzt hält den Trecker in der Spur, die er vorher gezogen hat. Als sie die Hauptstraße erreichen und abbiegen, blickt Vringsen noch einmal zurück. Das Haus ist unter der Schneelast auf dem Dach kaum noch zu erkennen. Hellgrauer Rauch steigt senkrecht in den Himmel und verweht zu nichts.

Der Schafkoben, in dem sie die Fahrräder zurückgelassen haben, ist im Schnee versunken.

Die Räder würden auch nicht auf die Ladefläche passen.

Gottverdammte Scheiße, sagt Werschmann.

Der Arzt setzt sie am Kirchplatz ab. Sie geben ihm eine Schachtel Zigaretten.

Der britische LKW, an dessen vorderer Stoßstange ein Schneepflug montiert ist, steht vor dem Gasthaus an der Hauptstraße. Fahrer und Beifahrer sitzen in der Gaststube und trinken Tee.

Nein, Zivilpersonen dürfen sie nicht transportieren.

Werschmann schiebt ihnen eine Stange Zigaretten zu.

Okay, ausnahmsweise.

Während der Fahrt fragt Vringsen, ob ihnen an dem Baby irgend etwas aufgefallen sei? Ob sie etwas gespürt hätten? Oder gesehen?

Nichts, sagt Werschmann, gar nichts. Und Vringsen weiß, daß er lügt.

Scheißdreck, sagt Diebold.

Als die Dämmerung fällt, erreichen sie die Stadt. Auf dem Marktplatz teilen sie die neun verbliebenen Stangen Zigaretten. Drei pro Kopf. Dann gehen sie jeder ihren Weg.

Noch am gleichen Abend beschafft sich Vringsen Briketts und ein paar Lebensmittel. Für Zigaretten bekommt man fast alles, auch am Ersten Weihnachtstag. Bis spät in der Nacht sitzt er in seinem Zimmer am Tisch, unter der nackten Glühbirne. In der Wand rumort die Wasserleitung. Vor ihm ein Bogen Papier und ein aufklappbarer Rasierspiegel. Mit der Zeichenkohle versucht er, sein Gesicht zu erfassen. Die umgeformten Züge jenes jungen Mannes, der ich einmal war.

Der Zaun aus Schmiedeeisen, die Buchsbaumhecke, die Hausnummer über der Messingklingel im Tor – ich fand alles, wie Stacy es beschrieben hatte, und drückte den Klingelknopf. Das Tor öffnete sich mit einem Summton. Der mit einer dünnen Schneeschicht bedeckte, gefrorene Kies knirschte unter meinen Schritten, als ich durch die kleine Gartenallee auf das Haus zuging. Vringsen erwartete mich vor der Eingangstür, gab mir die Hand und führte mich durch die Diele in ein geräumiges Wohnzimmer. Ein Feuer brannte im Kamin, der mit grünem Marmor eingefaßt war. An den Wänden Zeichnungen, Aquarelle, Ölbilder. Eine verglaste Schiebetür führte zum Wintergarten. Durch die Scheiben ließen sich schemenhaft Umrisse von Bäumen erkennen, die schneegesprenkelt im Schwarz des Abends standen.

Wir setzten uns vor den Kamin in Ledersessel.

Einen Sherry? schlug Vringsen vor.

Ja, gern.

Auf einem runden Mahagonitischchen standen eine Flasche Amontillado und zwei Gläser bereit. Er schenkte ein, hob sein Glas und prostete mir zu. Wir tranken. Neben dem Kamin hingen zwei Bleistiftzeichnungen. Die Motive kannte ich. Es waren großformatige Variationen des Kaminfeuers und der Gaslaterne aus dem Adventskalender.

Zigarre? Er hielt mir eine kleine Holzkiste hin. Sumatra.

Warum nicht? Ich griff zu. Wir hantierten etwas umständlich und verlegen mit dem Zigarrenschneider herum, setzten die Zigarren in Brand. Der würzige Rauch stieg kräuselnd von den glühenden Spitzen auf, bildete weißblaue Wolkenbänke. Ich deutete mit der Zigarre auf die beiden Zeichnungen. Deswegen bin ich hier, sagte ich.

Er nickte. Natürlich könnte ich Ihnen jetzt die ganze Geschichte erzählen, sagte er. Aber da ich sie vor Jahren aufgeschrieben habe, gebe ich sie Ihnen lieber zu lesen.

Er stand auf und ging zu einer Kommode, über der ein Aquarell hing. Und auch dies Motiv kannte ich, wenn auch nur in schwarzweiß und im Miniaturformat: Die drei Enten. Auf der Kommode stand ein Kerzenständer aus Messing, dessen Anblick mich in leichte Verwirrung stürzte – hatten wir doch den gleichen Kerzenständer auf unserem Kaminsims stehen. Meine Mutter hatte ihn uns vor einigen Jahren geschenkt. Wahrscheinlich industrielle Massenproduktion, die in unzähligen Haushalten herumstand. Und dennoch ein merkwürdiger Zufall. Vringsen zog die Schublade der Kommode auf, entnahm ihr einen Aktendeckel aus grauer Pappe, drückte ihn mir in die Hand und setzte sich wieder.

Das ist eigentlich alles, sagte er. Nehmen Sie es mit nach Hause und lesen es sich in Ruhe durch. Mehr habe ich zu der ganzen Geschichte auch nicht zu sagen. Aber Sie haben ja bereits gesehen, er zeigte auf die Bilder, daß ich mich auf andere Art und Weise an der Sache abgearbeitet habe. Immer wieder. Jahrelang.

Sie sind also Künstler, sagte ich.

Er lachte. Kunsterzieher. Im Ruhestand. Zum Künstler hat's nicht gereicht. Ich habe einmal einen Versuch unternommen, mit meinen Sachen an die Öffentlichkeit zu gehen. Das war ein Desaster.

Ich habe davon gehört, sagte ich. Das muß Anfang der fünfziger Jahre gewesen sein, nicht wahr?

Ganz recht, 1954 war das. Sie haben davon gehört? Ich dachte, die Angelegenheit wäre längst unter dem Teppich. Schnee von vorgestern ...

Na ja, druckste ich, ich habe mich gewissermaßen ... erkundigt. Aber nur deshalb, weil mich der Adventskalender so beeindruckt.

Die Sache war eine Art Postskriptum zum Adventskalender, die 25. Tür, wenn Sie so wollen, sagte er. Warum ich überhaupt nach dem Krieg wieder zu zeichnen und malen anfing, obwohl ich glaubte, es nie wieder zu können, werden Sie vielleicht verstehen, wenn Sie das Manuskript gelesen haben. Denn das Erlebnis, um das es da geht und das der Adventskalender in Bildern festzuhalten versucht, das war so eine Art, nun ja, gewissermaßen eine Offenbarung. Allerdings eine, von der ich heute nicht einmal mehr weiß, ob ich sie erlebt oder geträumt habe. Der hiesige Kunstverein hatte damals jedenfalls meine Sachen ausgestellt. Ich war sehr stolz darauf, auch wenn Publikum und Presse extrem ablehnend reagierten. Man wollte Erbauliches, nicht die Wahrheit. Und während die Ausstellung noch lief, wurde ich verhaftet. Eine gewisse, nun ja, Person aus meiner Vergangenheit wollte sich wohl an mir rächen und hatte mich denunziert. Zusammen mit zwei sehr, wie soll ich sagen, sehr weitläufigen Bekannten, die ich jahrelang nicht mehr gesehen hatte, mußte ich mich vor Gericht wegen Beteiligung an einem Kunstraub verantworten, der im Winter 1946 stattgefunden hatte. Wir wurden übrigens alle freigesprochen. Aus Mangel an Beweisen. Allerdings ... Er zog an der Zigarre und schwieg.

Allerdings? hakte ich nach.

Tja, sagte er, das war natürlich nur ein Freispruch dritter Klasse. Wenn Sie das Manuskript lesen, werden Sie erfahren, daß ich durchaus in den Knast gehört hätte. Den Kunstraub habe ich gewiß nicht geträumt, sondern vielleicht nur das, was folgte. Aber vor Gericht habe ich alles erfolgreich geleugnet und abgestritten, meine Komplizen von ehedem natürlich auch. Ich wäre sonst auf unabsehbare Zeit ruiniert gewesen, vielleicht für den Rest meines Lebens. Hatte eben erst meine Stelle als Kunsterzieher am Gymnasium angetreten. Hatte geheiratet, hatte zwei kleine Kinder. Und wie alle damals war ich froh, daß die düsteren Jahre sich lichteten. Außerdem wollte ich weiter künstlerisch arbeiten. Das habe ich auch getan. Aber ich habe mich mit meinen Sachen nie wieder an die Öffentlichkeit gewagt.

Ich verstehe, sagte ich, was aber nicht ganz der Wahrheit entsprach.

Vielleicht werden Sie mehr verstehen, sagte er, wenn Sie alles gelesen haben. Vielleicht aber auch nicht. Ich bin mir selbst unsicher. Vielleicht ist es nur eine Phantasie gewesen. Ein Hirngespinst. Oder ein Schneegespinst.

Das sind doch alle Kunstwerke, sagte ich.

Mehr oder weniger, lachte er. Noch einen Sherry?

Danke, nein. Ich möchte Sie nicht länger aufhalten. Morgen ist Weihnachten. Sind Sie da eigentlich allein?

Nein nein ... Meine Frau ist zwar vor einigen Jahren gestorben, aber ich fahre morgen früh nach München. Meine Tochter lebt dort mit ihrer Familie. Und mein Sohn ist ausgerechnet Kunsthistoriker geworden. Er unterrichtet an einer Universität in den USA.

Ich stand auf, warf noch einen letzten Blick auf die Bilder an der Wand, überlegte, ob ich ihn auf den Kerzenständer ansprechen sollte, ließ es aber bleiben und griff nach dem Aktendeckel.

Schicken Sie es mir einfach zurück, wenn Sie es gelesen haben, sagte er. Und noch etwas: Das vierundzwanzigste Kapitel dürfen Sie natürlich erst lesen, wenn die vierundzwanzigste Tür geöffnet ist. Das gehört nun einmal zu den Spielregeln.

24. Dezember

Und so saß ich dann in der Nacht vom dreiundzwanzigsten auf den vierundzwanzigsten Dezember an meinem Schreibtisch und las Vringsens Aufzeichnungen, die mit einer mechanischen Schreibmaschine geschrieben worden waren und einige handschriftliche Korrekturen in blauer Tinte aufwiesen. Ich erfuhr von der merkwürdigen Begebenheit des Weihnachtsfestes im Jahr 1946, die jener junge Mann erlebt hatte, der Vringsen damals gewesen war.

Und schon bei der zweiten Tür stieß ich auf einen Abschnitt, der mir die Erregung erklärte, die manche Bilder des Adventskalenders in mir ausgelöst hatten. Es ging da um die Schuhe, die Vringsen auf dem Schwarzmarkt erwirbt: *Vermutlich war der Mann, der sie ihm überließ, ehemaliger Wehrmachtsoffizier. Vielleicht war er auch nur ein Angeber, denn als er ihm die Schuhe gab, kniff er ein Auge zu und flüsterte: Dünkirchen. Für zehn Zigaretten hat er sie bekommen. Für zehn »Lucky Strike« und einen der beiden alten Kerzenständer aus Messing, die kurz vor Weihnachten mit einer scharf riechenden, weißen Paste eingeschmiert und mit einem Wolltuch poliert worden waren. Dann standen sie glänzend und Glanz zugleich spiegelnd auf dem Gabentisch ...*

Die Schuhe! Der Kerzenständer! Solche Schuhe hatten auf dem Dachboden meines Elternhauses gehangen, an einem ins Gebälk geschlagenen Nagel. Ich hatte sie einmal anprobiert, weil ich meinte, sie wären gut zum Schlittschuhlaufen geeignet, aber sie waren viel zu groß für mich.

Die habe er aus Dünkirchen mitgebracht, hörte ich plötzlich die ruhige Stimme meines Vaters, der sonst nie aus dem Krieg erzählte (und übrigens durchaus kein Angeber war). Beutegut. Die Engländer hätten tonnenweise Ausrüstung zurücklassen müssen auf ihrer Flucht. Er habe ursprünglich sogar zwei Paar dieser Schuhe gehabt, aber das andere eingetauscht, damals, in den ganz schlechten Zeiten, als man nichts zu beißen ...

Und wenn meine Eltern so über die schlechten Zeiten sprachen, stellten wir Kinder die Ohren reflexartig auf Durchzug, weil wir es irgendwann nicht mehr hören wollten, weil wir das ewige »Ihr wißt gar nicht, wie gut ihr's habt« satt hatten, mit dem solche Erzählungen unweigerlich eingeleitet oder beendet wurden wie ein erhobener Zeigefinger. Deswegen war mir diese Episode also gründlich ins Vergessen gerutscht. Und nun wurde mir das Licht aufgesteckt. Lichter. Ein ganzer Weihnachtsbaum. Der Kerzenständer aus Messing, der hier auf unserem Kaminsims neben dem Adventskalender stand und der früher auf dem Vertiko meines Elternhauses gestanden hatte – diesen Kerzenständer hatte also mein Vater, zusammen mit einer Handvoll Zigaretten, von Vringsen bekommen und dafür ein Paar seiner britischen Beuteschuhe hergegeben.

Unglaublich fast. Unwahrscheinlich wie ein Roman. Und doch stimmte es, paßte zusammen wie – ja, wie ein Paar Schuhe. Kein Wunder, daß Vringsens Bilder auf dem Adventskalender Bruchstücke meiner eigenen Geschichte in mir wachgerufen hatten. Und ich nahm mir vor, den Kerzenständer aus Messing dem Manuskript beizulegen, wenn ich es Vringsen zurückschicken würde. Es gab übrigens noch mehr Berührungspunkte, wenn auch nur sehr vage. Diebold war stadtbekannt, seitdem er die ererbte Spedition erst ruiniert und dann angezündet hatte. Aber ob dieser Werschmann womöglich der Vater Püppis gewesen war? Püppi Werschmann mit ihren skandalösen Handständen? Und Tommie? Hätte das nicht der gleiche Engländer sein können, der uns Kinder damals so freundlich im Reitstall gewähren ließ?

Auch wenn es mir schwerfiel, hielt ich mich an die Spielregeln und las den Text zur vierundzwanzigsten Tür noch nicht. Das mag dazu beigetragen haben, daß ich in dieser Nacht sehr unruhig schlief und dem Morgen von Heilig Abend entgegenfieberte, wie ich es als Kind getan hatte.

Vor dem Frühstück klappte Laura die vierundzwanzigste Tür auf. Nix, sagte sie trocken. Das ist ja echt ungeil. Da hat dieser Opa sich all die Mühe gegeben. Und am Ende ist gar nix.

Was heißt nix? Ich nahm die Sache in Augenschein. Nichts als Weiß. Reinstes Weiß. Eine matt glänzende, weiße Fläche. Noch einmal Schnee? Ein unbeschriebenes Blatt?

Das werden wir gleich genau wissen, sagte ich und holte das Manuskript vom Schreibtisch.

Willst du uns das etwa alles vorlesen? stöhnte Miriam, als sie den Papierstapel sah.

Warum nicht? sagte ich. Bei uns zu Hause mußte vor der Bescherung auch eine Weihnachtsgeschichte vorgelesen werden. Es war aber immer die gleiche. Das Evangelium.

Wenn du das vorliest, warnte Laura, sitzen wir ja morgen früh noch hier rum. Und kein einziges Geschenk ist ausgepackt. Nö, das finden wir jetzt nicht so prall.

Na gut, lenkte ich ein, dann les ich nur das vor, was hier über die vierundzwanzigste Tür steht und erzähl euch schnell, was vorher passiert ist.

Und das tat ich dann auch. Die Mädchen kommentierten den gerafften Gang der Handlung gelegentlich mit »Echt wahr?«, »Wow!« und »Ist ja cool«.

Versteh ich nicht, sagte Laura allerdings, als es um die Stelle ging, an der Vringsen das Baby zu Gesicht bekommt. Wen sieht der da denn jetzt? Sich selbst? Oder das Baby? Oder beide? Oder wie oder was?

Dann muß ich das wohl doch vorlesen, sagte ich und blätterte im Manuskript.

Nö, muß echt nicht sein, sagte Laura. Ich denk mir das schon irgendwie.

Und so kam ich schnell zum Schluß und las:

Die vierundzwanzigste Tür

Diese Begebenheit ging mir seitdem nie mehr aus dem Kopf. Sie begleitete mich Tag für Tag. Wenn ich zeichnete und malte, kam es mir manchmal so vor, als würden meine Blicke von etwas gelenkt, meine Hand von etwas geführt, das ich nicht kannte, von dem ich aber spürte, daß es eine entfernte Ähnlichkeit mit den Gefühlen hatte, die mich beim Anblick des neugeborenen Kinds erfüllten. Es begleitete mich auch im Schlaf, entwickelte in meinen Träumen eine geisterhafte Lebendigkeit und Transparenz. Das mag dazu beigetragen haben, daß mir die ganze Geschichte immer phantastischer, immer unwahrscheinlicher wurde, daß ich nicht mehr mit Bestimmtheit zu sagen gewußt hätte, ob sie mir wirklich zugestoßen oder nur eine Phantasie war, ein Traumbild.

Nachdem Ende Januar 1947 Tauwetter eingesetzt hatte, war Diebold übrigens mit einem Lieferwagen in die Gegend um Zwiefelsdorf gefahren, um die Fahrräder zurückzuholen. Er behauptete jedoch, weder den Schafskoben noch die Räder gefunden zu haben. Die ganze Gegend wäre ihm fremd vorgekommen, und zwar nicht nur deshalb, weil nun kein Schnee mehr gelegen habe. Ich glaubte ihm das nicht recht, sondern hatte ihn im Verdacht, die Räder für seine Tauschgeschäfte benutzt zu haben. Aber ich ließ es auf sich beruhen, wollte keinen Streit mit dem Mann, wollte überhaupt weder mit ihm noch mit Werschmann weiter etwas zu schaffen haben.

Manchmal dachte ich daran, noch einmal selber hinauszufahren, aber irgend etwas hielt mich davon ab, eine Art Scheu oder vielleicht auch nur die Befürchtung, daß sich alles als Produkt einer überreizten Phantasie herausstellen würde.

Zehn Jahre später, im Sommer 1957, unternahm ich mit meiner Frau und unseren beiden Kindern eine Fahrradtour ohne festes Ziel, ins Blaue hinein. Da eine der alten Klinkerstraßen asphaltiert wurde, mußten wir einer Umleitung folgen und fanden uns plötzlich und unvermutet in Zwiefelsdorf wieder. Ich nahm diese Absichtslosigkeit als einen Wink des Schicksals und entschloß mich, nach dem Haus zu suchen. Wir folgten also der Straße in östlicher Richtung, kamen an der Stelle vorbei, wo die nordwärts führende Straße einmündet und wo einmal der Schafskoben gestanden haben mußte, wenn es ihn denn je gegeben hatte. Und kurz vor einer lang gezogenen Kurve zweigte tatsächlich ein birkenbestandener, alleeartiger Feldweg ab. An seinem Ende war auch eine Gruppe hoher und alter Bäume zu erkennen, aber kein Dach, kein Haus. Vielleicht verdeckte das dichte Laub noch den Hof? Aber da war nichts.

Wir stiegen ab, lehnten die Fahrräder gegen einen Eichenstamm, packten unser Picknick aus und ließen uns im dichten Gras nieder. Die Fläche, auf der das Haus hätte stehen müssen, war mit Brombeerbüschen, Fingerhut, Brennesseln und Farnen überwuchert, eine Wildnis, durch die Schmetterlinge torkelten.

Und dann erzählte ich meiner Familie die Geschichte. Natürlich glaubten sie mir nicht. Wie sollten sie auch? Da war ja nichts, nichts außer Bäumen, Büschen, wilden Blumen und Gräsern. Die Kinder versuchten, Schmetterlinge zu fangen, als mein Sohn plötzlich rief, da gäbe es Mauern. Und tatsächlich ragten zwischen den Farnen und Brombeeren Grundmauern und Fundamente auf, von Moosen überzogen, und aus den Mauerfugen brachen Gräser.

Von der angrenzenden Weide klang Motorenlärm herüber. Ein Trecker erschien, ein Mann stieg ab und machte sich an den Stacheldrahtzäunen zu schaffen. Als er uns sah, grüßte er winkend mit der Hand. Ich ging zu ihm und fragte, ob da früher einmal ein Haus gestanden hätte.

Er nickte. Das sei aber schon sehr lange her. Wohl hundert Jahre. Wenn nicht noch länger.

Ob er eine Frau Bolthusen kenne? Marie Bolthusen?

Er zuckte mit den Schultern. Nie gehört den Namen.

Und dann lag ich im Gras, im schwankenden Halbschatten der Baumkronen. Hundert Jahre. Oder Zweitausend. Das blieb sich gleich. Manchmal blies der Wind die dichtbelaubten Zweige so zur Seite, daß die Sonne mich blendete. Ich schloß die Augen. Das Dunkel meiner Netzhaut ausgebleicht. Ein leeres Blatt Papier, auf das ein Bild zu zeichnen wäre. Oder eine Geschichte zu schreiben. Schneeweiß.

Der Roman greift gelegentlich auf meinen Vortrag ›Kindheit in Oldenburg in den fünfziger Jahren‹ zurück, der in überarbeiteter Fassung unter dem Titel ›Behelf, Ersatz & Prickelpit‹ als Broschüre erschienen ist (Isensee Verlag, Oldenburg 1996).

Für freundliche Unterstützung danke ich
der Literaturkommission und
dem Kultusministerium Niedersachsen.

Geschrieben Winter 1998 – Sommer 1999

K. M.

Weihnachtsbücher im dtv

Heinrich Böll
Nicht nur zur Weihnachtszeit
Erzählungen
ISBN 3-423-11591-2

Charles Dickens
Weihnachtserzählungen
Übers. v. C. Kolb u. J. Seybt,
durchgesehen von A. Ritthaler
Mit Illustrationen
ISBN 3-423-12465-2

Selma Lagerlöf
Ein Weihnachtsgast
Drei Erzählungen
Übers. v. Marie Franzos und
Pauline Klaiber-Gottschau
ISBN 3-423-12605-1

Die schönsten Legenden
Übers. v. Marie Franzos
ISBN 3-423-01391-5

Weihnachten rund um die Welt
Hg. v. Gudrun Bull
Mit Illustrationen
Originalausgabe
ISBN 3-423-12701-5

Die schönsten Sagen und Märchen
Übers. v. Marie Franzos und
Pauline Klaiber-Gottschau
ISBN 3-423-12848-8

Böse Weihnachten
Hg. v. Lutz-W. Wolff
Originalausgabe
ISBN 3-423-20212-2

Weihnachts-Dinner
Weihnachtliche Geschichten
aus Nordamerika
Hg. v. Tilmann Kleinau und
Wieland Grommes
Originalausgabe
ISBN 3-423-20369-2

Paddy's Weihnachts-Party
Weihnachtliche Geschichten
aus Irland
Hg. v. Frank T. Zumbach
Mit Illustrationen
ISBN 3-423-20571-7

Die Weihnachtshexe
Weihnachtliche Geschichten
aus Italien
Hg. v. Tilmann Kleinau
Mit Illustrationen
Originalausgabe
ISBN 3-423-20572-5

Weihnachtsbasar
Geschichten zur fünften
Jahreszeit
Hg. v. Brigitta Rambeck
Illustr. v. Jakob Kirchheim
ISBN 3-423-20574-1

Bitte besuchen Sie uns im Internet: www.dtv.de

Weihnachtsbücher im dtv

Wenn Väterchen Frost kommt
Weihnachtsfreuden in Rußland
Hg. v. Ulf Diederichs
Mit Illustrationen
Originalausgabe
ISBN 3-423-20664-0

Die Weihnachtsfee
Weihnachtsgeschichten aus Frankreich
Hg. v. Tilmann Kleinau
ISBN 3-423-20665-9

John Snyder
Der goldene Ring
Eine Weihnachtsgeschichte
Übers. v. Uschi Gnade
ISBN 3-423-20666-7

Weihnachten 1945
Ein Buch der Erinnerungen
Hg. v. Claus Hinrich Casdorff
Originalausgabe
dtv großdruck
ISBN 3-423-25028-3

Ottfried Preußler
Die Flucht nach Ägypten
dtv großdruck
ISBN 3-423-25116-6

Lise Gast
Besuch am Heiligabend
Zwei Weihnachtsgeschichten
dtv großdruck
ISBN 3-423-25183-2

Wunder im Schnee
Weihnachtserzählungen
dtv großdruck
ISBN 3-423-25199-9

Gertrud Fussenegger
Das verwandelte Christkind
Erzählungen
dtv großdruck
ISBN 3-423-25209-X

Bitte besuchen Sie uns im Internet: www.dtv.de